VQ

Benedikt Feiten wurde 1982 in Berlin geboren und lebt in München. Er ist mit dem Literaturstipendium der Stadt München ausgezeichnet worden. Nach dem Studium der Amerikanischen Literatur hat er seine Doktorarbeit über Musik in den Filmen von Jim Jarmusch geschrieben und an der Ludwig-Maximilians-Universität unterrichtet. Neben seiner Arbeit als Kulturjournalist und Redakteur ist er Trompeter und Cellist bei der Band »my boys don't cry«.

Verlag Voland & Quist GmbH, Dresden und Leipzig, 2016

Korrektorat: Annegret Schenkel
Umschlaggestaltung: HawaiiF3
Satz: Fred Uhde
Druck und Bindung: CPI books GmbH, Leck

www.voland-quist.de

Roman

Benedikt Feiten

HUBSI DAX

Eine Wirtshauslegende

Voland & Quist

1

Schon seit drei Stationen erreicht er immer genau dann die Haltestelle, wenn der Bus wieder losfährt. Aber er hat Kampfgeist. Mit hochrotem Kopf rennt er neben dem Bus her. Und das bei der Hitze. Sogar hier im Bus ist es warm, obwohl die Klimaanlage trockene Plastikluft durchbläst und meine Kehle ausdörrt. Ich ziehe an meinem T-Shirt und fächere ein bisschen Luft darunter. Im Spiegel vorne sehe ich das Gesicht des Busfahrers. Riesige, silbern verblendete Sonnenbrille, doppelt gespiegelt die Straße. Mein Blick wandert zwischen ihm und dem Typen draußen hin und her. Die Augen des Busfahrers sind starr geradeaus gerichtet, na ja, soweit man das hinter der Brille beurteilen kann. Zumindest ist die Richtung fixiert, der Nacken unbewegt. Er scheint den Kerl gar nicht wahrzunehmen. Der holt noch mal alles aus sich raus. Verbissener Sprint, tief aus den Knien, bestimmt ein Sportler, Nackenmuskeln kontrahiert, Sehnen treten hervor, mit jedem Schritt eine ruckartige Kopfbewegung. Er findet in seinem letzten Aufbäumen sogar noch die Luft dafür, drohend mit den Fäusten herumzuwedeln, bevor seine Schritte austrudeln und er völlig außer Atem die Hände auf die Knie stützt. Für einen kurzen Moment glaube ich, einen flüchtigen Ausdruck der Zufriedenheit in den Mundwinkeln unter der verspiegelten Sonnenbrille zu erkennen. Dreckstag. Ich bin froh, im Bus zu stehen, auf der richtigen Seite, bei dem Typen mit der Sonnenbrille. Der hat die Kontrolle, Daumen hoch, oder eben runter. Neben ihm steht ein etwa fünfzehnjähriges Mädchen, schwanger. Moment mal, die dicke Mutter neben ihr, der kleine Bruder auch schon mit leichtem Bauchansatz … sie ist gar nicht schwanger, das ist eine normale Entwicklungsstufe, ganz im Rahmen des Familienwachstums. Kolumbusplatz. Ich stehe auf. Der Bus hält abrupt, und ich rutsche mit der verschwitzten Hand fast von der Stange ab.

»Schaug d'an o«, sagt hinter mir ein Sandler zu seinem Saufkumpan, »wo d'Hosn hängt.«

Der andere grinst:

»Hat er d'Hosn voll, ha?«

Sie lachen und prosten sich zu, mit ihren Oettingerflaschen. Ein Komikerduo, eingespielt, geben sich Vorlage, Pointe und auch gleich Applaus, alles im abgeschlossenen Kreis reguliert, selbstgenügend. Und sie nerven mich, nicht wegen des Kommentars, sondern wegen der Ironie. Wegen der Ironie, dass ich wirklich, wirklich dringend aufs Klo muss, und der Witz ist ganz klar zu einfach gestrickt, als dass ich über mich selbst darin lachen könnte. Die Türen gehen auf. Draußen ist es noch viel heißer als im Bus, die Hosenbeine kleben sofort an den Oberschenkeln. Der Bürgersteig ist aufgeheizt, die Außenmauern auch, schwere Haustür aus Holz aufsperren, rein in den modrigen kühlen Flur, dunkel ist es hier drinnen. An den Briefkästen stoße ich fast mit einem der Punker zusammen. Seit Neuestem hausen sie in den schon leer stehenden Wohnungen oder hängen dort rum, leben, wie auch immer.

»Oh, Verzeihung«, sagt er übertrieben höflich, oder vielleicht auch nur höflich, je nachdem, ob er es ironisch gemeint hat.

»Macht nichts.«

Wusste vorher gar nicht, dass es die überhaupt noch gibt, Punker, sieht man ja fast nie in München. Vielleicht sind es ja auch keine Punks, sondern Anarcho-Punks, Pop-Punks oder Post-Punks. Aber der hier wirkt recht klassisch, Prachtexemplar, T-Shirt mit abgeschnittenen Ärmeln, Sicherheitsnadel im Ohr. Der Fahrstuhl ist kaputt, ich weiß nicht, wie lange schon, gehe die Treppe hoch. Vier Stockwerke alter, schiefer Giesinger Holztreppenstufen, jede ein anderes Knarzen, wie die Klaviatur eines riesigen abgewetzten Xylophons. Eine fremde Skala, nicht in Halbtonschritten organisiert, sondern nach irgendeinem vergessenen System. Mein Gehör ist nicht gut genug ausgebildet, um es zu verstehen. Oben, am Ende der Tonleiter, ein komischer Kerl. Lungert vor meiner Tür rum. Halt, Richtigstellung, er lungert nicht rum, er steht aufrecht da, perfekte Körperspannung, wie ein Statist im Wirbelsäulengymnastik-Video. Vielleicht macht das der Anzug, für den es eigentlich zu heiß ist. Der Typ grinst mich an.

»Da hab ich aber Glück gehabt«, sagt er. Etwas in seiner Stimme klingt, als hätte ich selbst dadurch Pech gehabt.

»Hier, für die Dame des Hauses. Feininger mein Name.«

Eine gelbe Blume, keine Ahnung, was für eine, konnte mir so was noch nie merken. Ich nicke.

»Wie Sie sicher wissen …«, setzt er an, sein Scheitel ist gekämmt, und seine Krawatte hat dieselbe Farbe wie die Blume. Perfekt geputzte Schuhe, man könnte sich drin spiegeln, vielleicht sogar neu. Glatt rasiert, Babyface, randlose Brille, heißt bestimmt nichts Gutes, wenn solche Typen auftauchen.

»Also, was sagen Sie?«, sagt er, wie als Abschluss einer längeren Ausführung.

»Tschuldigung. Hab grad nich aufgepasst.«

Aber nicht schlecht auf Zack der Mann, keine Irritation, das Lächeln hilft ihm wie eine gefrorene Brücke von einem Satz zum nächsten. Er rutscht da einfach drüber.

»Die Kandidatur«, wiederholt er geduldig, »für die Stadtratswahl. Da Sie momentan den Kopf nicht freizuhaben scheinen, wer hat das schon, nicht wahr? So viele Dinge, das Leben ist so hektisch heutzutage ... jedenfalls würde ich Ihnen gerne diese Broschüre hierlassen, da können Sie mein Wahlprogramm nachlesen. Einen angenehmen Feierabend wünsche ich.«

Ich nicke schon wieder. Einen angenehmen Feierabend wünscht er, ein waschechter Opportunist, Gott sei Dank hat er nicht noch angefangen, Jugendslang mit jemandem zu reden, der Mitte dreißig ist. Ein Typ, der für die Presse quer durch den Darkroom tollen würde, um zu beweisen, dass er nicht homophob ist. Ich sperre die Tür auf und als ich sie hinter mir schließe, ein misstrauischer Blick durch den Spalt, sehe ich noch, dass er bei den Nachbarn klingelt und sich den Kragen zurechtrückt. Jochen und Sabine. Getöpfertes Namensschild an der Tür, da stehen die Chancen besser. Tür fällt zu, die Welt ist draußen, ich drinnen, gut so. Durchatmen. Die Broschüre schmeiße ich in den Papiermüll, ungelesen wie die Zeitungen, die sich darin stapeln.

Irgendwo hatte ich noch ein Bier, ich bin mir sicher. Aber im Kasten sind nur leere Flaschen, und die füllen ihn auch nur zur Hälfte. Was ist mit den anderen Flaschen passiert? Vielleicht hab ich sie mitgenommen und getrunken, auf dem Weg irgendwohin, und dann abgestellt. Genau, und dann haben sie die Pfandsammler genommen, für acht Cent zurückgebracht. Von den Isarauen, aus den Papierkörben der Bushaltestellen, von den Stromkästen, warum stellt man Bierflaschen eigentlich immer auf diesen Stromkästen ab? Wäre mal was für eine Diplomarbeit in Psychologie, ich sollte eine schreiben. Energiezyklen des 21. Jahrhunderts, Sandlertum an urbanen Verteilungsorten. Zu anstrengend. Besser ein voyeuristisches Fotografieprojekt: Trinker an U-Bahnhöfen und leere Flaschen auf Verteilerkästen. Knotenpunkte. Aber vielleicht ist es auch anders. Ein Zurückbringen. Kühlschrank und Stromkasten, wie Anfang und Ende. Mein Freund, der Kühlschrank, hat jedenfalls noch Käsescheiben, ach ja, und saure Gurken. Kann man gut zusammen essen, Gurken in den Käse einrollen, bestens. Und hinter den Gurken, da grüßt er, quer im Kühlschrank, der Augustinermönch. Ich rolle eine Gurke in eine Käsescheibe und mach das Bier auf. So lässt es sich leben. Auf der Kühlschranktür fällt mir die Werbepostkarte für vegetarische Schnitzel ins Auge: »Nächste Woche wird besser.« Wie lang ist das jetzt her, Majas Geburt? Jeden Tag diese Karte vor Augen, jeden Abend der Gedanke, morgen fang ich an zu schreiben, endlich neue Songs, genug Akkordfolgen gesammelt, genug vage Ideen skizziert. Morgen fange ich an zu schreiben. Eine blasse Erinnerung. Aber bald trägt mich ein kreativer Aufwind, ich ahne es, ich kann die Brise schon spüren. Gleich morgen werde ich anfangen, alles zu ordnen, zu strukturieren, zu formulieren, aber erst brauche ich ein neues Notizbuch, ein hochwertiges, mit schwerem Einband, eines, das sich wie ein Neuanfang anfühlt.

Jemand klingelt an der Tür, es ist Jochen. Jochen, mein Nachbar. Wenn es nicht Jochen wäre, dann hätte ich jemanden auf der Treppe hören müssen.

»Hallo Jochen«, sage ich also, während ich die Tür aufmache, noch bevor ich ihn dastehen sehe, in Polohemd und Leinenhose, mit seinem chronisch leicht geröteten Hals.

»Hallo Mark«, sagt er und grinst, »ein Hellseher? Hast du dir gerade was Leckeres in der Küche gezaubert?«

»Was gezaubert«, so redet Jochen. Jochen redet wie ein Vollidiot. Jochen hat aber anscheinend auch irgendwann mal »tolerant« in einen Selbstauskunftsbogen geschrieben, und seitdem kämpft er täglich um die Berechtigung dafür, nach dem Credo: Tolerant ist man nicht, man muss es jeden Tag aufs Neue werden.

»Kleines Feierabendbierchen?«, fragt er mit Blick auf die Flasche in meiner Hand.

»Ach ja, so'n Bierchen zum Feierabend«, sinniert er und fixiert einen Punkt in der Luft, »vielleicht 'nen kleinen Joint ... erinnert mich an meine Studentenzeit.«

Mir fällt nichts ein, was ich darauf antworten könnte. Ich versuche, mir Jochen in der soeben entworfenen Situation vorzustellen: Ich schaffe es nicht.

»Aber jetzt, mit Familie ... Weißt ja, wie's ist, nicht wahr?«

»Ja«, lüge ich – ich bin mir nicht sicher, ob ich weiß, wie es ist.

»Ich wollt' eigentlich nur fragen«, fährt er fort, »hat die Maja vielleicht die Hausaufgaben mitgebracht? Weil, die Jennifer war heut nicht in der Schule. Krank.«

»Tja, weißt du«, sage ich und kratze mich wie zur Unterstützung am Kopf, »Maja ist noch in der Musikschule. Ida holt sie gerade ab.«

Das macht Jochen nervös.

»Wann kommt sie denn heim? Weil, nachher wird's vielleicht zu spät für die Jennifer.«

»Meinst du, es ist so schlimm, wenn sie mal die Hausaufgaben nicht macht? Ich mein, wenn sie schon krank ist ...«

»Klar, klar, keine Frage«, schneidet mir Jochen das Wort ab und grinst sein bestes Unternehmensberaterlächeln, »ich sag ja bloß, wenn sie in einer halben Stunde nach Hause kommt, kannst du sie ja kurz rüberschicken.«

»Klar, mach ich.«

»Bis morgen dann.«

Wieso bis morgen? Egal. Tür zu, Jochen weg, Bier auf, hinsetzen, ausruhen. Ich lege eine Baden-Powell-Platte auf und setze mich so auf das Sofa, dass ich noch die letzten Sonnenstrahlen abkriege. Ausruhen, oder besser: ruhen. Früher, wenn mein Opa schnarchend im Sessel saß, Kopf nach hinten weggeklappt, offener Mund in Richtung Zimmerdecke, hat Oma immer gesagt: »Vati ruht.« Ich ruhe. Badens Gitarrenläufe gleiten mit meinem Atem dahin, fließen mit der Abendsonne über das Parkett, tief und gleichmäßig. An manchen Stellen ist das hallende Geräusch der Saiten zu hören, wenn Baden umgreift – ein Geräusch, das mir schon vor dem folgenden Akkord ein Gefühl der Sicherheit gibt. Baden als der gute Busfahrer und ich als Passagier, bis der Schlüssel im Schloss geht, Tür auf, Maja und Ida kommen rein.

»Hallo.«

»Hey, na?« Ich geh zur Anlage und stell die Musik ein bisschen leiser. Ida legt die Schlüssel auf der Kommode ab und küsst mich, ihre Lippen sind noch kalt von draußen, dabei war es heute tagsüber so warm, vielleicht reicht der Aufstieg durch das Treppenhaus zum Abkühlen.

»Wie geht's euch?«, frage ich.

»Wir haben Essen mitgebracht«, sagt Maja, als wäre das die passende Antwort. Vielleicht ist das auch so. Sie zeigt auf zwei Plastiktüten, die auf dem Boden stehen. Ida stellt sie auf den Tisch und zieht drei alubedeckelte Styroporschalen heraus.

»Wir kamen grade am Vietnamesen vorbei«, sagt sie, »und da ist mir eingefallen, dass wir gar nichts mehr im Kühlschrank haben. Ich meine, es sei denn, man steht auf Käse und saure Gurken.«

»Nichts gegen Käse und saure Gurken.«

Ich hole Teller und Gläser, wo ist mein Bier, ah ja, auf dem Couchtisch. Mir fällt Jochen ein, aber ich denke, es ist vertretbar, seine Tochter heute ohne Hausaufgaben ins Bett gehen zu lassen. Zum Einspruch klingelt es schon wieder.

»Wer ist das?«, fragt Ida.

»Jochen. Er hat Angst, dass Jennifer die Hausaufgaben nicht bekommt.«

Maja verdreht die Augen, nimmt ihren Schulranzen und macht die Tür auf.

»Hallo Maja«, höre ich Jochen, »mmh, hier riecht's aber gut. Chinesisch, oder?«

»Vietnamesisch«, sagt Maja bestimmt, und ich schaue Ida an, sie muss grinsen.

»Ich wollte nur fragen ...«, fährt Jochen fort.

»... wegen den Hausaufgaben«, vervollständigt Maja. »Mark wollte mich schon zu euch rüberschicken.«

Das lernen sie in der Schule, vervollständigen. Dazu sind diese ganzen Lückentexte gut.

»Äh, ja genau.«

»Das sind die beiden Blätter hier«, sagt Maja, »beim zweiten nur die Aufgaben eins bis acht.«

»Eins bis acht. Gut.«

»Ich ringel es ein.« Maja traut ihm nicht zu, sich allzu viel merken zu können. Daran bin wahrscheinlich ich schuld.

»Das ist ja mal ein Service. Also, dankschön, gell? Und guten Appetit.«

»Danke.«

Die Tür fällt ins Schloss. Maja kommt wieder zurück an den Tisch. Ida schüttet ihren Reis auf den Teller um. Sie nimmt einen Bissen und schaut mich komisch an.

»Was ist? Schmeckt es nicht?«, frage ich und merke, sie schaut nicht mich an, sie schaut hinter mich. Sie geht zum Fenster.

»Seit wann bist du schon hier?«, fragt sie.

»Seit 'ner halben Stunde, oder vielleicht 'ner Dreiviertelstunde.«

»Ist dir vielleicht irgendwas aufgefallen?«

»Wie, was? Was sollte mir denn auffallen?«

»Weiß auch nicht«, sagt sie übertrieben arglos, und ich weiß, sie weiß es genau. Gleich kommt etwas, das mir hätte auffallen müssen. Ich bin zu Hause in diesen Sekunden des Vorausahnens, für konkrete Gedanken zu kurz. Stattdessen schlaglichtartige Suche: Musikschule? Schule? Arbeit, Termine, Einkaufen? Müll runterbringen, Auf-, Weg-, Umräumen? Abwasch?

»Vielleicht sollte dir zum Beispiel auffallen, dass der Balkon verbarrikadiert ist. Na ja, andererseits, die Sperre übersieht man ja auch leicht. Ist ja nur 'nen verfluchten Quadratmeter groß.«

Maja springt auf und läuft zur Balkontür, ich gehe hinterher. Jetzt sehe ich es auch, Stahlstreben bis auf Hüfthöhe vor die Tür geschraubt, der Balkon vollkommen leer.

»Wann haben die das gemacht?«, schimpft Ida, die Höhen voll aufgedreht. »Und wo sind unsere Möbel? Ich ruf die Hausverwaltung an. Denen tret ich dermaßen in den Arsch …«

»Sind bestimmt nicht mehr im Büro. Lass uns essen.«

Ich gehe zurück an den Tisch und lade mir Huhn mit Zitronengras auf den Teller. Ida verdreht die Augen, setzt sich mir gegenüber, Telefon am Ohr und stopft wütend Reis in sich rein. Das sieht zu lustig aus, ich kann mich nicht beherrschen und muss lachen.

»Besetzt! Und du brauchst gar nicht so saudämlich zu lachen. Ist dir ja anscheinend scheißegal, der Balkon.«

Sie legt auf, und weil man bei dem Funktelefon nicht den Hörer auf die Gabel knallen kann, schmeißt sie es stattdessen auf das Sofa, von wo es abprallt, Plastik auf Parkett, Batterien rollen über den Boden. Sie isst weiter ihren Reis, immer noch sauer, aber ich kann nicht aufhören zu lachen.

»Man kann doch jetzt sowieso nichts machen.«

Beschwichtigender Tonfall, Diplomatie bei heiklen Themen, zum Glück muss sie jetzt auch ein bisschen lachen. Es ist nämlich so: Ich mag den Balkon, klar, frische Luft, Sonne und alles. Kann wohl keiner was dagegen haben. Aber für Ida ist der Balkon praktisch das Herzstück der Wohnung, der wichtigste Grund überhaupt für das Stadtleben, wenn man das hier denn wirklich so nennen will.

»Können wir bald wieder auf den Balkon?«, fragt Maja.

»Darauf kannst du dich verlassen«, sagt Ida bitter. Lass mich nie zwischen diese Frau und die Sonne kommen.

2

»Diese Vollidioten!« So beginnt mein Tag. »Diese Vollidioten!«

»Mh?«

»Hör mal.« Ida beugt sich über mich. »Ich hab grad mit der Hausverwaltung gesprochen. Die haben behauptet, sie hätten zwei Briefe geschrieben, dass wir den Balkon räumen müssen. Fassadenrenovierung. Und jetzt haben die das Zeug in den Keller gestellt.«

»Wie denn?« Ich zwinge mich aus meinem Traum in die Alltagsrealität. »Über die Leiter, oder was, aus dem vierten Stock?«

»Wie! Was weiß ich, wie! Jedenfalls muss es da weg. Alles, was man heute nicht aus dem Keller holt, wird entsorgt. Muss jetzt los, ich bring Maja. Tschau.«

Kuss auf die Wange, ich schäle mich aus der Decke.

»Tschüss«, sagt Maja.

»Schönen Tag«, bringe ich raus, es klingt krächzend. Die Wohnungstür fällt hinter den beiden zu. Mir ist klar, das Erste, was ich zu tun hab, ist, die verdammten Plastikmöbel zu retten. Um die Lieder kann ich mich später kümmern. Irgendwo hier muss meine Jogginghose liegen, da ist sie schon. Sieht warm draußen aus, klarer Fall für das Unterhemd. Unterhemd? Was heißt Unterhemd, hab das Ding noch nie unter irgendwas angehabt. Aber jetzt ist keine Zeit für Haarspaltereien, ich habe eine Mission. Wohnungsschlüssel, Kellerschlüssel nicht vergessen,

Treppen runter. Science-Fiction-Alien-Akkordeon-Tonleiter wieder abwärts, vorsichtig, die Stufen sind innen tiefer als außen, also schräg gelatscht von ganzen Generationen. Ist ziemlich gefährlich, besoffen raufzugehn, neben dem niedrigen Geländer. Oder runter. Runter ist sogar noch gefährlicher, nimmt man leichter Tempo auf. Schießt man runter, gleich durch entsprechende Soundeffekte kommentiert, wie im Stummfilm. Im Keller ist es kühl. Die Möbel stehen da, ans Ende des Gangs gestopft, ein Monstrum aus Wäscheständern, Stuhlbeinen, Klapptischen, Blumengittern und allem möglichen anderen Mist. Ich sehe ein Bein von unserem Tisch und zieh dran, der ganze Haufen wackelt mit, ich manövriere das Ding hindurch, enthake es mit ruckhaften Bewegungen, zum Glück hängen die drei Stühle auch irgendwie daran fest und fallen mit raus. Der ganze andere Plunder kippt vor meine Füße. Eigene Möbel sicherstellen, ans andere Ende bringen, dann den ganzen Müll wieder aufstapeln.

»Was ist denn hier los?«

Hat mir 'nen ganz schönen Schreck eingejagt, die Hausmeisterin, mit ihrer rauchigen Stimme, und hier klingt sie auch noch so dumpf.

»Oh, hallo Gerda. Jetzt hab ich ziemlichen Lärm gemacht, oder?«

»Ja, des kannst laut sag'n. Ah, hier ist's aber schee kühl. Da lasst's sich aushalten.«

Sie setzt sich auf einen der Plastikstühle.

»Hab ich mir vorher auch gedacht.« Ich stelle einen anderen Stuhl auf und setze mich dazu. »Wollte nur unsere Möbel holen. Wegen der Fassadenrenovierung.«

»Ha! Die Fassadenrenovierung«, sagt die Hausmeisterin, »da bin i ja mal g'spannt, ob des was werd.«

»Warum?«

Sie beugt sich vor, und ich kann jetzt schon in ihrem Gesicht ablesen, dass ihr Tonfall verschwörerisch sein wird.

»Mei Onkel, dem sei Schwager, der steht guat mit'm …« Klick, schon abgeschaltet, solche Ketten versuch ich gar nicht erst nachzuvollziehen. Hat dann mit der Geschichte sowieso nichts zu tun.

»Jedenfalls«, kommt sie zum Schluss, »der Besitzer wui des Haus verkaffa, und der neue Eigentümer hat an Plan, da Luxuswohnungen draus zu machen.«

»Ja, aber mal ehrlich, die Leute kriegt man ja nicht raus. Die wohnen hier ja schon ewig und ham auch ihre Rechte.«

»Genau«, sagt die Hausmeisterin, »des is es ja. Rausekeln wollen's uns. An Aufzug reparieren's net. Die Halbstarkn ham's neiglassen. Meiner Kneipn ham's a scho des Gesundheitsamt auf an Hals gehetzt. Aber bei mir, da is alles sauber.« Sie lacht ein schepperndes Lachen, von dem ich nicht genau sagen kann, ob es triumphierend ist oder auf den wahren Hygienezustand ihrer Küche abzielt. Ich überlege, wann ich zuletzt in ihrer Kneipe Schnitzel gegessen habe. Dann überlege ich, wann ich zuletzt das Wort »Halbstarke« gehört habe.

»Also«, sagt sie und stützt sich beim Aufstehen auf der Tischplatte ab, »i muss weiter.«

»Ich wohl auch«, sage ich und betrachte das Tisch-Stuhl-Ensemble.

»Is direkt schad, gell?«, folgt sie meinem Blick. »Da kennt ma schee an Kaffeeklatsch machen, wenn es draußen gar so hoaß is.«

»Ja, das wär nicht schlecht.«

»So. Dann servus derweil.« Das »so« sagt sie ganz wie der Profi, der sie ist, wie jemand der viel »so« sagt, also wie ein Hausmeister, bei dem sich den ganzen Tag viele kleine Aufgaben aneinanderreihen, und jede wird mit einem »so« angegangen und beschlossen. Ich nehme erst mal die Stühle, Plastik, lassen sich ineinanderstapeln, wiegen fast nichts, kann man an den Armlehnen halten, Schwerpunkt direkt vor mir, es darf mich nur nicht aufs Maul hauen. In der Wohnung, wohin damit? Die ganze Wohnung steht voll mit Zeug, erst mal ins Badezimmer, dann kann man im Sitzen duschen, auch nicht schlecht. Wieder unten, der Tisch das glatte Gegenteil von den Stühlen. Rutschig, rund, sperrig, lässt sich nirgends richtig halten, schrammt mir gegen's Knie, stößt gegen das Geländer und rammt mir ein Bein in den Bauch, muss ihn alle paar Meter absetzen. Quer durch die Wohnungstür, Kratzer in die Kommode, lass ihn im Wohnzimmer stehen, setz mich auf die Couch. »So«, sage ich. Und weil ich gerade dabei bin, so gut organisiert zu sein, Möbel sofort geholt, anstatt sie bis zum Abend unten rumstehen zu lassen, werd ich mich gleich an die neuen Songs für »Kartonagen und Büropapier« setzen. Aber erst mal ein bisschen ausruhen, viel zu anstrengend das Ganze. Clifford Brown in der Anlage, flirrende Läufe, wegtreiben.

»Hey, du musst aufwachen!«

»Mmmh.« Versuche, so zu klingen, als ob ich das mitgekriegt hätte, schon unterwegs wäre. Ein antrainierter Reflex.

»Du musst aufstehen. Du musst doch zum Elternabend.« Ida küsst mich. Eltern? Abend? Elternabend? Dienstag? Mittwoch? Hab den ganzen Tag verschlafen.

»Okay.« Ich setze mich aufrecht hin. Ida und Maja stehen schon angezogen da. Ich streiche Maja über den Kopf.

»Wir müssen jetzt los«, informiert sie mich. Ungeduld in der Stimme. Ich habe keinen blassen Schimmer, wohin die beiden losmüssen. »Zum Tanzen.« Anderer Tonfall. Gnädige Mitteilung. Zum Tanzen also. Musikschule, Tanzen, das Kind hat mehr Termine als ich. Muss Ida noch fragen, in welchem Klassenzimmer der Elternabend genau ist. Muss sie nicht mehr fragen. Hat mir einen Zettel in die Hand gedrückt, auf dem alles genau aufgelistet ist. Einer von diesen beigen Zetteln mit blauer Schrift, hätte nicht gedacht, dass es die noch gibt.

»Viel Spaß beim Tanzen.«

»Mmh.«

Immer noch in der Jogginghose, ich muss was anderes anziehen. Ich muss überhaupt noch duschen, das bringt vielleicht auch meinen Kreislauf in die Gänge. Ach ja, die Stühle, perfekt, im Sitzen duschen, die Sache langsam angehen lassen. Dann kälter stellen, frisch, klar, abtrocknen, ins Schlafzimmer, in die Jeans, sollte ich ein Hemd anziehen? Zieh das Hemd aus dem Schrank, knöpfe es zu, sehe mich im Spiegel. Es sieht zerknittert aus, das Hemd, viel zu sehr so, wie ich mich fühle, höre schon eine Mutter in einer Kaffeerunde sagen, »Na ja, er sah etwas, wie soll ich sagen … zerknittert aus«, und dann lachen alle, nein Mann, nicht mit mir, runter damit.

Im Klassenzimmer kleine Stühle, klar, für kleine Leute. Obwohl es schon ein paar Elternabende gegeben hat, ist das auch jetzt wieder Anlass für Gelächter und Witze und mehr nervöses Gelächter. Männer in Sandalen, kein Witz, und in Shorts. Ihre Frauen in Sommerkleidern, Blumen, Streifen, Karos und Jeans mit weiten Oberteilen. Jochen setzt sich neben mich, wirkt froh, jemanden zu kennen.

»Ist ein komisches Gefühl, oder, wieder an so einer Schulbank zu sitzen?« Er fragt das, als ob er sich selbst nicht sicher ist. Vielleicht hält er mich für eine Kompetenz in Sachen komischer Gefühle. Vielleicht hat er recht. Ich nicke und denke darüber nach.

»Ziemlich heiße Frauen, teilweise«, murmelt er kumpelhaft, »findest du nicht auch? Schau dir mal das Gerät da an.«

Das Gerät? Ich nicke und unterdrücke einen Angstschub. Kommt die Pubertät mit den Schulbänken zurück? Hängt das zusammen? Muss ich da noch mal durch? Nein, es ist einfach nur Jochen in der tiefsten Essenz seines Daseins, wie vor zehn Jahren, wie in zehn Jahren auch noch, ganz normal. Die Klassenlehrerin ist recht jung, und ihre Freundlichkeit macht auf mich einen ungespielten Eindruck. Sie erzählt etwas über das bisherige Schuljahr und organisatorische Planungen, die Tautologie ist in dem Fall völlig angebracht. Ich lasse meinen Blick schweifen, über die gemalten Bilder an der Wand, die riesigen ausgeschnittenen Buchstaben und Poster von Tieren. Die Lehrerin setzt sich hin, und eine Frau geht nach vorne. Sie trägt ein Blümchenkleid, aber sieht so aus, als könne sie Kokosnüsse unter den Achseln zerdrücken. Ihr Kopf ist knallrot, ich bemerke erst dadurch, wie warm es hier ist. Sie ist die Vorsitzende des Elternbeirates. Also meine Repräsentantin. Sie hat etwas zu organisieren. Ein Kuchenbuffet, fürs Sommerfest, genau, ich glaube, Ida hat was gesagt von Kuchen. Aber was für Kuchen? Ich kann mich nicht erinnern, was sie gesagt hat. Eine Liste wird herumgegeben, und wenn sie bei mir ankommt, dann muss ich einen Kuchen draufschreiben. Aber was für einen genau? Was mit Obst, was mit Rhabarber? Rhabarberkuchen vielleicht? Mit Rhabarber kann man mich jagen, Dreckszeug, aber ich muss den Kuchen ja auch nicht essen. »Du musst den Kuchen ja nicht essen«, ja, das könnte Ida gesagt haben. Ich bekomme die Liste in die Hand gedrückt, mit einem vertraulichen Lächeln, als seien es Wahlunterlagen. Ich überfliege die Liste kurz und schreibe »Rhabarberkuchen« drauf. Der Zettel wird wieder zu der Frau nach vorne gegeben. Sie schaut darauf und nickt zufrieden, aber ich bin mir sicher, dass das noch nicht alles war. Und richtig, sie zieht den Abzug: Standbesetzungen, Tombola, Sackhüpfen, Getränkeverkauf, Grill. Ich schaue in die Runde. Als sie auf das Grillen zu sprechen kommt, sehe ich, dass die Mundwinkel von ein paar Vätern sich verkrampfen. Einer lehnt sich sogar zurück und verschränkt die Arme. Wären wahrscheinlich selbst gern Grillmeister geworden, aber zu spät, ein anderer ist der Mann. Vielleicht hatte er bessere Beziehungen, alles Politik hier. Werden sich trotzdem um den Grill stellen, bei dem Fest, und Ratschläge geben, wüssten ja sonst nicht, wohin. Und auf dem Nachhauseweg werden sie sagen, der Kerl, der gegrillt hat, der hat ja keine Ahnung, das kann man so doch nicht machen, kein Wunder, dass es so lang gedauert hat, und dann war der Rost viel zu nah an den Kohlen, ist ja alles schwarz geworden. Und die Frauen sitzen neben ihnen im Auto und denken darüber nach, wie sie jemals wieder mit jemandem schlafen sollen, der so uncool ist. Sie haben so ähnliche Reden schon oft gehört. Genau wie die Lehrerin jetzt, sitzt da und kennt das alles, so oder so ähnlich. Sie lächelt die Frau aufmunternd an, aber ich glaube, sie ist nur dankbar, dass es jemanden gibt, der das macht, und sogar freiwillig. Sollten wir aber auch alle sein. Dann ist es vorbei, die Lehrerin bedankt sich und als wir gleichzeitig aus den Stühlen aufstehen und aufeinander einreden, entsteht noch einmal so ein seltsamer Schulmoment. Ich gehe aus dem Klassenzimmer. Jochen holt mich ein, mein Banknachbar, mein Nachbar.

»Kommst du noch mit auf ein Bierchen?«

Ich überlege kurz: Maja ist beim Tanzen, Ida auch und es ist nicht so, dass ich was Besseres zu tun hätte. Und außerdem bedeuten bei Jochen ein oder zwei Bierchen auch wirklich ein, zwei Bierchen, also kein Absturz, kein Schnaps, keine Tankstelle, nachdem die Kneipe zumacht, kein Kater, keine Fahne, kein deprimierender ohnmächtiger Kollaps jeglicher Pläne und Vorhaben des Folgetags.

»Klar, warum nicht.«

Die Kneipe ist nicht sehr voll, und warum sollte sie das auch sein, um acht Uhr abends unter der Woche. Es sind nur ein paar Leute da, die vorher wahrscheinlich draußen saßen und mit ihrem Feierabendbier nach drinnen umgezogen sind, als es zu kalt geworden ist. Ich sitze mit dem Rücken zum Eingang, was ich nicht mag, aber Jochen hat sich zuerst hingesetzt, und sich nebeneinanderzusetzen, ich weiß nicht, das ist wie in der U-Bahn, irgendwie macht man das nicht. Kaum ist das Bier da, schlägt Jochen einen vertraulichen Ton an. Das bringt die Anordnung mit sich, vermute ich, sind zwei Männer schon eine Männerrunde? Zack, schon werden wir in Jochens Welt geworfen. Jochens Welt sieht so aus:

»Kennst du das?«, fragt er und beugt sich ein bisschen weiter vor, die Ellenbogen auf den Tisch gestützt, »vorhin, als die Dicke sich gemeldet hat und angefangen hat, über Kuchen zu reden, da konnte ich mich gar nicht konzentrieren. Mir ist eingefallen, dass wir auf einem Elternabend sind.«

Er schaut mich an, als wäre er einer großen Sache auf der Spur.

»Elternabend«, wiederhole ich.

»Ja«, sagt er. »Die Frau hat ein Kind! Das Einzige, was ich die ganze Zeit denken konnte, war, JEMAND HAT DIESE FRAU GEFICKT! Kennst du das? Geht's dir auch manchmal so?«

Ich zucke mit den Schultern.

»Um ehrlich zu sein, so'n Gedanke ist mir noch nie gekommen.«

Noch ehrlicher, ich denke in diesem Moment: JEMAND HAT DIESEN KERL GEHEIRATET? Womit ich natürlich eine alte Leier wiederhole, sexueller Blick auf Frauen, demgegenüber die Bewertung des Mannes als Familienversorger. Aber der sexuelle Blick auf Jochen liegt außerhalb meiner Fantasie. Was anderes, Abwendung, Umleitung. Ich versuche, das Thema auf etwas Allgemeines zu lenken.

»Wann geht eigentlich die Saison wieder los?«

Fußball, das muss funktionieren, das hält Jochen am Laufen. Und das klappt immer. Innerhalb weniger Augenblicke legt er los und hält einen langen Monolog darüber, warum die Löwen wieder ins Grünwalder Stadion zurückmüssen, dass 1860 eben ein Giesinger Verein ist, der den Giesingern gehört, so wie Jochen einer ist, Verankerung, Arbeiterviertel, Authentizität, Tradition; und die echten Giesinger, wie Jochen einer ist, gehen sowieso nur zu den Amateuren ins Grünwalder, und er ist fast jedes Mal »draußen«. Ich als Preuße könne mir das ja wahrscheinlich gar nicht so vorstellen. Seit ich zwei Jahre alt bin, wohne ich in dieser Stadt und bin immer noch der Preuße. Ich sollte zurück nach Berlin, wo ich geboren wurde. Stattdessen sitze ich hier und höre Jochen halb zu, wie man eben so zuhört, zum Beispiel dem Radio, wenn man weiß, es wird nichts Überraschendes zu hören sein. Ich nicke und unterdrücke ein paar Einwände: Erstens, Jochen kommt aus Ramersdorf, nicht aus Giesing. Zweitens, er ist fast nie »draußen« und schon gar nicht bei den Amateuren. Mit Maja war ich da schon oft und hab ihn nie getroffen. Drittens: Ich bin mir fast sicher, dass er öfter in der Allianz Arena ist, bei den Bayern. Jochen geht da manchmal mit Geschäftspartnern hin. Ich denke mal, da hört er sich anders an. Gerade als Jochen in Fahrt kommt, kommt eine Frau rein. Und ich weiß das, obwohl ich mit dem Rücken zur Türe sitze. Denn: Jochen ist einer von den Typen, denen man ansieht, wenn eine Frau reinkommt. Sein Redefluss verlangsamt sich und gerät ins Stocken, dabei folgen seine Augen dem Weg der Frau in meinem Rücken. »... weil das schon immer so war, und außerdem ... könnte die Stadt ... weil ... das ... äh ... Grünwalder ... ist ... ja ... quasi ... äh ... ein ... ein ... Wahrzeichen ... geile Sau.«

Das »geile Sau« zischt er, als ob ein innerer Druck die Worte zwischen den Zähnen rauspresst. Ich bin mir sogar fast sicher, dass es auch so ist. Jochen, der lebende Teekessel.

»Wir müssen mal wieder auf ein Bier gehen«, sagt Jochen zu Hause vor der Tür, »aber dann länger. Ein richtiger Männerabend.«

»Ja«, sage ich unter Ausblendung meiner Vorstellungskraft. Ich sperre die Tür auf. Ida sitzt auf dem Sofa und tippt einen Artikel.

»Hey«, sagt sie, »wie war's bei dir?«

»Jochen«, sage ich und drücke Zeige- und Mittelfinger gegen meine Schläfe. Sie legt den Laptop beiseite, damit ich mich zu ihr beugen und sie küssen kann. Der ganze Wirbel da draußen fällt von mir ab, Ida, mein Basston, meine Erdung.

»Hast du uns eingetragen, in die Liste?«

»Ja.«

»Für das Sackhüpfen?«

»Sackhüpfen?«

»Ja, Sackhüpfen. Wieso, wofür hast du uns eingetragen?«

»Mmh, hatte irgendwie was von Kuchen im Kopf. Rhabarberkuchen.«

»Was? Du hasst Rhabarber.«

»Ich weiß.«

»Ich hatte gesagt, dass ich keine Zeit hab, 'nen Kuchen zu backen, und dass wir deshalb was bei dem Fest selbst machen müssen.«

»Ja, okay, versteh schon, muss ich den eben backen. Ist Maja noch wach?«

»Ist schon im Bett.«

Ich gehe nachschauen, und da liegt sie, das Licht an, ein Buch vor ihr aufgeschlagen, aber sie schläft schon und atmet ganz ruhig und regelmäßig. Ich ziehe das Buch unter ihrem Arm hervor, fahre ihr über die Haare, eine rare Gelegenheit. Wenn sie wach ist, lässt sie das nicht allzu oft zu. Ich mache das Licht aus, gehe raus und ziehe die Tür zu, mit einer geübten Bewegung: erst zügig, damit sie nicht knarzt, und am Ende langsam. Dann setze ich mich auf die Wohnzimmercouch neben Ida. Ich baue einen Joint und rauche und höre zu, wie ihre Finger die Tastatur klappern lassen, und schließe die Augen und sehe, wie die kleinen tackenden Geräusche ein Gerüst bauen, Wort für Wort, Satz für Satz, Spalte für Spalte. Dann ist Ida fertig und nimmt auch ein paar Züge, und wir gehen ins Bett, schlafen, ich bin müde, ich bin, wo ich sein soll, und morgen ist ein großer Tag, denn ich werde einen Rhabarberkuchen backen.

3

»Hey, aufstehen.« Maja rüttelt an meiner Schulter.

»Ja«, sage ich und reibe mir die zerknitterten Augen, jedenfalls fühlen sie sich so an, vielleicht wäre heute ein Tag für das Hemd. Sie weckt mich immer, es ist ihr lieber so herum, und ehrlich gesagt funktioniert es auch besser. Ida muss erst später in die Redaktion, sie kann noch liegen bleiben. Weiterschlafen, das wär's, aber da ist nichts zu machen, ich weiß, Maja wird hier stehen bleiben, bis ich aufgestanden bin. Und zwar richtig aufgestanden, mit den Füßen auf den Holzdielen, meinen schwankenden Körperschwerpunkt kontrollierend. Sie nickt zufrieden, und ich steuere das Badezimmer an. Ich vermeide es, in den Spiegel zu schauen. Unter die Dusche, kaltes Wasser prallt von mir ab, sodass ich wieder weiß, wo mein Körper anfängt und aufhört. Maja sitzt am Küchentisch und isst ihr Müsli. Ich setze Kaffee auf und hol meine Zeitung von draußen. Meine Zeitung, das heißt, Jochens Feuilleton und den Sportteil von Professor Seibert. Jochen interessiert sich nicht fürs Feuilleton, und die Betreuerin von Professor Seibert aus dem dritten Stock legt mir immer seinen Sportteil raus. Es hängt irgendwie mit seiner seelischen Erkrankung zusammen, so ganz verstanden hab ich das immer noch nicht.

»Wir müssen los«, sagt Maja, und die Bestimmtheit in ihrem Tonfall schließt jeden Zweifel aus. Ich versuche, den Kaffee noch schnell auszutrinken, und verbrenne mir die Zunge.

»Nicht so schnell«, sagt Maja. »Sonst tust du dir weh.« Ich nicke und nehme die Autoschlüssel von der Kommode. Wir kommen rechtzeitig an, obwohl Maja auf dem Weg demonstrativ die Stirn runzelt, um mir klarzumachen, dass wir nächstes Mal pünktlicher starten müssen. Vor der Schule sieht sie eine Freundin, winkt schon aus dem Autofenster, macht die Tür auf, kaum dass der Wagen steht, und läuft hinüber. Der klobige Schulranzen hüpft auf ihrem Rücken. Ich sammle diese Eindrücke als Beweise, um mich selbst von ihrer Kindheit zu überzeugen. Auf dem Rückweg beim Gemüseladen gleich noch ein bisschen Obst holen, ein paar Worte mit dem Besitzer wechseln.

»Heiß draußen.«

»Ja, da hast du's besser, hier drinnen mit dem Ventilator.«

Also hier, die Birnen hier, ein paar Weintrauben, ach ja, und Rhabarber, ekliges Zeug in meiner Einkaufstüte aus Papier, an der Kasse, im Rucksack, auf der Rückbank, in meiner Wohnung, auf der Küchenanrichte. Ich gehe ins Schlafzimmer, Ida schläft noch, und ich ziehe meine Jeans wieder aus und lege mich dazu. Sie schmiegt sich an mich, und die Sonne fällt durch das Fenster, bald ist hier drin bestimmt eine Bullenhitze, bei der dünnen Dachpappe. Ida wacht auf und geht ins Badezimmer, ich kann ihre Schritte hören. Sie kommt zurück ins Schlafzimmer, nackt, und versucht mich zu wecken, aber ich bin schon wieder im Halbschlaf und bin zu müde für alles. Aber ich bin doch nicht zu müde, denn sie hat eine Art mich anzufassen …

Sie steht auf, und ich bleibe noch ein bisschen liegen, fühle mich wie ein Betrüger, weil mein Leben zu gut ist. Und der Betrug geht auf meine Kosten. Ich weiß nicht, wie man Lieder aus dieser Art Wohlsein macht, ich brauche den Kater und die Sehnsucht und das Kopfweh und den

Schmerz. Alles auf »Kartonagen und Büropapiers« erstem und einzigem Album, was ich geschrieben habe und jemals irgendwem gefallen hat, war aus Wut oder Enttäuschung geschrieben, um jemanden zu beeindrucken, um jemanden zu übertrumpfen. Ich gehe ins Bad und ziehe den Duschvorhang zurück. Ida sitzt auf dem Plastikstuhl unter der Dusche und lacht. »Musst du heute nachmittags unterrichten?«, fragt sie.

»Ja. Und dann ist auch noch dieses seltsame Mietertreffen am Abend.«

»Schade.«

In die Küche, den Kaffee aufwärmen. Das Kochbuch aus dem Regal nehmen, Rezept für Rhabarberkuchen suchen, Zutaten auf einen Zettel schreiben.

Im Treppenhaus hängt eine Ankündigung: Mieterversammlung, wichtig, am soundsovielten in der Severinstuben, das ist Gerdas Kneipe direkt unten im Haus. Es ist erstklassig da, Spielautomaten, Stickdecken auf den Tischen und Hellholzmöbel. Draußen auf der Straße ist es schweineheiß, ich bin froh, dass ich kein Student mehr bin, jeden Tag in der Mittagshitze aufstehen, und das dann auch noch verkatert. Im Supermarkt ist es dafür kühl, fühlt sich gut an. Rhabarber, Rhabarber, hab ich schon, keine Münze für den Einkaufswagen, Milch, Eier, Backpulver, Mehl, die ganzen Sachen aufgestapelt, unter die Arme geklemmt, zwischen den Fingern festgehalten, mit den Unterarmen ausbalanciert. Vor mir eine Frau, die schnauft und die Sachen einzeln aus dem Wagen auf das Fließband legt. Sie hat recht, denke ich, alles bewegt sich sowieso zu schnell. Komisch, sie ist dabei nicht ruhig, atmet flach und hastig, das kann nicht gesund sein. Aber jetzt, freier Platz auf dem Band, ich lasse die Sachen nach vorne fallen, wie aus einem Schaufelbagger. Und die Frau nimmt einen dieser kleinen Balken und trennt meine kostbaren Zutaten von ihren Einkäufen ab. Sie weiß, wie es hier läuft, es ist ihr Revier, gerade zückt sie eine Kundenkarte, und gleich wird sie Treuepunkte sammeln. Jetzt packt sie ihre Sachen in Stoffbeutel ein, organisiert, durchdacht, ohne Hast, und mir fällt ein, dass ich keine Tasche dabeihabe. Aber eine Plastiktüte geht nicht, na ja, vielleicht doch, wenn ich sie gut behandle und lange verwende, mindestens ein, zwei Jahre. Vergiss es, der Kassierer hat schon alles eingelesen, und die Summe steht fest, in grünen LED-Zahlen auf schwarzem Hintergrund. Ohne Plastiktüte dann eben. Ich zahle und belade mich wieder, ein menschlicher Gabelstapler. Ein menschlicher Gabelstapler, dem die Hose rutscht, ich muss die Sachen alle paar Meter abstellen. Vorsicht mit den Eiern. Als ich die Haustür öffne, zwängt sich ein dicker Hund an mir vorbei in den Flur. Einen kurzen Moment lang warte ich, es kommt niemand, zu dem der Hund gehören könnte. Er beachtet mich gar nicht, bin ich beleidigt, weil ein Hund mich ignoriert? Er geht runter in Richtung Keller. Da ist es am kühlsten, er hat schon recht, mit seiner Intuition ist alles in Ordnung. Er hat den richtigen Riecher, nein, keine weiteren Wortspiele. Das Treppenhaus, vier Stockwerke, das geht nicht. Ich sollte hochgehen, eine andere Hose anziehen und dann wieder runterkommen, um die Sachen zu holen. Aber nicht bei der Hitze. Es gibt nur eine vernünftige Lösung, Hose ausziehen, Sachen reinstecken und die Treppe hochtragen, ohne ständigen Korrekturgriff an den Hosenbund, ganz locker. Ich bin ein Genie. Eier in der Hose? Ich hab zwölf Eier in der Hose, und ich muss aufpassen, dass sie nicht kaputtgehen. Auf dem dritten Zwischengeschoss kommt mir der Professor mit Ingrid entgegen. Ingrid ist seine Betreuerin. Sie hat oft lustige Sachen an. Heute trägt sie Fußballstutzen, ein Blümchenkleid und eine Melone, also den Hut, nicht das Kürbisgewächs. Der Professor ist wie immer ganz in Schwarz gekleidet, ich meine ein Schwarz, das nicht ganz schwarz ist, dunkelgrau, anthrazit, wie auch immer. Er betrachtet konzentriert seine Füße, Schritt auf Schritt, schaut mich nur kurz aus dem Augenwinkel an, das kenne ich nicht anders. Aber halt, jetzt hebt er den Kopf.

»Guten Tag«, grüßt er mich aus seiner mürrischen, verstörten Natur heraus, er hat mich noch nie gegrüßt. Er wirkt sogar fast, als freue er sich, mich zu sehen, ein Meilenstein.

»Hallo.«

Die Treppe rauf, der Professor hat recht, es ist ein guter Tag, ich backe einen Kuchen. Perfekt, nach Anleitung. Zusammengemischt, verquirlt, in die Form gegossen, Rhabarber abziehen, drauf, ab in den Ofen. Es klingelt. Mein Schüler. Ich ziehe hastig meine Hose an und öffne die Tür genau in dem Moment, in dem ich spüre, wie ein Ei kalt und glatt an meinem Bein entlangrollt, aus dem Hosenbein rutscht und neben meinem Fuß auf dem Boden aufschlägt. Ein verlorenes Ei, aus der Schachtel in die Jeans gerutscht, von seinen kahlköpfigen Freunden getrennt, ein einsamer Sturz, ein trauriges Ende.

»Hallo«, sagt mein Schüler und betrachtet den sich ausbreitenden Glibber auf dem Parkett.

»Hey! Tschuldigung, hab grad gebacken«, sage ich, als könne das irgendetwas erklären. »Geh mir mal die Hände waschen. Kannst ja schon mal auspacken.«

»Ja.«

Ich gehe mit Fassung in Richtung Badezimmer, eine Schleimspur hinter dem rechten Bein herziehend. Er schaut mir nach. Netter Kerl, Brille, ein bisschen pummelig, nicht, dass das eine Rolle spielen würde, aber es fällt mir auf. Als er angefangen hat, da war er noch ziemlich dick, und jetzt wird er immer dünner. Am Gitarrespielen kann es nicht liegen, ich selbst nehme immer mehr zu. Irgendwann haben wir wohl getauscht. Wäre wahrscheinlich gar nicht schlecht. Ich könnte jemand werden, bei dem man aus Klischeewissen vom Körper auf den Charakter schließt. Wo man mich sieht und zu sich sagt: »Aha, ein gemütlicher Dicker, sicher nett und vielleicht manchmal lustig.« So würde ich mich willkommen fühlen. Muss mal Ida fragen, was sie davon hält.

»Und wie läuft's mit der Gitarre?«, frage ich. »Bist du dazu gekommen, diese Woche?«

»Ja, geht so.« Er zuckt mit den Schultern. Wahrscheinlich hat er nicht geübt. Wir spielen das Stück durch, das er üben sollte. Er spielt es nicht schlecht, aber ich glaube, er spielt es mehr oder weniger vom Blatt.

»Du musst an deiner Technik arbeiten. Ich weiß, das macht keinen Spaß, aber nur so kannst du dich wirklich verbessern. Alle Großen haben das so gemacht.«

An der Stelle verallgemeinere ich gern. Es gibt jede Menge Autodidakten. Aber das sind größtenteils Genies, und er ist keins, und ich bin auch keins. Man darf seinen Schülern bloß nicht von Autodidakten erzählen. Ich weiß Bescheid. Ich habe mir selber alles über Autodidaktik beigebracht, was man wissen muss. Er nickt. Eine zähe Stunde vergeht mit Verlesern, Hasplern im Minutentakt, nicht mal im Takt.

»Du musst das üben«, sage ich am Ende noch mal, »das macht kein anderer für dich.«

»Ja, ich weiß.«

Er weiß, aber ich weiß nicht, was in dem Kerl vorgeht, fast ohne Körperspannung geht er an mir vorbei. Die

Tür fällt hinter ihm zu. Was riecht hier so komisch? Verdammt, der Kuchen. Herd aus, Klappe auf, Kuchen aus der Form. Der Boden ist schwarz, nicht so schlimm, kann man abschneiden. Mal probieren. Heiß. Verdammt heiß. Verdammt heiß und verdammt eklig, ich hasse Rhabarber, aber das ist es nicht, er ist viel zu sauer, da stülpt es einem das ganze Gesicht nach innen. Puderzucker drauf, in Massen, die schwarzen Ränder in den Mülleimer, Beweise vernichten. Der Schlüssel geht in der Tür, Maja kommt rein.

»Hallo«, sagt sie und stellt den Rucksack neben die Tür. Den Kuchen streift sie nur mit einem beiläufigen Blick. »Was essen wir?«

»Keine Ahnung«, sage ich, meine ganze Planung war auf den Kuchen ausgelegt. »Sollen wir Nudeln machen?«

»Schon wieder Nudeln?«, fragt sie zweifelnd.

»Hast ja recht. Ich kann auch 'ne Gemüsepfanne machen. Ist ja genug da von dem Zeug. Was meinst du? So'n bisschen asiatisch und scharf?«

»Au ja!«

Ich schäle ein paar Karotten, wasche Brokkoli und Paprika, schneide sie klein. Öl in den Wok, Ingwer, Zwiebel und Knoblauch dazu, Kartoffeln im Topf kochen. Maja setzt sich an den Tisch und fängt mit den Hausaufgaben an, ich frag mich, von wem sie das hat.

Schon wieder eine Versammlung, was ist das in letzter Zeit mit diesen Versammlungen? Erst der Elternabend und jetzt das Mietertreffen. Und beide Male mit Jochen, da sitzt er schon wieder. Ganz in der Ecke von der schweren Holzbank, neben dem Professor und seiner Betreuerin. Ich setze mich auf den freien Platz neben ihr. Natürlich ist Gerda auch da, ist ja ihr Laden. Sie wird wohl auf die siebzig zugehen, gepunktete Bluse in kühnen Farben, der Professor vermeidet es merklich, sie anzuschauen. Sie trägt Leopardenleggings, hat blondierte Haare und pinke Fingernägel, roten Lippenstift, ein Kunstwerk von einer Frau. Aber aus welcher Epoche? Aus welcher Bewegung? Vielleicht aus einer Protestbewegung, die die etablierte Ästhetik kritisch befragen will, Übertreibung als Subversion.

»Also«, sagt sie, »mir ham uns jetzt troffa, weil mir die Einzigen san, die wo noch übrig san, von dene Mieter. Es geht darum, was mir machen kennan. Eigentlich kenn ma uns ja alle? Also, ich bin die Gerda.«

Der Professor hustet, als ob er sich an ihrem Namen verschluckt hätte.

»Ingrid«, sagt seine Betreuerin, »und das hier ist Prof. Dr. Fridolin Seibert.«

»Freut mich«, sage ich, »Mark.«

»Ich bin Jochen«, sagt Jochen, »und ich hab mich schon mal umgehört. Die Firma, die das Bauvorhaben betreibt, heißt Aubau.«

»Aubau?«

»Ja. Au wie die Au und Bau wie Bau. Ist ja nicht so kompliziert.«

Zwei Männer kommen herein, der größere trägt eine Baseballkappe und ein Flanellhemd, das bis zur Hälfte aufgeknöpft ist. Darunter eine riesige Gürtelschnalle mit dem Buchstaben H, 'nen beachtlichen Ranzen hat er auch. Über der Brustbehaarung schimmert tatsächlich ein Goldkettchen. Der zweite, etwas kleinere, ist hager. Trägt die gleichen Accessoires wie der erste, aber es wirkt irgendwie nicht so authentisch. Die beiden stehen nebeneinander wie Original und Kopie. Oder besser: als wäre der zweite ein Franchisenehmer des ersten. Der Professor beginnt unruhig auf seinem Platz hin und her zu rutschen.

Der erste setzt sich breitbeinig auf einen der Barhocker und winkt.

»Hee, Gerda. Machst uns amoi zwoa Helle und zwoa Kurze.« Er zieht eine Hülse und Tabak aus der Hemdtasche und beginnt, sich eine Zigarette zu stopfen. Der Professor sieht das aus dem Augenwinkel und starrt auf sein Wasserglas. Sein Atem geht schnell und flach.

»Ganz ruhig«, murmelt Ingrid. »Einfach nicht beachten.« Der Professor nickt und fixiert wieder das Wasserglas.

»Hee Gerda.«

»Ja, ja, Hansi. I kimm ja gleich …«

Gerda schlurft hinter den Tresen und zapft die Biere. Der Professor versucht krampfhaft, nicht hinzusehen. Jochen bekommt von alldem nichts mit.

»… und die würden das Haus kaufen«, fährt Jochen fort, »aber eben ohne Mieter. Deshalb wollen die Besitzer uns raushaben. Und Besitzer ist die Brennsteiner GmbH. Wisst ihr ja. Die hat die Balkone gesperrt …«

»Die Punks wohnen da, glaub ich, auch umsonst«, unterbricht Ingrid, »sozusagen, um uns zu stören – Lärm zu machen und so weiter. An sich fänd' ich das nicht so schlimm, aber der Professor …«

Gerda kommt wieder an den Tisch zurück.

»Ja, bei mir wär des ja a noch so, dass i die Stubn verlieren tät …«

Sie fummelt eine Packung dieser langen, schmalen Zigaretten heraus. Wie heißen die noch mal …

»Bitte nicht«, ächzt der Professor. »Bittschön, nicht die Zigaretten …« Gerda lacht ein krächzendes Lachen.

»Na, wenn's di stört, Spatzl …«

»Ich … muss … Entschuldigung …« Der Professor zwängt sich aus der Sitzecke heraus und wankt in Richtung Toilette.

»Okay«, sagt Jochen, »was sind denn jetzt unsere Optionen? Ich würde ja erst mal zu Brennsteiner gehen und mit denen reden.«

»Wie war's?«, fragt Ida, als ich zu ihr ins Bett steige.

»Mhh. Schätze, wir ham so 'ne Art Bürgerwehr gegründet. Mit 'nem Sexsüchtigen, einer Boaznwirtin, einem nervösen Professor und seiner Betreuerin.«

Ida lacht.

»Klingt ja spannend. Übrigens, wegen der Wohnungen: Ich hab heute noch mal die Anzeigen gelesen, aber es gibt einfach nichts Vergleichbares, das wir uns hier in Giesing leisten können. Vielleicht schaust du es dir mal an, bisschen weiter draußen ginge. Oder eben richtig auf dem Land.«

»Ich will nicht aufs Land.«

»So ist die Lage«, sagt sie, fast mitleidig.

Unser erstes Treffen kommt mir in den Sinn: Ich stehe mit Kevin nach dem Gig neben der Bühne und rauche. Ida stellt sich dazu und sagt: »Du gefällst mir«, lächelnd, einfach so, obwohl wir noch kein Wort miteinander geredet haben, als wäre nichts weiter dabei. »Du gefällst mir auch«, antworte ich, und alles kommt mir so einfach vor.

Jetzt liege ich auf dem Rücken auf dem Bett und sehe den Kleiderschrank, vollgestopft mit Sachen. Und auf dem Kleiderschrank, da sind noch mehr Sachen, in Taschen und Säcken, und in die Zwischenräume sind sogar noch kleinere Sachen gestopft.

»Ich hab keine Lust umzuziehen«, sage ich.

»Ich auch nicht«, seufzt Ida.

Nur nicht aus dem Haus rausmüssen. Nur nicht aus Giesing wegziehen. Nur nicht, dass der Tag kommt, an dem du an dir runterschaust und die Füße stecken in Segeltuchschuhen. Und dann siehst du dich um, lauter Cafés, und die Leute trinken Latte macchiato. Und dann stellst du fest, dass du Schwabinger geworden bist.

4

Ich weiß nicht, ob die Konstellation für den Anlass ideal ist, Jochen, Gerda und ich, eine Gruppe, die es irgendwie schafft, weniger zu sein als die Summe ihrer Teile: Dadurch, dass jeder dem anderen eine Art Einspruch, eine Art Schwächung zu sein scheint. Jochens aufgesetzte Art unterwandert Gerdas Authentizität, meine unseriöse Erscheinung lässt Jochens maßgeschneiderte Kompetenz in einem trüberen Licht erscheinen, und Gerdas Anwesenheit kippt meinen Eindruck als unangepasster Künstlertyp in Richtung des Bilds eines Neffen, der sich weigert, erwachsen zu werden, dem die Tante auf Familienfesten ein Scheinchen in die Hosentasche steckt, damit er sich etwas Ordentliches zu essen kaufen kann.

»Hier müsste es sein.«

An dem Klingelschild steht der Name: »brennsteiner gmbh«. Alles kleingeschrieben, die Buchstaben haben klare, geometrische Formen und sind breit in den Stahl gepresst. Die moderne Schrift will nicht so richtig zum kleinbürgerlichen Namen passen. Jochen drückt die Klingel, und der Summer gibt die Tür frei. Die Einrichtung der Rezeption folgt der Regel – es muss einfach eine Regel sein –, in Büros Farbkombinationen zu verwenden, die privat niemand ertragen könnte: ein grauer Tresen mit lilafarbener Platte, der Teppich in einem etwas dunkleren Grau. Mit Kunstleder bezogene beigefarbene Wartestühle neben Glastischen, darüber bunte hirnmarternde Bilder von einem der abstrakten Künstler, die sich auf Unternehmens-Empfangsbereiche und Zahnarztpraxen spezialisiert haben. Außerdem steht natürlich einer dieser typischen Büro-Wasserspender bereit. Die Empfangsdame ist in einen Ordner vertieft und schaut nur kurz hoch.

»Einen kurzen Moment …«

Sie heftet ein Blatt ein.

»So jetzt.« Sie rückt ihre Hornbrille zurecht und schaut mit einem angelernten, vielleicht auch angeborenen Lächeln professioneller Freundlichkeit von Gesicht zu Gesicht.

»Guten Tag«, sagt sie, »was kann ich für Sie tun?«

»Mir san von der Sommerstraße«, sagt Gerda bestimmt, »und mir mechaten gern den Zuständigen für des Bauvorhaben sprechen.« Nicht schlecht, wie das »mechaten« über ihre raue Kehle rattert wie ein Güterzugwaggon am Ostbahnhof.

»Oh«, sagt die Empfangsdame, »das wäre dann der Chef persönlich. Nur ist der leider momentan nicht zu sprechen.«

»Hören Sie«, sage ich, »es ist wirklich von großer Bedeutung für uns alle. Herr Brennsteiner hat doch selbst gesagt, wie sehr ihm das Interesse der Anwohner am Herzen liegt. Ich finde, das sollte ihm ein paar Minuten wert sein.«

»Einen Moment bitte. Fragen kostet ja nichts, nicht wahr?«

Sie geht den Gang hinunter. Ich drehe mich zum Wasserspender um und lasse gekühltes Wasser in eines der Papierhütchen laufen.

»Gute Idee.«

Jochen steht neben mir und zieht sich auch einen Becher.

»Aber, aber. Sie müssen doch nicht vom Spender trinken.« Ein Mann kommt um die Ecke, jeder seiner Schritte sagt, er hat zu tun, und zwar Wichtiges. »The minute you walked in the joint«, bemächtigt sich meiner ein Ohrwurm, »I could see you were a man of distinction, a real big spender.« Wahrscheinlich nur wegen des gewichtigen Auftritts und des Wortes »Spender«.

Er ist nicht besonders massig, aber sein Hemdkragen ist eindeutig zu eng, sodass sich das Genickfleisch darüberwölbt.

»Frau Gaaablinger, bringen's doch amal was zum Trinken her. Brennsteiner, freut mich sehr.«

Frau Gablinger zwängt ein »gerne« zwischen die sich breit ausdehnenden Worte des Chefs und geht in ein Nebenzimmer. Brennsteiner macht die Runde und gibt jedem die Hand. Die Krawatte wiederum ist zu lose gebunden und schlackert um den engen Kragen. Die Ärmel seines schwarzen Anzugs sind zu kurz, aber vielleicht ist das Absicht, damit man die schwere Uhr sehen kann.

»Guten Tag«, sage ich.

»Freut mich, freut mich.« Er schaut sich um. »Der Herr Kamper hier beantwortet gern alle Fragen, die Sie haben. Leider bin ich schon wieder auf dem Sprung, eine wichtige Verabredung, Sie wissen ja, wie das ist.«

Natürlich weiß ich nicht, wie das ist. Ich frage mich, warum immer alle davon ausgehen, ich wüsste ja, wie irgendetwas ist. Erst jetzt sehe ich den Assistenten.

»Guten Tag miteinand.«

Herr Kampers Doppelkinn ist nicht so ausgeprägt wie Brennsteiners. Er hat nur einen leichten Bauchansatz, eine nicht ganz so schwere Uhr, silbern statt golden, sein Anzug ist grau statt schwarz. Sieht aus wie eine Light-Version von Brennsteiner. Trotzdem ungesund, weiß ja jeder.

»Wir sind hergekommen, um Ihnen zu sagen, dass wir nirgendwo hingehen«, sagt Jochen, und während ich noch über die eigenartige Kausalität des Satzes nachdenke, fährt er schon fort. »Ihre Gaunermethoden werden da nichts nützen.«

Kamper hebt die Hände, Handflächen zeigen, beschwichtigende Gesten. Hat sicher das ein oder andere Rhetoriktraining mitgemacht.

»Guter Mann, ich versteh das ja, da kommt eine große Veränderung auf Sie zu. Wir haben alle Angst vor Veränderungen. Aber sehen Sie doch, so ein Objekt, das wertet den ganzen Stadtteil auf. Davon profitieren doch dann auch wieder alle.«

Sogar seine Stimme ist eine etwas dezentere, glattere Variante jener Brennsteiners. Als hätte jemand ein paar Regler zugunsten der Mittellage verschoben, Tiefen und Höhen raus.

»Aber jetzt mal aus Ihrer Position heraus, wenn wir als Bewohner nicht ausziehen, dann können Sie auch nicht verkaufen. Denn das Objekt verliert mit Mietern ja dann doch an Reiz für Investoren.«

»Aha«, sagt Kamper, »sich in den anderen hineinversetzen. So etwas schätze ich. Möglichst viele Perspektiven. Vielleicht bekommen wir ja so ein besseres Bild von der Lage. Wenn Sie sich bemühen würden, das Ganze für einen Moment aus unserer Sicht zu betrachten: Wir haben eine marode Immobilie, Verkaufsabsicht und Interessenten. Bei alledem ist die Mieterschaft, und in diesem Punkt gebe ich Ihnen recht«, bilde ich mir ein, dass er mich dabei anschaut?, »alles andere als das, was sich ein möglicher Käufer wünschen würde. Es gibt also keinen Grund für uns, auch nur einen Cent mehr in dieses Gebäude zu stecken als nötig.«

Er verabschiedet sich und geht über den dunkelgrauen Teppich davon; der Teppich, auf dem auch ich stehe, dessen Farbe sich mit meinen abgelatschten braunen Turnschuhen beißt – ich gehöre nicht an diesen Ort.

»Er hat recht«, sagt Jochen, als wir wieder draußen sind. »Die lassen einfach das Haus vor die Hunde gehen, bis wir alle ausziehen, einer nach dem anderen. Und dann verkaufen sie es, die anderen reißen es weg und bauen dann neu. Ruckizucki.«

»Ruckizucki.« Wenn es die Möglichkeit gibt, einen tristen Moment zusätzlich noch ins Lächerliche zu ziehen, dann hat Jochen dafür den passenden Wortschatz.

»Aber da können die noch so sehr die Schrauben anziehen, Vandalen hausen lassen, Balkone sperren. Da sind sie an den Falschen geraten«, sagt Jochen.

»Und der Falsche, das sollst du sein?«

»Wer Wind sät, wird Sturm ernten. Das sag ich dir. Ich werd mir mal Gedanken machen. So springt man mit einem Jochen Schönherr nicht um.«

»Jetzt redest du schon über dich selbst in der dritten Person, wie Oliver Kahn.«

»Nicht mit einem Jochen Schönherr. Da kannst du deine Witzchen machen, wie du willst. Wirst schon sehen.«

Zu Hause sitzen Maja und Ida schon am Tisch und essen Nudeln.

»Wir ham schon mal angefangen«, sagt Ida und neigt ihren Kopf. Ich küsse ihren Hals.

»Ja, kein Problem.« Ich gehe in die Küche. Im Schrank ist kein Teller mehr, also spüle ich einen ab.

»Sind die noch warm?«

»Glaub schon. Schau halt mal.«

Ich schaufle mir Nudeln mit Soße auf den Teller und nehme einen Bissen.

»Passt schon.«

»Wie war's bei der Hausverwaltung?«

Ich gebe den Nachmittag wieder, eine interpretatorisch gefärbte Inhaltsangabe.

»Klingt ja nicht so gut.«

»Nee, klingt gar nicht gut. Vor allem sehe ich nichts, das wir tun könnten.«

Eine Weile lang essen wir schweigend.

»Wann geht's denn nachher los?«, fragt mich Ida.

»Muss gleich weg. Kommt ihr vorbei?«

»Mit wem spielst du denn?«

»Kevin.«

»Uaaah.« Sie gähnen synchron.

»Die Lieder hab ich schon sooo oft gehört«, sagt Maja. Ida lacht.

»Ich auch.«

»Ich auch«, sage ich und seufze.

»Ois in Ordnung?«, fragt mich Sylke, und ich nicke. Es ist tatsächlich alles in Ordnung, in der gewollten und richtigen Ordnung, da kann niemand widersprechen. Ich bin im Auerspitzstüberl, und heute ist Blues und Soul angesagt, mit Kevin. Kevin ist die andere Hälfte von »Kartonagen und Büropapier«. Wir haben aber nie geklärt, wer eigentlich Kartonagen ist und wer Büropapier. Manchmal befürchte ich, ich bin Büropapier. Kevin ist ein richtig zerschossener Typ, verrauchte und versoffene Stimme und alles, also authentisch, beziehungsweise Klischee. Kevin kommt aber nicht aus Brandenburg, sondern aus Toronto. Das Auerspitzstüberl ist auch richtig zerschossen: dunkle Holzvertäfelung, karierte Vorhänge, schwere Holztische, ein Stammtisch mit 'ner Glocke drauf. Ein Schild an der Wand gibt den Hinweis: »Folgende Herren werden bei uns nicht mehr gern gesehen: Herr Kriegstemorgen, Señor

Dodedeckelweg …« Darunter stehen noch ein paar andere Hinweise dieser Art. Es sind nur ein paar Leute da, und der Rauch steht dicht im Raum.

Kevin schlägt mir auf die Schulter und grinst breit. »Fuck it, man. Wie geht's dir?«

»Mir geht's gut. Und selbst?«

»Alright, alright.«

In den Gläsern seiner Sonnenbrille sehe ich mich zurücklächeln. Er nimmt das Ding fast nie ab. Hier drinnen ist es wahrscheinlich auch gut so, schützt die Augen vor dem Dunst. Ich frag mich inzwischen ernsthaft, wo er seine bunten Hemden auftreibt, in den wildesten Mustern und Farben. Heute trägt er eine Variante mit kleinen Garfields drauf. Die Garfields tragen wiederum selbst Sonnenbrillen. Ungelogen. Dazu hat er eine Lederhose an. Aber nicht im Sinne von bayerischer Tracht. Eher im Sinne von: internationale Tracht der zerschossenen Typen.

Wir spielen das erste Set, das neben zwei Balladen von unserem Album, die ich geschrieben hatte, um Ida rumzukriegen, hauptsächlich aus Johnny-Cash-Nummern besteht. Ich muss mich verdammt konzentrieren, weil heute Erik nicht da ist, der Drummer, der manchmal vorbeikommt. Und Timing war schon immer meine Schwäche, »Music is events placed in time«, das hat mein Dozent an der Hochschule fast schon verzweifelt wiederholt, weil er gehofft hat, ich verstehe das noch. Das ganze Studium gut in Harmonielehre, Ton, Technik gewesen, aber beim Timing immer ins Schlingern gekommen, nie wirklich eingehakt, nie wirklich im Groove, nur in Combos, die mich mitziehen konnten, da ging es, aber nie, wenn auch nur die geringste rhythmische Verantwortung auf mir lag. Und Kevin interessiert sich 'nen Scheiß für Tempo. Oder er interpretiert es sehr frei. Aber seine Stimme passt. Ich muss selbst aufpassen, dass ich nicht einfach nur zuhöre. Wie viel Mist Kevin wirklich passiert ist in seinem Leben, ich weiß es nicht. Aber seine Stimme hört sich an, als hätte er alles überlebt. Auf jeden Fall viel Raum für Leute, ihren eigenen Mist reinzuinterpretieren. Im Sinne von Mist, den jeder durchmachen muss. Also so oder so ähnlich funktioniert das mit Kevins Stimme.

»Mei, war des schee«, sagt eine vielleicht fünfzig Jahre alte Frau nach dem Gig, und ihr Mann unterbricht sie, wir seien ja schon ganz gut, aber es würde mit mehr Drive rüberkommen, wenn ich die Gitarre mit härteren Anschlägen spielen würde. Beides kränkt mich, das verniedlichende Lob und die gönnerhafte Kritik. Trotz bäumt sich in mir auf – früher haben Kids nach Konzerten auf mich gewartet, haben mich gebeten, ihnen die Riffs aufzuschreiben, haben gefragt, wie ich übe. Aber da waren wir noch eine echte Rockband mit Album und kein Blues-Duo, das die Stadtteilbühnen mit Amateuren teilt.

»Man muss immer alles sehen. Die Gesamtheit«, sagt Kevin später an der Bar.

»Ja«, sage ich. Die Striche auf meinem Bierdeckel sagen, dass ich sechs Halbe getrunken habe. Wir schweigen nebeneinander und trinken. Das hört sich jetzt vielleicht nach tiefem wortlosen Verständnis an und sieht wahrscheinlich auch so aus, wenn man uns da hocken sieht. In Wahrheit habe ich keine Ahnung, wovon zur Hölle er redet. Und die Ahnung steigt auch nicht mit dem Schnaps in schweren Gläsern, glühenden Schläfen, mit der Ansatz-, Trink- und Abstellchoreographie. Und jetzt ist es schon fünf Uhr früh, und ich habe immer noch keine Ahnung.

Samstagmorgen, das Licht blendet in den Augen, beleidigt mich, als ich nach Hause gehe. Bauarbeiter tragen Stahlstreben in den Innenhof. Unten im Treppenhaus stehen Jochen und Sabine mit ihren Kindern. Sie haben Fahrräder, an den Fahrrädern der Kinder sind kleine Fähnchen befestigt. Sie haben alle die gleichen Helme auf, nur in verschiedenen Farben, na ja, und Größen natürlich. Dasselbe mit den Jacken, in Rot, Gelb, Grün und Blau. Die Kinder, wie heißen die noch mal, genau, Jennifer und Patrick, haben keinen Bock, sieht man sofort. Wahrscheinlich wollen sie lieber Zeichentrick sehen. Jochen steht da, mit Vorfreude im Gesicht, Arme in die Hüften gestützt, eine Pose in Zuversicht, wie eine Statue von 'nem verdammten Feldherren, oder so. Sabine redet auf die Kinder ein. Obwohl sie noch keinen Meter gefahren ist, klebt ihr schon eine Strähne im Gesicht, gestresst, müde. So stehen sie nebeneinander, Jochen und Sabine, wie Ursache und Wirkung.

5

Die Sonne scheint und das Gehirn pocht, zu viel geraucht, alkoholischer Schweiß, aufstehen, in den Trainingsanzug. Ida ist schon wach, macht Kaffee, summt. Ich küsse sie.

»Boah. Hast du 'ne Fahne«, sagt sie.

»Ja.«

»Hab ich mir schon gedacht. Mit Kevin ist es ja immer so 'ne Sache.«

»Ja.« Ich gieße mir Kaffee ein und nehme einen Schluck. Die einzige Wirkung wird sein, dass das Blut mit höherer Frequenz in meinem verdammten Schädel pocht.

»Lustig eigentlich«, sagt Ida, »dass du genau an solchen Katertagen ganz im Jogginganzug herumläufst, wie so ein sportbesessener Fitnessfreak.«

»Saufen ist auch Sport.«

»Vielleicht kriegst du ja 'nen Profivertrag.«

Maja sitzt vor dem Fernseher und schaut eine Zeichentrickserie. Gehämmer aus dem Hof, ein stählerner Takt.

»Was ist das denn für ein Lärm?«, frage ich Ida.

»Das geht schon den ganzen Morgen lang so. Fand ich ja krass, dass du da schlafen konntest. Ich war auch schon unten. Die bauen ein Gerüst für die Fassadenrenovierung.«

»Am Samstag?«

»Klar, da geht es den Leuten am meisten auf den Keks. Hast du denn die Anzeigen mal angeschaut?«

»Ich will nicht weiter raus ziehen.«

»Ja, das hast du schon ein paarmal gesagt. Und ich sage, schau dir bitte mal die Anzeigen an, ja? Wir haben echt nicht die Kohle, um irgendwelche Prozesse zu führen. Und kannst du gleich mal runtergehen und ein paar Sachen besorgen? Bisschen Obst und Zeug für Sandwiches? Ich dachte, wir könnten zum Frühstück an die Isar gehen.«

»Ja, klar.«

»Aber bald«, sagt Maja, »wir gehen doch nachher ins Stadion.«

»Gehen wir?«

»Ja. Gegen Buchbach.«

»Gegen was? Buchbach? Na dann. Okay. Ich geh mal gleich los.«

Ich gehe steten Schrittes durch den Supermarkt, ich habe alles im Kopf schon zurechtgelegt. Hole ohne lange nachzudenken ein paar Semmeln und Aufstriche, Gemüse, Käse. Pure Routine. Halt, noch mal zurück, Obst vergessen. Ich sollte einen Song über Supermärkte schreiben. Einen wohltemperierten Song, mit Tönen, die sauber nebeneinanderstehen, wie Konserven im Regal. Andererseits, lieber nicht. Zahlen und raus. Zum Metzger. Wer mal jemanden mit ungefiltertem Enthusiasmus für seinen Beruf sehen will, sollte da vorbeigehen.

»Oh, da hab i was ganz was Feines. An Putenaufschnitt, mexikanisch. An ganz an guaten. A bisserl scharf, verstehst?«

»Ja, klingt gut.«

»Des klingt nicht nur guat, des is auch guat.«

Er lacht ein Lachen, das zum Einstimmen auffordert. Guter Kerl. Aber in den nächsten Tagen werde ich ihn meiden, den Laden, ich bin nirgendwo Stammkunde und will auch keiner werden. Denn wenn ich reingehe und sehe denselben Metzger wie am Tag vorher, wie in der Woche vorher, dann bekomme ich das Gefühl, er steht immer da, immer und immer, und schneidet Wurst und Aufschnitt, Scheibe um Scheibe, mit einer wuchtigen, schweren Maschine, deren Größe unangebracht erscheint im Verhältnis zu den hauchdünnen faserigen Fleischlappen, die sie hervorbringt. Warum mich das stört, weiß ich selbst nicht genau. Vielleicht weil es von dort aus nur noch ein kleiner Gedankenschritt dahin ist, dass ich ja selbst auch immer wieder hingehe und Wurst kaufe, wir drei in einem endlos sich wiederholenden Szenario gefangen: Metzger, Wurstmaschine, ich. Wie eine geschlossene Gesellschaft. Lieber raus. Auf den Weg nach Hause, an dem Gebäude vorbei, in dem früher die Burg Pilgersheim war. Die hat es schon erwischt, genau wie die Schwabinger Sieben. Bis irgendwann keine der Orte mehr da sind, mit denen ich Erinnerungen verbinde. Was heißt schon Erinnerung; eigentlich kann ich mich an nichts so direkt erinnern, was in der Burg Pilgersheim oder der Schwabinger Sieben passiert ist. Gefühle, das trifft es vielleicht eher. Aber an das, was bei mir zu Hause passiert ist, kann ich mich erinnern. Ein altbekanntes universelles Verlustgefühl erfüllt mich. Ich muss sofort nach Hause und es in Verse gießen. Achte nicht auf die Sonne, achte nicht auf das schöne Licht, das durch die Baumkrone fällt, ignoriere das Biergartenwetter. Melancholie ist fragil. Jetzt die Lunge bloß nicht zu tief mit Sommerluft füllen, die Traurigkeit nicht wegatmen. Hoch in die Wohnung, Kopf pocht, Aufzug immer noch kaputt, ein paar neue Schriftzüge an der Wand, die Punks sind ruhig, schlafen bestimmt.

»Kannst was schneiden, wenn du willst«, sagt Ida, ohne mich anzusehen.

»Ja, das kann ich machen.«

Die Tragik, die doch eben noch greifbar war, um sie in einen großen Blues über Vergänglichkeit einzuschreiben, ist geschrumpft, bis nur noch eine marginale Irritation, ein kleines Unwohlsein zurückbleibt, das nicht Impuls sein kann für einen neuen Song, das Verlustgefühl reicht höchstens noch für eine wehleidige Jazzballade, wie »Mein Kleingeld ist immer da, wo ich nicht bin«. Brötchen halbieren, Obst schnippeln, Sandwiches belegen, alles innerhalb des Spektrums meiner Fähigkeiten. Kühltaschen, Aufbruch. Wir nehmen die Fahrräder. Der alte Eishockeyhelm, den ich als Fahrradhelm verwende, drückt ekelhaft gegen meine Schläfen, und Maja verzieht das Gesicht, als ich ihr ihren aufsetze.

»Wieso zieht Mama keinen an?«, fragt sie.

»Mama hat 'nen Dickschädel«, sage ich.

»Sehr witzig.«

Ida schlägt mir mit der flachen Hand auf den Helm, und sofort klopft mein aufgeschwemmtes Alkhirn wieder an meine Schädelwände.

»Hast du mal deine Studienkollegen angerufen?«, fragt sie demonstrativ in meinen unproduktivsten, jämmerlichsten Zustand hinein. Sie will, dass ich einen festen Job an einer Musikschule finde oder mehr Konzerte organisiere, bessere Konzerte, echte Gigs in echten Jazzbars und Kneipen, nicht auf Hochzeiten. Manchmal denke ich, sie sieht mich immer noch als Musikstudenten, das erste Album gerade draußen, Anfragen von Festivals kommen rein, alles strebt aufwärts, die Zukunft ist groß. Ich frage mich, wann sich das ganze Leben zwischen damals und jetzt angesammelt hat, dieser undurchdringbare, zähe Alltagscluster. Ich habe es satt, dass Leute an mich glauben und es nicht wahrhaben wollen: Das ganze Mittelmaß, das Halbgare, das ist die Ausformulierung meines Talents und Potenzials. »Nee«, schüttel ich den Kopf, und auch heute werde ich es nicht tun. Ida nickt resigniert und wendet sich ab, sie hat die Frage überhaupt nur gestellt, um dieses resignierte Nicken loszuwerden. Ida, meine Moll-Terz, sie zieht mich runter.

»Ich ruf gleich nächste Woche ein paar Leute an«, sage ich und streiche ihr über den Rücken, schon ein kleines Signal von ihr könnte meine Beklemmung verschwinden lassen. Sie lächelt, und ich schäme mich für meine durchschaubare Schwäche.

Aber samstags, die Isarauen, das ist nicht schlecht. Bierpicknicks, Kassettenrekorder, Sonnenbrillenmaskerade, Bräunungspezialisten, wie der verbrannte Typ an der Brücke, Augustiner vom Kiosk oder im Kasten, im Einkaufswagen. Schweiß in Bauchfalten, rote Schultern, Hunde, Kinderwägen-Schattenspiel. Yuppies, die Frisbee spielen. Trampelgraspfad, Typen mit Bongos und Hackysack. Weiter die Isar rauf: Grills auf dem Kiesbett, Semmeln im Plastiknetz. Was später noch kommen wird: Dämmerung, Sechserpacks Bier, feuchte Pappe, Flammenseilrastagymnastik und Lagerfeuergitarristen, ihre Finger auf dem Griffbrett kämpfen sich ungelenk, aber unbeirrt von Ton zu Ton zu Melodie. Aber jetzt noch nicht, jetzt ist Zeit für kleinfamiliäre Eintracht und Hunde, die untereinander wetteifern, wer das prächtigste Exemplar eines gewaltsam aufgestylten Herrchens oder Frauchens vorzuzeigen hat. Sandwiches, Kaffee aus der Thermoskanne, Ida liest Süddeutsche Zeitung, Maja liest Donald Duck, ich lese Kotzwinkles »Fan Man« und hör dem Wasser zu, wie es die Isar hinunterfließt.

Wir gehen früh zum Stadion, um nicht ins Gedränge zu kommen. Vor dem Wienerwald sammeln sich trotzdem schon kleine Gruppen von Sechzger-Fans. Maja nimmt meine Hand, als wir uns zwischen ihnen hindurchschlängeln, und dass sie mich auf diese kleine, bescheidene Art braucht, gibt mir ein gutes Gefühl.

Wir sitzen auf der Tribüne, Maja sieht in der Kurve nichts. Es ist nah. Es ist echt. Es ist Sechzig. Es ist ein grauenvoller Kick. »Sechzig!«, dröhnt es aus der Kurve, drei Paukenschläge als Antwort, dann wieder: »Sechzig!« Ein Ruf wie eine Forderung. »Sechzig was?«, möchte ich fragen. Maja ist die Einzige auf der Tribüne, die mitruft. Neben uns sitzt, wie sollte es auf der Tribüne vom Sechzgerstadion auch anders sein, ein Grantler. Von Zeit zu Zeit gibt er knurrige Kommentare ab. Sein Spezl daneben nickt sie mit kurzen Bestätigungen ab.

»Mei o mei. So an Scheiß spuin die zamm.«

»Kennan's halt net besser.«

»Und der Juro, koan oanzign Boi kriagt er.«

»Kann's halt a net besser.«

»Spui dein Boi! Mei o mei o mei. Allerweil macht er ois alloan. Glabt wahrscheinlich, er is da Ronaldo.«

»Oder da Messi.«

»Is er aber nicht.«

»Na, is er nicht. Werd er a nimmer.«

Ich bemerke, wie Maja immer missgünstiger hinüberschaut. Ich versuche, sie mit einer Frage zum Spiel abzulenken, aber es klappt nicht.

»Warum gehst du dann überhaupt zum Spiel, wenn du alles schlecht findest?«, fragt sie ihn, und ich muss sagen, sie schlägt einen scharfen Ton an.

»Ja«, sagt er, »des frag i mi a. Des frag i mi a. Seit fuffzig Joar tu i mir des scho an. Seit fuffzig Joar.«

»Und nix g'lernt«, sagt der andere und lacht.

»Mei o mei o mei«, wendet sich der Mann wieder dem Spiel zu, »allweil durch d'Mittn. Allweil durch d'Mittn.«

Maja verschränkt die Arme und stiert auf das Spielfeld. Ein Spieler von Buchbach wälzt sich in bekannter Pose – das Knie mit beiden Händen an den Körper gezogen – auf dem Boden rum. Und schon kommen die Sprechchöre »Raus du Sau! Raus du Sau!« und »Hubschraubereinsatz« und so weiter. Dass Maja nicht mitmacht, deute ich egoistisch als einen bescheidenen Erziehungserfolg meinerseits. Trotzdem wünsche ich mich woanders hin, in ein Theaterpublikum zum Beispiel, kulturell interessierte Menschen, die sich angeregt unterhalten, so in etwa. Aber in der Halbzeitpause denke ich, eigentlich ist es überall das Gleiche: unqualifizierte Interpretationen und Unzufriedenheitsbekundungen mit dem Dargebotenen, nur dass im Theater nicht gesagt wird, der Hauptdarsteller, so ein Blinder, läuft über die Bühne wie Falschgeld, null Körpersprache, kein Wille, keine Präsenz. Na ja, das vielleicht schon. Wir trinken Bier und Spezi, ungesund, aber angebracht. Sechzig gewinnt eins-null durch ein Eigentor, von Maja bejubelt und mit hämischer Freude demonstrativ vor den Grantlern beklatscht.

»Hey ho, let's go!«, ich wache auf. Es ist fünf Uhr morgens, und über die Wände, durch die Fußböden von zwei Stockwerken, sicher auch durch ein paar offene Fugen und Türspalte, wabern die Akkorde einer Akustikgitarre zu mir rauf, und Leute grölen dazu. Ramones, in einer Endlosschleife, aber nicht deswegen bin ich aufgewacht und kann jetzt nicht mehr einschlafen. »Hey ho, let's go!« Und gleich wird es wieder passieren, noch zwei Takte, noch einer, und da ist er, der Mollakkord, fremd und falsch, aber selbstbewusst angeschlagen, aber das hört doch wohl der letzte Idiot, dass das nicht richtig ist. Es ist einfach nicht richtig, so einen Akkord zu spielen, in dem Song, es ist nicht richtig. Ida schläft, ihr Atem geht ruhig und gleichmäßig, unbehelligt von dem holprigen Rhythmus, das Ohr auf dem Kissen, hört keinen falschen, störenden Mollakkord, der in ihre Träume bricht. »Hey ho, let's go!«

Ich gehe. Ich muss es tun. In die Jogginghose, T-Shirt an, Schlüssel, raus aus der Wohnung, die Treppe runter, die Stufen ziehen nach innen, runter, runter. Zweiter Stock, erster Stock, noch zwei Takte, noch ein Takt, und da ist er, der Mollakkord, und zeitgleich ramme ich die offene Tür ein, da ist er, da sitzt er und nickt im Takt mit seinem ignoranten Kopf. »Gib das her!«, herrsche ich ihn an, und er stottert »Chill mal«, ein paar andere bauen sich an den Außenrändern meiner verschwommenen Wahrnehmung mit verschränkten Armen auf. »D als Powerchord!!! D als Powerchord!!! D als Powerchord!!!«, schreie ich und schlage dazu den genannten Akkord, »nicht Moll!!! D als Powerchord!!!« Eine kurze Pause. Die Punker schauen mich an und grinsen. Ich halte dem Typen seine Gitarre wieder hin. Er nimmt sie und schaut mich an. »Wie greifst du den?«

»Mann, hier, wie in der Strophe.« Ich zeige es ihm. Er fängt von vorne an, kommt zum ersten Mal wieder zu der Stelle, greift noch kurz den Mollakkord, korrigiert sich aber. Das nächste Mal schon der richtige Akkord, mit vorgeschalteter Bedenkzeit zwar, aber immerhin. Es wird immer runder, und er grinst und nickt mit dem Kopf, und ich zeige ihm Daumen hoch und gehe wieder. Treppe rauf, Treppe rauf, in die Wohnung, ins Bett. Ich liege auf dem Rücken, und die endlose Schleife von »Hey ho, let's go!« trägt mich weg, weg, weit weg.

6

Sonntagmorgen, das heißt elf Uhr, und ich bin nicht im Bett mit meiner Frau. Ich bin auch nicht am Frühstücken, Kaffee und Toast, oder Müsli mit Obst, oder frisch gepresster Orangensaft und Milch vom Bauernhof. Nein, ich sitze im Auto, Beifahrersitz, auf dem Weg zum Grundschulsommerfest; und wie mir dieser Morgen widerfahren ist, wie ich auf unterschiedliche Kommandos hin aufgestanden bin, mich angezogen, gegessen, mich ins Auto gesetzt habe, so kommt mir mein Platz auf dem Beifahrersitz jetzt wie eine Metapher für mein Leben vor. Ich sitze auf dem Beifahrersitz und denke, dass mein Leben mir eben einfach passiert, und habe auch noch einen Ohrwurm: »Everything Happens to Me.«

»Was is denn los?«, fragt Maja, und Ida lacht und antwortet für mich.

»Mark ist müde«, sagt sie. Maja lacht und wiederholt das »müde«, sie zieht es lang, »müüüüüüüde«, sodass ich gähnen muss, wegen dem aufgezogenen, gedehnten Ü. Die beiden freuen sich über das Gähnen, weibliche Antimüdigkeitsfront, Gutelaunelobby in meinem Auto, genau genommen Idas Auto, die Fahrzeughalterin fährt mir durch die Haare.

Das Sommerfest steigt im Innenhof, Schulbänke wurden nach draußen getragen und bilden ein großes U, an dessen offener Seite Ida und ich jetzt stehen. Mir fällt auf, dass wir die Ü-Punkte sind, mein Ü, mein müüüdes Ü, und ich gebe mir alle Mühe, meine Rolle als Punkt zu unterstreichen, mit den Händen in den Hosentaschen.

»Warum stehst du so komisch da?«, fragt Maja.

»Unwichtig«, sage ich und löse meine Pose.

Auf den Schulbänken stehen die Kuchen, außerdem Dinge, die die Kinder im Handwerksunterricht gebastelt haben. Man kann sie ersteigern oder kaufen – falls die Regalfächer sich nicht schon vor lauter Zeug biegen, das die Kinder wöchentlich aus Textilarbeit und Werken nach Hause schleppen. Die Direktorin bittet die Eltern in die Aula. Es gebe eine Aufführung, zusammen mit der Musikschule. Der Raum ist abgedunkelt, es riecht nach Plastik und Holz. Als Erstes schlurfen zwei Jungs auf die Bühne, die auf Blockflöten ein Duett spielen, sie schauen sich verschüchtert an, wahrscheinlich schwant ihnen bereits, in welches trübe gesellschaftliche Fahrwasser sie sich da begeben, und ich sehe sie schon vor mir, in zehn Jahren, kiffend in einem Keller, wie sie sich daran erinnern, hey, weißt du noch, wie wir vorspielen mussten, damals, mit den Blockflöten, ja, Alter, wie heftig, Mann, so daneben. Auf solchen Traumata bauen lebenslange Freundschaften auf. Als Nächstes kommt eine tanzende Karotte auf die Bühne, ein Singspiel, und es ist nicht mal schlecht, den Kindern macht es Spaß, wie es aussieht. Oder sie wissen einfach, wie man so tut, als hätte man Spaß. Die Erstklässler singen, und eine Kindergartengruppe tanzt dazu. Na ja, was heißt tanzt, Arme heben, sich im Kreis drehen, solche Sachen eben. Ich hab genug Kindergartentänze gesehen, um zu wissen, dass es zwei Arten von Darbietenden gibt: die Exakten und die Verträumten. Die Exakten machen alle Bewegungen genau und sofort, im Takt, konzentriert, in übertriebener Geste. Die Verträumten schauen zu ihren Eltern ins Publikum, drehen sich in die falsche Richtung, machen alle Bewegungen ein paar Sekunden zu spät: Manche sind so verträumt, dass die Kindergärtnerin sie noch während des Auftritts in Einzelbetreuung nimmt und ihnen alles vorturnt. Zu welchen ich gehört habe, daran kann ich mich nicht erinnern. Nach dem Singspiel, und ich bin nicht eingeschlafen, wird der Grill angemacht. Es ist so, wie ich geahnt habe, ein riesenhafter Typ in Polohemd und Seglerhose schmeißt Steaks auf den Rost, wahrscheinlich hat er die Stücke selbst mit der flachen Hand auf seiner Stirn platt geklopft. Daneben stehen sie, allen voran Jochen, der mit ihm fachsimpelt und die gleichen Sachen anhat, nur ist sein Hemd hellblau statt dunkelblau, seine Hose beige statt khaki, sie stehen nebeneinander wie Serienmodell und nicht ganz reifer Prototyp. Die Frau von dem Grillgorilla sieht aus wie eine Schwabingerin, enges Höschen, braune Beine, riesige Sonnenbrille, Strähnchen in den Haaren. Sie muss aber schon gehen, tut mir leid, Jochen, ich fühle deinen Schmerz.

»Tschaui«, sagt sie zum Abschied und winkt, das heißt sie winkt nicht richtig, sondern zeigt ihre Handfläche und klappt die Finger ein paarmal auf und ab.

Jochen schaut der Frau hinterher, und ich kann sehen, wie er die Zähne aufeinanderpresst und seine Kiefermuskeln hervortreten. Das kennt jeder Münchner: die schönen Frauen in teuren Klamotten, Frauen, die er aber nie bekommt, weil sie immer in irgendein Taxi einsteigen, dabei würde er sie gerne mal ins Bett kriegen und schauen, ob die Fassade einreißt, ob das »Tschauiii« und das »Küsschen, Küsschen« und das »Schatzi und Mausi« in seiner ganzen Gestelztheit, ob das beim Sex abfällt, wenigstens für einen Moment.

Jochen atmet hörbar durch die immer noch zusammengepressten Zähne ein.

»Ihr Mann ist übrigens auch Musiker«, sagt Jochen, »Produzent, Komponist, irgendwie so was.« Sicher verkauft der Typ nicht viel, und wenn doch, dann ist es künstlerisch nichts wert; Massen bedienen ist ja einfach, wenn man sich dazu herablässt, aber das tue ich niemals – und zwar weil es meine Entscheidung ist. Das will ich mir einreden und habe doch Angst, er könnte besser sein als ich, ein Konzertpianist, hat am Juilliard-Musikkonservatorium studiert, in Jazz und klassischer Musik gleichermaßen zu Hause, verschmilzt jetzt in international gefeierten Produktionen serielle Musik mit der Sample-Ästhetik und Perkussivität des Hip-Hop und der Sogkraft javanesischer Gamelanmusik zu einer vielschichtigen, aber emotiven Form.

»Wann kommt eigentlich euer neues Album raus?«, fragt Jochen beiläufig.

Ich verschlucke und entschuldige mich, mein Kuchen ist mir eingefallen, das Ding, ich sollte es anstandshalber zum Buffet stellen, also gehe ich zu der Frau vom Elternabend.

»Wo soll ich den Kuchen hinstellen?«, frage ich sie, und sie wendet sich zu mir hin, beschäftigt, und sagt: »Ach, wissen's, stellen's den erstamal zur Seitn hin, wissen's, mir ham da zur Sicherheit amal mehr g'macht.«

Es ist richtig von ihr, das »wissen's« so zu betonen und auch zu wiederholen, denn ich hätte es wirklich, wirklich wissen müssen, dass sie als Gschaftlerin nicht aus ihrer Haut kann, sondern noch zehn, zwanzig weitere Kuchen gebacken hat, zur Sicherheit, in drei bis vier Nachtschichten.

»Jepp«, sage ich und stelle ihn auf einen kleinen Beistelltisch, aber ich sehe noch im Weggehen, wie sie ihn dort wieder wegnimmt, umräumt, sie braucht den Platz für den Kaffee oder sonst was, ich höre sie reden, halb mit sich selbst, halb mit den anderen Müttern: »So, da hamma koan Platz, den Platz, den brauch ma, da muss der Kaffee …«

»Was schaust denn so angefressen?« Ida stößt mich an.

»Ach, soziale … na ja …«, sage ich.

»Willst du noch? Ich will nicht mehr.« Sie gibt mir ihre Tasse Kaffee. Er schmeckt gar nicht schlecht. Ida geht wieder zu einer Freundin, und ich schaue auf den leichten Kick ihrer Schritte, da ist Musik drin. Bei mir ist das eher ein Schlurfen, eine Gehsteigkachel muss nur einen halben Zentimeter hervorstehen, um mich ins Straucheln zu bringen. Aber hier droht keine Gefahr, alles Rasen, und so schlurfe ich also zum Grill zurück.

»Hast dich schon nicht schlecht angestellt, eine Südländerin zu heiraten …«, sagt Jochen versonnen, der meinem Blick gefolgt ist.

»Jochen, sie ist aus Bayern. Sie hat eine italienische Großmutter. Eine. Italienische. Großmutter.«

»Ah, des zählt schon.«

»Das zählt schon? Wovon redest du?«

Ich lasse Jochen stehen, stopfe die restliche Semmel in mich rein und gehe wieder rüber zum Kuchen.

»Na, Ihr Kuchen war ja der große Renner«, sagt die Frau und schaut anerkennend. Es ist nichts mehr da, und ich denke, die haben das Ding gefressen, tatsächlich.

»Die ham das Ding wirklich gefressen«, sage ich zu Ida, als wir nach Hause fahren, »vielleicht sollte ich 'ne Bäckerei aufmachen, so als Nebenverdienst.«

»Ich dachte, dein Einkommen ist schon der Nebenverdienst«, sagt sie und schaltet. »Außerdem: Ist dir klar, zu welcher Zeit Bäcker aufstehen?«

»Ich bleib wach.«

»Ich bin mir übrigens recht sicher, dass ich gesehen hab, wie Frau Erlacher deinen Kuchen weggeschmissen hat.« Ida schaut zu mir rüber, und Maja lacht.

»Die Schlange.«

7

»Hallo? Mark?«

»Hey Zissy.« Es ist meine Mutter. Zissy wie Franziska, hier in Bayern würde man sie Franzi nennen.

»Wie geht es dir? Wie geht's Maja und Ida? Was machst du so?«

»Na ja, die Hausverwaltung schikaniert uns. Ging schon mal besser. Sonst das Übliche.«

»Soll ich Gabbo anrufen?«

»Nein, is nett, aber lass gut sein.« Bloß nicht. Gabbo hat seinen letzten Prozess in den Siebzigern geführt, für einen befreundeten Wehrdienstverweigerer.

»Ich werd ihn doch mal anrufen. Vielleicht hat er ja einen Tipp. Ach übrigens, ich hab zufällig in der Zeitung gelesen …?«

»Ja?«

»… es sind, also, ich mein, du könntest ja … in München ist Aufnahmeprüfung für die Musikhochschule.«

»Zissy, ich bin jetzt auch Mitte dreißig …«

»Ich dachte, vielleicht machen sie eine Ausnahme …«

»So gut bin ich nicht.«

»Aber die, mit denen du spielst, von denen haben doch welche studiert? Gerard zum Beispiel?«

»Ja.«

»Na siehst du. Und der ist doch auch nicht besser als du?«

»Er ist um einiges besser als ich, und außerdem geht es ja auch darum, was mir das Studium bringen würde. Ich könnte nicht mal mehr genug Geld verdienen …«

»Lernen kann man immer.«

»Ja, natürlich.« Ich ergebe mich.

»Wenn du damals nicht abgebrochen hättest …«

»Wie oft sollen wir das noch durchkauen. Es hat sich nicht richtig angefühlt, ich hab diese ganzen Skalen gelernt und das Timing, das Timing habe ich eben nie ganz …«

»Da hättest du eben durchgemusst.«

Das Timing, das Timing. Kind zu früh, Job zu spät, Ambition lässt auf sich warten, keine Rücklagen, keine Struktur, kein Bausparvertrag, aus dem Takt geraten und keine Aussicht auf Anschluss. Aber immer auf dem Beat ist doch auch steril, Knutschen mit vierzehn, Sex mit sechzehn, Abi mit achtzehn, dann ein Jahr Ausland, natürlich nicht so, dass es den Lebenslauf stört, bei einer Hilfsorganisation, aber keinesfalls in einem Land mit Splitterbomben oder Menschenrechtsverletzungen oder Todesstrafe oder wo die Toiletten dreckig sind. Ich seufze.

»Ich wollte eben lieber lernen, was mich interessiert. So'n schlechter Gitarrist bin ich doch auch nicht geworden, oder?«

»Nein, natürlich nicht. Dein Album ist ja auch … schön. Aber geht das denn weiter, mit dieser Band? Ich mein nur, du warst so talentiert …«

»Na ja, weißt du, ich muss gleich unterrichten. Talentiertes Mädchen. Noch bin ich besser als sie.«

»Ach komm, Mark, jetzt sei doch nicht eingeschnappt.«

»Nee, is in Ordnung. Und red ruhig mit Gabbo, ja? Vielleicht hat er ja wirklich 'ne Idee.« Ein Zwang von mir: Gespräche zu einem versöhnlichen Ende bringen.

»Okay. Grüß die Lieben, ja?«

»Ja.« Ich lege auf. »Jesus!«

Ohne religiös zu sein, merke ich, wie sich besonders in solchen Momenten biblische Figuren in meine Seufzer drängen. In einem Augenblick mit Zeit und Muße muss ich dem mal auf den Grund gehen. Eine Zeit lang habe ich immer »Madonna« bemüht, eine Angewohnheit, die ich von meinem Gitarrenlehrer, für mich der coolste Hund damals, übernommen hatte. Aufgehört hab ich wegen der einfältigen Trottel, die nach dem Ausruf vorwitzig »Die Sängerin?« gefragt haben, das sind mehr, als man denkt.

»Du warst so talentiert«, hat meine Mutter gesagt, aber ich weiß nicht, ob das stimmt. Nur ein einziges Mal habe ich mich getraut, etwas wirklich von Herzen zu singen, als Zugabe: eine Ballade für Ida. Ich habe meine ganzen Gefühle hineingelegt, und ich werde nie vergessen, wie die stille Irritation darüber, dass wir als Zugabe plötzlich ein langsames Lied gespielt haben, von dem ersten Lacher durchbrochen wurde, wie einer nach dem anderen einstimmte, bis das ganze Publikum lachte und mich feierte, jedes Wort meines ernst gemeinten Songs mit Applaus und Zwischenrufen anfeuerte, wie mir nach dem Auftritt Fans zu meinem komischen Talent gratulierten und sagten, dass diese »köstliche Übertreibung« unseren Stil um ein ganz neues Element erweitern würde.

Nie mehr.

Wohnungstür aufmachen, nach dem Sportteil bücken, Strohhut mit Feder wippt die Treppe runter.

»Hey Ingrid, Danke schön!«

»Ach, hallo Mark.« Ingrid dreht sich um und kommt wieder ein paar Stufen zurück, schaut durch die Stäbe des Geländers. Sie trägt ein Trikot von Wattenscheid 09, wahrscheinlich aus der Schaffenshochzeit von Souleymané Sané.

»Wie geht's so?«

»Ganz gut, ganz gut.«

»Und dem Professor?«

Ein abwägendes Schlenkern der Hand.

»Nicht so gut, leider. Er nimmt sich diese ganze Angelegenheit recht zu Herzen. Eh gut, dass ich dich seh. Wollte dich mal fragen, ob du Herrn Seibert und mir helfen würdest.«

»Klar.«

»Weißt du ungefähr, warum ich ihn betreue?«

»Du meintest mal, er hätte ’ne Art Angst vor Klischees, oder wie?«

»Ja, könnte man so nennen. Vor Klischees, vor Situationen, die man so oder so ähnlich schon oft gesehen hat …«

»Wie wenn jemand auf ’ner Bananenschale ausrutscht.«

»Ja, oder halt Leute. Rocker mit abgeschnittenen Jeanswesten, Leute mit Mützen und Nasenpiercings und Tätowierungen, oder Uniprofessoren in abgewetzten Jacketts mit Flicken auf den Ellenbogen, und so weiter.«

»Ah, okay, und du hilfst ihm im Alltag?«

»Kann man sagen. Am Anfang hat er sich ja gar nicht aus dem Haus getraut. Nicht zum Einkaufen, zum Arzt oder sonst was. Aber inzwischen mach ich mit ihm so Konfrontationstherapie. Geh mit ihm zu Leuten, vor denen er Angst hat. Dann reden wir mit denen, und er merkt, dass sie nicht so eindimensional sind, wie er gedacht hat.«

»Im Idealfall.«

»Ja, andersrum ist es natürlich schlecht. Vor allem, weil er seine Vorstellung von Klischees auch immer wieder anpasst. Also, was sagst du, vielleicht könnten wir mal bei dir vorbeikommen?«

»Bei mir?«

»Ja, versteh mich nicht falsch, aber ein langhaariger Gitarrenlehrer …«

»Studienabbrecher, Langschläfer …«

»Das verschweigen wir besser erst mal.«

»Ja, kommt ruhig vorbei, wann auch immer.«

»Cool.«

Sie dreht ab und geht die Treppe hinunter. Ich schließe die Tür, ein wandelndes Klischee, ein Gitarrenlehrer, der es als Musiker nicht geschafft hat, nicht Geisteswissenschaftler genug, um einen Abschluss zu haben, aber ausreichend, um altklug daherzureden.

Mit der Zeitung wieder in die Wohnung, an den Küchentisch. Da liegen meine CDs und Bücher aus der Stadtbibliothek, aber ich kann sie noch nicht zurückgeben, sie sind noch nicht fällig. Laut meinem ausgeklügelten Subventionsplan muss ich Bücher und CDs nach dem Lesen und Hören mindestens einen Tag zu spät zurückgeben. Exzellente Sachen, Graphic Novels und Jazzalben, »Vertraute Fremde« von Jirō Taniguchi und »The Lost Chords find Paolo Fresu«. Alben, die ich kopiere, müssen mindestens drei Tage zu spät zurückgehen. Idas und Majas Sachen gehen pünktlich zurück. Um elf muss ich bei Kevin im Studio sein. Wie spät ist es? Die Uhr sagt zehn vor, aber zehn vor vier und das stimmt sicher nicht. Wenn dem Stundenzeiger nicht zu trauen ist, sollte auch der Minutenzeiger mit Skepsis beäugt werden. Sicherheitshalber lieber gleich losgehen, denn der Arm des Kapitalismus greift nach mir: Ein Hersteller von Tütensuppen braucht dreißig Sekunden Gitarren, die wie »Wild Thing« klingen.

»Wir machen das mit die gleiche Akkorden, aber der Rhythmus anders. So«, sagt Kevin und klopft das vor.

»Das geht nicht durch die Gema.«

»Gema, Schmema. Scheiß Akkorde, nimmt jede Schülerband, die Akkorden. Wir schicken das erst mal so.«

»Wie du meinst.«

»Yeah, wie ich meine.«

Kevin ist unbelastet von den Fantasien des Bildungsbürger-Mittelstands, vom Struggle der Reihenhausgettos, von der Vorstellung, die Kinder hätten für alles Potenzial und Talent und müssten sich nur entscheiden, ob sie Theaterregisseur, Anwalt oder Chefarzt werden. Und das trauen sie sich dann nicht, zu entscheiden, weil dann all das, was sie auf eine vage, uneingelöste Weise von sich selbst glauben, auf die Waagschale kommt. Und wenn sie sich doch trauen, dann fängt es an zu bröckeln, bayerisches Abitur macht dich nicht zur Elite, überall Leute, die besser sind oder zumindest irrsinnig talentiert oder unbeirrt ihren Weg gehen, während du dich in Halbherzigkeiten verstrickst, damit du dir immer einreden kannst, noch einen Teil zurückgehalten zu haben, weswegen es nicht geklappt hat. Kevin ist das Gegenteil. Seine Eltern waren radikal dagegen, dass er irgendetwas Kreatives macht. Dem hat nie jemand gesagt, dass er Talent hat. Der hatte es leicht.

Er geht raus, und ich spiel es zweimal durch, er winkt ab und sagt, das reicht.

»Soll ich nicht noch mal?«

»Nee, war gut. Zeit ist Geld, oder? Jetzt trinken wir einen Kaffee.«

Also raus auf die Dachterrasse. Klingt nach Luxus, ist aber nur ein Vordach mit Ausblick auf ein Industriegebiet: Hallen, in denen sie Maschinen bauen, die dann Winkel bauen, die dann irgendwo eingebaut werden. So hat Kevin mir das jedenfalls erklärt. Andererseits ist es doch Luxus, denn es gibt einen Tisch mit Aschenbecher und zwei Stühle in der Sonne. Kevin sagt nichts, aber es ist auch zu früh am Tag dafür.

»Wir sehen uns nächste Woche. Dann machen wir auch gleich ein paar Songs.«

»Yeah.«

Er raucht und blinzelt in die Sonne über den Fabrikhallen, und irgendwo beschließt die Marketingabteilung einer Kapselespressofirma, dass sie zwanzig Sekunden Bandoneon für ihren Spot braucht, wie bei Piazzolla, nur mit eingängigeren Harmonien. Und das ist dann Kevins nächste Miete.

Auf dem Rückweg treffe ich Alex. Auch nach all den Jahren, seit er aus der Band ausgestiegen ist, gibt mir das unvermittelt ein komisches Gefühl. Jedes Mal, wenn ich ihn treffe, ist er mit einer neuen Freundin unterwegs. So auch jetzt.

»Wie läuft's?«, grinst er und gibt mir die Hand.

»Geht, geht«, sage ich. Mein Blick fällt auf die Tätowierung an seiner Hand, ein Fragezeichen. Was es bedeutet und warum er es sich hat stechen lassen, habe ich vergessen. Aber es gab sicher einen Grund. Vielleicht gab es sogar einen Grund für unsere ganzen Besäufnisse.

»Was machst du so?«, frage ich ihn.

»Immer noch die Sportsbar«, sagt er im selben Moment, in dem es mir wieder einfällt. Ich bin wirklich kein Mensch, der solche Sachen vergisst, aber für Alex ist das nicht wichtig. Man kann verschiedene Identitäten haben. Zum Beispiel kannst du einerseits Tschechin sein und andererseits promovierte Komparatistin, die selbst gemalte Aquarelle ausstellt. Aber dann wird alles beiseitegedrückt von deiner Identität als brünette Frau mit rauer Stimme und schönen Beinen. Vielleicht ist es diese Form von dominanter Identität, vor der der Professor Angst hat. Bei Alex ist das anders. Egal ob er Schlagzeuger, Gastronom,

Banker oder sonst was wäre, der Teil von ihm, der einfach Alex ist, würde alles andere verdrängen.

»Und du, immer noch am Gitarrespielen?« Er wendet sich zu der Frau. »Ich war mal Drummer in seiner Band. Das is ein echter Rocker, ein verdammtes Genie.«

Gönnerhaft, weil er es sein kann, ohne irgendeinen Teil von sich zu kompromittieren.

»Yeah. Ich schätze, das mach ich.«

»Und, verdienst du gut dabei?«

»Läuft schon so.«

Alte Leier, anscheinend ist es egal, wie gut du in irgendwas bist, es ist nur wichtig, ob du Geld damit verdienst. Dann wirst du respektiert. Für Amateure interessiert man sich nur in Pornos, na ja, und beim Eiskunstlauf und Boxen vielleicht. Was heißt es, Musiker zu sein? Warum brauche ich einen gewissen Grad an Erfolg, um mich so nennen zu können? Warum war ich früher als Musiker angesehen, als ich noch kein Geld damit verdient habe, und jetzt reicht das lokale Niveau nicht mal für die geringste Anerkennung? Was war der Punkt, an dem Respekt in Mitleid umgeschlagen ist? In sanftes Belächeln? Wann habe ich aufgehört, cool zu sein? Wann bin ich Gitarrenlehrer geworden statt Gitarrist? Es ist beklemmend: Ich bin nur noch Vater, nur noch Mann, und was ich dabei darstelle, ist verschwindend wenig, mein Beitrag gering.

»Mann, Mann, seit Jahren hatte ich keine Drumsticks mehr in der Hand«, sagt Alex. Seine Mundwinkel verziehen sich zu einem leichten Grinsen, umspielt von tausend Anekdoten, die er jetzt erzählen könnte.

»Und deine Tochter?«

Er fragt das mit einem oft gehörten Unterton, dieser gewissen Schadenfreude, die bei vielen durchscheint, wenn ein Kumpel eine Tochter kriegt. Die Leute denken anscheinend, du kriegst sofort eine vierzehnjährige Tochter mit Minirock, die im Wohnzimmer steht und aufstampft, weil sie irgendwas nicht darf. Aber das stimmt nicht. Du kriegst erst mal ein ganz kleines Ding, 'ne kleine rote Erdnuss, die schreit und schläft und das alles. »Rotes Kerlchen« heißt Baby auf Japanisch, wenn ich mich richtig erinnere.

»Der geht's gut.«

Die Frau lächelt mich an, aber sie ist schon ein paar Schritte weitergegangen. Alex lacht und nickt zu ihr rüber. Er gibt mir wieder die Hand.

»Also, Alter, hat mich gefreut.«

»Mich auch, mich auch. «

Es stimmt sogar. Und wir müssen zum Abschied nicht die Routine bemühen, dass wir uns mal wieder sehen sollten, ein Bier trinken, über alte Zeiten reden. Eine flüchtige Nostalgie, ihre Schwere als kreativer Impuls ungenügend, vielleicht würde sie für einen kleinen »Meine Tochter findet mich nicht cool«-Blues reichen, aber der wäre nun wirklich nicht gerade existenziell.

Der Schlüssel geht im Schloss, und das ist exzellent, denn das heißt, dass Ida von der Stadtratssitzung zurück ist und ich mucken gehen kann.

»Hey.« Sie kommt rein, mit einem Schwall frischer Luft. Zu frisch, das Dachfenster im Treppenhaus ist undicht.

»Hey, na?«

»Ich hab vielleicht was für deine Bürgerwehr.«

»Ja?«

»Ja, hab ich mitgekriegt: Brennsteiner soll Feininger Wahlkampfgeld gegeben haben, damit der dann später dieses Luxusding unterstützt oder den Abriss, oder so.«

Ich lache. »Für die Kampagne zur Stadtratswahl? Für die paar Luftballons und Blumen?«

»Ein ganzes Straßenfest ham die gemacht. Außerdem, wer weiß, vielleicht hat er die Kohle ja selber eingesteckt.«

»Aber das ist nur so Gerede, oder?«

»Nein, ich hab 'nen Mikrofilm und hochbrisante Unterlagen ... natürlich ist das nur Gerede!«

»Und kann man da was machen?

»Keine Ahnung, du bist der Aktivist. Man bräuchte auf jeden Fall ein Dokument, das einen klaren Zusammenhang von Spende und Gegenleistung belegt.«

»Ich geh jetzt erst mal mucken.«

Also los, meinen kleinen batteriebetriebenen Verstärker auf das Skateboard, das ich noch nie für etwas anderes benutzt habe, vorbei an den Leuten im Biergarten vom Lucullus, ja, pflegt nur den Müßiggang vor den Weißbiergläsern, ich hab anderes im Sinn, Musik ist mein Genussmittel. Moment, ich hab kein Bier dabei, Zwischenhalt beim Falafelmann, zwei Halbe, drei Euro. Jetzt aber rüber zur Paulaner-Brauerei, da wo der Auer Mühlbach fließt, ganz in der Nähe von dem ehemaligen Frauengefängnis. Ein Ausbildungshotel für sozial Benachteiligte wollten sie daraus machen, jetzt hat ein Investor den Zuschlag bekommen. So läuft's. Und der kleine Bach geht unter der Straße hindurch und schluckt genug von der Musik, dass man oben fast nichts hört.

Nat und Gerard sind schon da. Ich spiel am liebsten draußen. Also an der frischen Luft, nicht harmonisch. Harmonisch spiel ich lieber drinnen, gebe ich offen zu. Freejazz kam mir vor wie Sex mit einer Frau, die auf einer Droge ist, die du nicht kennst. Du bist der Außenseiter, kannst ihre Reaktionen nicht lesen, fasst sie an und löst etwas aus, aber was, das kannst du aus den heiseren Seufzern nicht erschließen. Gerard kenn ich schon lange, so lange, dass er schon Teil meiner persönlichen Folklore ist. Er hatte 'ne schwere Zeit, ich nicht, hab mich aber so gefühlt, als ob. Wir haben viel rumgehangen, vor allem deshalb, weil wir beide nicht nach Hause gehen können. Mit seiner selbstverachtenden Art zu trinken kam er mir vor wie eine Illustration meines Innenlebens. Er war sich auf die Weise egal, die Teenager sonst nur inszenieren. So hab ich es dann auch weitererzählt, als hätten wir irgendeine Art von tieferer Verbindung, als würde ich das verstehen, was ich als seine Verzweiflung bezeichnet habe. »Ein guter Freund von mir ist da auch hängen geblieben«, habe ich gesagt, oder: »Mann, das verstehen die Leute nicht, die Aggression, das ist Selbstverachtung.« Hab mich selber damit aufgebauscht, mein Jazzimage fremdgepflegt, mich im Fahrwasser des Rassismus, den er als Halb-Senegalese in München erfahren hat, als Außenseiter authentisch gefühlt.

»Wie geht's?«, sage ich und schäme mich wieder mal für die Arten, in denen ich ihn in meine Biographie eingebaut habe.

»Hey Mark. Warum so nachdenklich?«

»Ach, nichts. Hey Gerard. Hey Nat.«

Nat Queen Cole, ein albernes Wortspiel. Sie heißt Natalie Kohl, und wenn du so heißt und auch noch Jazztrompete studierst und die Musik von Nat King Cole magst, dann ist so ein Wortspiel nur eine Frage der Zeit.

»Hey, wie viele Saiten hast du dran, an dem Ding?«, fragt Nat.

»Sechs, Nat, zähl doch selber.«

»Sechs Saiten. Kannst du das überhaupt spielen, mit fünf Fingern?«

»Ich kann das auch mit Fäustlingen spielen.«

»Willst du jetzt im Sommer Fäustlinge anziehen?«

»Äh, ja ... ich hab ... Sommer...fäustlinge.« Nie fällt mir irgendwas ein. Einen Schlagfertigkeitskurs, den würde ich belegen, sofort.

»Hey Mark«, sagt Gerard.

»Hey.« Ich stöpsle meine Gitarre ein.

»Was wollen wir spielen?«

»Wie wärs mit ’nem Bossa? ›Manhã de Carnaval‹?«

Sofort verzieht Gerard das Gesicht, hätte ich wissen müssen.

»Mark, das ist nicht der SPD-Kinderfasching oder das fünfzigjährige Jubiläum vom Modelleisenbahnclub.«

»Weiß ich.«

»Du kannst ›Manhã de Carnaval‹ den ganzen Tag spielen.«

»Okay, was willst du spielen?«

»›I found a new Baby‹«, mischt sich Nat ein.

»›I found a new Baby‹, das ist hundert Jahre alt. Mein Opa hat das gehört, und zu der Zeit lief das schon auf dem Oldiekanal.«

»Wie kann ich nur immer wieder vergessen, wie wenig Ahnung du hast?«

Gerard war mal in meiner Hochzeitsband. Ein junger Saxophonist, der sich dem Freejazz verschrieben hatte, das ist dann natürlich hart, wenn man die ganze Zeit »Autumn Leaves« spielen muss. Andererseits besser, als irgendwo im Aboservice zu arbeiten. Aber irgendwie hat sich das ständig gerieben, er konnte sich nie als Dienstleister sehen. Kam ständig mit abgefahrenem Zeug in die Probe, zum Beispiel mit einem auf zwölf Seiten ausgeschriebenen Progressive-Rock-Arrangement von »Girl from Ipanema«. Das Intro bewegte sich vierundzwanzig Takte lang in der Ganztonskala, es gab ein fünfminütiges Querflötensolo, das Ganze war einfach fürchterlich. Trotzdem, irgendwie hab ich ihn immer beneidet. Die verstiegenen Akkorde, die ganzen Skalen, all das konnte ich auch spielen, aber sein tiefes Hineinfallen, das emotionale Ausloten der komplexen Klänge, konnte ich nie erreichen. Meine musikstudentische Aufbruchsstimmung, die rauschhaften Nächte, die nicht nur wegen des Alkohols rauschhaft sind, sondern auch wegen der innerlichen Vertiefung in die Musik, das alles ist der schwelgerischen Sicherheit einfacher Akkordprogressionen in »All of Me« oder »Blue Bossa« gewichen. Wir einigen uns auf »Softly, as in a Morning Sunrise« und ich fühle mich umso mehr korrumpiert, als es mir eine billige Befriedigung verschafft.

8

Kurz vor meinem Haus kommt mir Jochen entgegen, gerade als ich darüber nachdenke, ob mein Metzgerbesuch mich in Stammkundengefahr bringt. Sein Gesichtsausdruck ist konspirativ.

»Ida hat mir erzählt, von dem Stadtratstypen.«

»Ach so, ja das.«

»Und, was wollen wir machen?«

»Was machen? Was denn machen?«

»Na ja, wenn wir den Feininger davon abhalten können, das zu unterstützen …«

»Wie das denn?«

Er schaut überlegen.

»Werd schon was ausgraben. Jeder hat Dreck am Stecken.«

Jochen mag einfache Logikmodelle. Manche sind klischeebasiert, wie die, dass Politiker natürlich irgendeine Art von Dreck am Stecken haben. Andere sind simple Schlussfolgerungen. Zum Beispiel hat er mal gesagt, er glaubt, sein Sohn wird ein Top-Fußballer, weil er so gern mit dem Ball spielt. Da war er ein Jahr alt, und der Ball war bunt und ist herumgerollt – natürlich hat er gerne mit dem Ball gespielt. Jedes Kind mag Bälle. Genauso gut hätte ich sagen können, Maja wird postmoderne Schriftstellerin, wegen ihrer Sprache voller Brüche und Neudeutungen, weil sie »Nana« statt Banane und »Dark« statt Mark gesagt hat. Außerdem ihr Loslösen von bekannten Narrationsmustern, eine gewisse Absage an die Vernunft und so weiter.

»Oh Mann, und dann?«

»Sehma dann schon. Werd mal eine Beschattung starten. Bin ja selbstständig, die Zeit ist schon drin.«

»Okay. Hör mal, ich hab noch zu tun, also viel Glück.«

Er hebt die Hand und geht, immer noch mit diesem verschwörerischen Grinsen. Wahrscheinlich schneidet er Gucklöcher in die Tageszeitung und setzt sich in ein Café. Ich hingegen gehe durch die Haustür. Wo ist die Tür? Da sind nur noch die Angeln am faserigen Türrahmen. Das ist die Dekonstruktion in meiner Geschichte, mein Haus wird dekonstruiert. Die Treppe knarzt, und das heißt, dass ich einen Fuß vor den anderen setze. Oben atmet es sich wie in einem Gewächshaus. Genug getan, ich verdiene eine Pause. Eindeutig. Das Parkett ist glatt, unter meinen nackten Fusssohlen kann ich den Bass von der Anlage spüren, obwohl sie nicht besonders laut aufgedreht ist. Ich stelle mir vor, wie die Schallwellen an meinen hässlichen Füßen entlangströmen, sich an den Zehen teilen, in den Zwischenräumen aufwirbeln, den Fußrücken hoch. Das Parkett liegt ruhig wie ein See. Und hinter der Tür geht es weiter, der gleiche Boden wie im Treppenhaus, nur da ist er matt und staubig. Die Tür geht auf, und Maja kommt mit einem kleinen Hund rein. Winzig, das trifft es eher.

»Wo kommt der denn her?«

»Der war unter der Treppe. Im Keller. Ich hab ihn gehört. Der hat so gewinselt.«

»Und wo ist der fette weiße Hund?«

»Welcher fette Hund?«

»Na, der fette Hund, der da immer rumgelaufen ist.«

»Hündin.«

»Ja, Hündin, jetzt weiß ich auch, dass das ’ne Hündin war.«

»Wir müssen die Mutter finden.«

»Ja«, sage ich, ohne genau zu wissen, warum.

»Weil, am besten ist es, wenn er wieder zu seiner Mama kann. Aber wenn wir sie nicht finden, müssen wir ihn so aufziehen.«

»Weißt du denn überhaupt, wie so was geht?«

»Ich find's raus«, sagt sie, setzt den Hund ab und geht zum Bücherregal. Er zittert und guckt mich an. Ein Hund, geboren aus dem Bauch der disharmonischen Tonleiter, ein Wunder.

»Glaubst du überhaupt, Ida wird das gut finden?«

Maja blättert in einem Buch und schaut nur kurz auf, um eine Augenbraue hochzuziehen, als ob sie mir bedeuten wollte, dass es ja wohl nur eine vernünftige Antwort auf diese Frage gäbe.

»Er braucht alle zwei bis drei Stunden Milch. Lauwarm«, informiert sie mich und holt auch gleich einen Milchkarton aus dem Kühlschrank.

Hund läuft zu. Oder wird geboren im Treppenhaus, von der Treppe, ein Waisenkind. Sein Mutterleib ist ein Holzxylophon mit rätselhaft organisierter Tonleiter, ich muss es aufnehmen. Der Hund sitzt da und schaut mich an, ich muss ihm nicht erst beibringen, was er darf und was nicht, wir sind seelenverwandt, beide Kinder der Musik, natürliches Einverständnis. Er hat auf meinen Teppich gepisst.

»Er hat auf meinen Teppich gepisst!«

Maja seufzt, schaut mich wieder mit dieser hochgezogenen Augenbraue an, geht den Putzeimer holen und schrubbt den Teppich. Ida kommt rein, ihr Blick richtet sich auf den Hund.

»Hey, wen haben wir denn da?«

Ich denke, das ist eine rhetorische Frage. Ida kniet sich neben Maja und schaut den Hund an, er wirkt verschreckt. Er leckt an der Box der Stereoanlage und guckt mich dabei fragend an, als wollte er meine Meinung dazu wissen. Ich habe keine. Ich weiß nichts über Hunde, muss recherchieren, nehme das Lexikon aus dem Regal. Darin steht, dass Hunde aus der Familie der Hundeartigen sind. Ist doch schon mal ein Anfang.

»Aber ist das denn … ich dachte, also, sollen wir den wirklich behalten, ich mein, wir …« Und da werde ich schon wieder geaugenbraut, zum dritten Mal heute, das ist zu viel. Ich stecke die Kopfhörer in den Verstärker, lege mich auf das Sofa und schließe die Augen.

»Hey, wach auf, wir müssen los, ins Theater.«

Blinzeln. Ich sehe, dass Ida schon angezogen und geschminkt ist, das heißt, ich habe nicht viel Zeit.

»Und Maja und der Hund?«

»Gehen zu Ingrid und Herrn Seibert.«

Kurz mache ich mir Sorgen, der Welpe verhält sich wirklich wie das Klischee von einem Welpen. Klein, großer Kopf, tapsig, inkontinent. Aber ich werde mir sicherlich nicht meinen eigenen großen Kopf darüber zerbrechen.

Ida und ich auf dem Heimweg, wir haben fast zwei Stunden lang Eindrücke gesammelt, die jetzt nur uns beiden gehören, nicht den anderen Zuschauern, nicht Maja, nicht den Journalisten, die einordnende Urteile über das Stück schreiben. Wir gehen Arm in Arm, und Ida äußert tausend kleine Ansichten zu der Aufführung, zu subtilen Gesten der Schauspieler, die mir entgangen waren, fragt mich nach meiner Meinung zu Details im Bühnenbild, die mir nicht aufgefallen sind, und ich höre ihr zu, meiner fröhlichen Melodie.

Zu Hause an unserer Wohnungstür hängt ein Zettel von Jochen, ich soll rüberkommen. »Na, dann hole ich mal Maja«, sagt Ida. »Nur zehn Minuten, bin gleich wieder da«, sage ich, und ich sehe Ida ihre Zweifel an. Sabine macht mir die Tür auf und teilt mir in einem schwer zu deutenden Tonfall mit, »Sherlock« sei hinten in seinem Arbeitszimmer. Jochen sitzt vor einer beigen Jalousie am Schreibtisch, eine Hand auf den Oberschenkel gestützt, der Fuß wippt ungefähr zehntausend Mal in der Sekunde.

»Ich hab was.«

»Was denn?«

»Ich hab mich an Feininger drangehängt.« Drangehängt? »Und siehe da, der Herr sucht gerne einen Pärchenclub im Osten auf.«

»Hä? Du meinst, er geht fremd?«

»Nein, mit seiner Frau geht er da hin.« Jochen schaut mich an, als ob ich mich freuen sollte.

»Und weiter? Wen soll denn das interessieren?«

»Ich bitte dich, bei seinem konservativen politischen Umfeld …«

»Jochen, das ist nicht der verdammte Präsident von Amerika. Das lockt keinen Hund hinterm Ofen vor. Der Hund verkriecht sich hinter dem Ofen, wenn du ihm davon erzählen willst.« So bin ich: seit einem Tag Hundehalter und schon Hundemetaphern verwenden.

»Er ist eine Person des öffentlichen Lebens.«

»Das ist aber eine sehr kleine Öffentlichkeit, über die wir da reden, Jochen. Ida hat mir was anderes erzählt. Wahlkampfspenden. Da sollten wir ansetzen. Ein kleiner Spendenskandal, das wär's.«

»Ach geh, Mark. Im Privaten, da muss man ansetzen.«

»Was willst du jetzt machen?«

»Na, da hin. Ihn fotografieren. Beweismaterial.«

»Und dann erpressen?«

»Erpressen ist doch ein sehr starker Ausdruck«, sagt Jochen spöttisch, überlegen grinsend. Er scheint endgültig in einen Gangsterfilm abzurutschen. Ich seh ihn schon in die Isar fliegen, die Füße einbetoniert, einen toten Kanarienvogel vor der Wohnungstür. Aber jetzt sitzt er noch da, vor der beigen Jalousie. Wenn die Lamellen im Film noir für Zwielicht sorgen, Licht und Schatten in den Raum werfen und so Gut und Böse symbolisieren, wofür steht dann das hier? Eine Sicht, die trüb ist und milchig? Die für mangelnden Durchblick steht?

»Vergiss es. Mach du, was du willst. Ich bin draußen.«

»Da hast du recht, es ist besser, jemand macht das, der einen gewissen Sinn für Organisation hat. Sei mir nicht böse.«

»Also ich geh jetzt.«

Wie ich gehofft hatte, ist Ida noch wach, hat eine Flasche Wein aufgemacht und entspannt auf der Couch, zwei Gläser stehen auf dem Tisch. »Irgendwas wolltest du vorhin noch zu diesem riesigen Segel im Bühnenbild sagen«, stoße ich unser kostbares Gespräch wieder an und setze mich neben sie.

9

Der Wecker spielt für mich Charlie Haden. Was für eine Errungenschaft der Zivilisation. Früher die Wecker mit Glöckchen, das war gut. Dann elektronisches Piepsen, fürchterlich. Jetzt Charlie Haden, fantastisch. Fortschritt findet eben in Wellen statt. Im Flur erschrecke ich mich vor dem Hund. Er sich auch vor mir. Hatte vergessen, dass er da ist. Er schaut aus sicherer Entfernung zu, wie ich mich strecke. Im Bad freue ich mich wieder über die Plastikstühle. Warmer, sicherer Tag, aber zunächst ist heute keine Bequemlichkeit angesagt, ich muss überlegen, mit welchen Klamotten ich beim Hochzeitsauftritt am wenigsten auffalle. Wo ist der Anzug, hab ich den nicht aufgehängt, da ist er, und da hinten ist auch der andere. Die Hosen hängen mit auf dem Bügel, mal sehen, aha, alles zerknittert. Ich muss sie bügeln, aber dazu muss ich mich erst entscheiden, welchen Anzug ich anziehe, keine Zeit verschwenden, nicht überflüssig bügeln, wegen der Energieeffizienz. Hauptsächlich wegen meiner eigenen. Der erste Anzug ist noch vom Abschlussball der Tanzschule, wirklich wahr. Aber bei der Hose ist inzwischen alles rausgelassen, was man rauslassen kann, es würde mich auch wundern, wenn das Jackett noch passen würde. Aber es passt, wunderbar, sitzt sogar besser als früher, als ich spindeldürr war. Sitzt zu gut, zwingt mich in eine unnatürliche, gerade Körperhaltung, ich will nicht meine Wirbelsäule korrigieren, ich will nur Gitarre spielen. Ein graublauer Anzug, vielleicht zu büromäßig? Man weiß es nicht. Besser noch zum Vergleich den anderen Anzug anziehen, eine Art beige, wenn man genau hinsieht, ist ein Zackenmuster zu erkennen. Ida kommt rein und lacht.

»Was machst du denn da?«

»Ich hab am Samstag einen Auftritt bei 'ner Hochzeit und weiß nicht, welchen Anzug ich anziehen soll.«

»Lass mal sehen«, sagt sie, tritt zurück und mustert mich. »Okay. Und jetzt den anderen.«

Jackett aus, Hose aus, in der anderen Variante wieder an.

»Hmm«, sagt sie. »Also, mit dem ersten siehst du aus wie ein Gebrauchtwagenhändler, der den Kilometerstand seiner Autos manipuliert und Rostlöcher übermalt, um überteuerte Preise zu erzielen.«

»Sehr charmant. Und der hier?«

»In dem siehst du aus wie ein Bankberater, der senilen Rentnern Wertpapiere aufschwatzt. Eher so Anlagebetrug. Was ist es denn für eine Hochzeit?«

»So ein Haufen Schnösel. Wenn ich's richtig mitgekriegt hab, in 'nem Schlösschen am Starnberger See. Vielleicht geh ich dann eher mit dem Anlagebetrug?«

»Würd' ich auch sagen.«

Jetzt aber wieder in die Jogginghose, fühlt sich gut an, wie nach dem Skifahren ins Warme zu kommen. Ein Kaffee wäre nicht schlecht, mit Milch, aber es ist keine da. Nächstes Mal entscheide ich mich erst, nachdem ich geschaut habe, ob Milch da ist, dann kann ich auch schwarzen Kaffee trinken. Aber jetzt ist der Gedanke an Kaffee mit Milch da und treibt mich nach draußen, obwohl es unangenehm ist: warmer Nieselregen; schnell in den kleinen Laden, hier ist es trocken, sicher, ruhig. »Feinkostladen«, behauptet er selbstbewusst, ist aber eigentlich so eine Art großer Kiosk, es sei denn, man bezeichnet Wiener Würstchen, Dosenbier, Paulaner Spezi und harte Gummibärchen im Stückverkauf als Delikatessen.

»Hallo Mark, wie geht's?«, sagt eine Frau zu mir. Ich kenne sie von früher, ich glaube sogar, dass wir mal was miteinander hatten, oder fast.

»Gut, gut«, sage ich gedankenverloren. »Und selber?« Ich höre die Antwort nicht. Ich grabe mich in Gedanken durch einen fünfzehn Jahre alten Rausch, sehe sie mit nacktem Oberkörper auf mein Bett zukommen. Ich versuche, mich daran zu erinnern, ob sie mich gefragt hat, ob ich ein Gummi hätte. Das würde bedeuten, dass sie mit mir schlafen wollte. Vielleicht hat sie das aber nicht gefragt, und ich bilde mir das ein. Was mir aber einfällt: sie auf der Bettkante, wie sie aus dem Fenster schaut und etwas Ernstes sagt. »Ich weiß, dass du sie immer noch liebst«, dann eine Pause, einstudiert?, »es kann nicht funktionieren.« Tonlos. Na ja, sie war neunzehn und ich zwanzig. Ich glaub nicht mal, dass sie gelogen hat. Das war eben die Art, wie sie mich in ihre Biographie eingefügt hat. Ist ja auch logisch, eine große Liebe, die nicht sein kann, das hat ja was. Mir war meine Exfreundin damals jedenfalls egal, aber große Einwände habe ich auch nicht erhoben. Komisch eigentlich. Vielleicht war mir das einfach lieber in meinem Teenagerbewusstsein: ein tragischer Held zu sein. Sandra, genau, so heißt sie. Wüsste gern, was ihr Lektorat aus mir gemacht hat. Ich versuche, das Gefühl festzuhalten.

»Desiree?«, sagt ein Mann und berührt sie am Arm, während er mir zunickt. Desiree? Hab ich mich wohl im Namen geirrt. Oder in der Geschichte. Oder in beidem.

»Also dann«, sagt Desiree und wendet sich ab, und einerseits ist es hier drinnen trocken und angenehm, andererseits ist aber auch das Radio an, »Losing my Religion«

von R.E.M. Ich halte es keine weitere Sekunde aus, zahle meine Milch und bin wieder auf der Straße.

Sie sind schon wieder fleißig, sitzen am Küchentisch, Maja schreibt was in ihr Heft, Ida tippt was in den Laptop. Einträchtig und vertieft, ein Bild für den erträumten Einklang und damit gleichzeitig für meine künstlerische Kastration.

»Ich brauch den Laptop nachher.«

»Bin fast fertig. Brauch nur noch 'ne Schlagzeile. Ist aber eh pro forma. Die Pfeife schreibt's wahrscheinlich sowieso wieder um.«

Maja kichert.

»Worum geht's denn?«

»Um Friseurbesuche vorm Weggehen.«

»Ah. Ist das journalistische Pflicht, darüber zu berichten?«

»Is fürs Stadtmagazin.«

Den Kühlschrank befragt, Bier war die Antwort. »Nächste Woche wird besser«, informiert mich die Karte auf der Tür. »Ich weiß«, murmle ich. Den Kronkorken in die Tasche gesteckt, ist schon einer drin. Jetzt sind sie zu zweit. Ein Kronkorken kommt selten allein.

»Wie wär's mit Vorglühen mit dem Glätteisen?«

»Kommt mir irgendwie bekannt vor. Und durchschnittlich.«

»Pony vor der Reitschule.«

»Unsauber. Gibt ja mehrere Frisuren. Und nicht jeder weiß, dass die Reitschule ein Club ist.«

»Umfrisieren vorm Eskalieren.«

»Jetzt bist du albern.« Das Telefon klingelt. Ida angelt nach dem Hörer, hebt ab, horcht kurz und gibt ihn mir weiter.

»Jochen.«

»Jochen?«

Er flüstert, ich kann ihn nicht richtig verstehen.

»Jochen, warum flüsterst du?«
»Du musst mich abholen.«
»Was?«
»Hol mich ab. Bring mir was zum Anziehen mit.«
»Mann, wo denn? Ich hab grad gar keine Zeit.«
»Ist mir scheißegal, ob du Zeit hast. Hol mich ab. Er hat mich gesehen. Ich komm an ihm vorbei nicht nach draußen. Ich hab mich in 'nem Büro eingesperrt, aber der sucht mich bestimmt.«
»Wer denn?«
»Feininger, ich hab ihn im Swingerclub gesehen.«
»Hä?«
»Bist du blöd, oder was? Das is unsere Lebensversicherung. Damit haben wir ihn dran.«
»Willst du den jetzt wirklich erpressen, oder was, bist du bescheuert?«
»Gleichheit der Mittel, das ist nur eine Art Machtausgleich.«
»Wo bist du?«
»Club Aphrodite, Maaßstraße. Beeil dich, ich kann hier nicht ewig drinbleiben. Komm hinter den Club, in den Hof, unter mir ist so ein überdachter Fahrradständer, das kann ich schaffen.«
»Oh Mann.«
»Mach schon, beeil dich!«
Ich lege auf und gehe an den Kühlschrank. Ich nehme einen Schluck Milch und ziehe mir die Jacke über.
»Gehst du noch mal raus?«, fragt Ida.
»Ja, muss Jochen 'nen Gefallen tun.«
»Was hat der denn schon wieder vor?«, fragt sie und klappt ihren Laptop zu.
»Weiß nicht genau. Aber alles fürs Haus«, sage ich und klopfe mir mit der Faust auf die Brust. Ich gehe ins Schlaf-

zimmer, öffne den Kleiderschrank und ziehe einen alten Jogginganzug vom Fußballverein raus, abgesetzte Gummizüge um die Waden, Beflockung auf der Jacke: »Alter Wirt Putzbrunn«, alles in Schwarz, Grün und Gelb.

»Was willst du denn mit dem Ding?«, fragt Ida, aber ich weiß es nicht und will das nicht schon wieder zugeben, dass ich es nicht weiß, dass ich den ganzen Tag Dinge tue und nicht weiß, warum. Ich lächle, glaube, hoffe, dass es entschuldigend aussieht, nehme den Autoschlüssel vom Brett und küsse Ida auf die Stirn. Zwischen ihrer hochgezogenen Augenbraue und dem Haaransatz ist gerade noch genug Platz dafür.

Autofahren bei Nacht ist gar nicht so übel. Der Innenraum ist geschützt und warm, Miles' Trompete weitet sich aus. Mit der Musik durch die Nacht, das ist beruhigend, tiefes Atmen, und als ich ankomme, habe ich keine Lust stehen zu bleiben. Ich tue es aber doch. Am Eingang des Clubs steht ein riesenhafter Türsteher, die Solariumbräune seiner Haut bezwingt das weiße Licht des Halogenstrahlers darüber spielend. Ich nehme den Jogginganzug vom Beifahrersitz, nutze einen Moment, in dem der Türsteher einem Mann die Tür öffnet, und gehe in die Einfahrt des Hofes. Mein Handy klingelt.

»Wo bist du?«

»Im Hof. Wo bist du?«

»Über dem Fahrradständer. Hab ich doch gesagt, kannst du dir einmal was merken?«

Ich schaue nach dem Ständer. Zwei Stockwerke darüber scheint sich hinter dem Fenster etwas zu bewegen. Dann öffnet es sich langsam.

»Hast du was zum Anziehen dabei? Schmeiß hoch!«, sagt Jochen. Ich schätze die Höhe ab.

»Wird nicht klappen. Komm runter.«

»Schmeiß es hoch, ich kann nicht runter.«

»Bist du nackt? Ich will nicht, dass du nackt in meinen Jogginganzug steigst.«

»Hast du sie noch alle? Schmeiß die Sachen hoch. Und ich bin nicht nackt!«

Ich verknote die Hose mit der Jacke und versuche, sie hochzuschmeißen. Es reicht nicht.

»Klappt nicht, Jochen, komm da runter jetzt.«

»Versuch's noch mal.«

Ich werfe das Bündel noch mal nach oben, Jochen beugt sich raus. Er erwischt es fast mit den Fingerspitzen.

»Verdammt.«

»Was ist?«

»Es liegt oben auf dem Fahrradständer. Hol's da runter und wirf es noch mal.«

»Komm jetzt.« Ich sehe, wie im Fenster neben Jochens das Licht angeht. Einen kurzen Moment später ist zu hören, wie jemand gegen die Tür schlägt.

»Komm da raus.«

»Scheiße!«

»Mann, Jochen, spring endlich!« Und er springt, ein postmoderner Superheld, nur mit einem glitzernden, roten Tanga bekleidet, weiße Haut schimmert im zwielichtigen Hof. Und es macht einen ohrenbetäubenden Lärm, als er auf dem Wellblech landet, und sein Aufheulen ist sogar noch lauter oder fast genauso laut oder vielleicht nicht so laut, aber dafür durchdringender. Und im Abrollen kriegt er die Klamotten zu fassen und reißt sie mit sich, kugelt von seiner Wellblechlandebahn und landet auf dem Asphalt. Er steht auf, oben schauen zwei Gesichter aus dem Fenster und verschwinden wieder. »Los jetzt!«, zische ich, und Jochen humpelt los, auf einem Bein, das Klamottenbündel in der Hand. Ich stütze ihn, und wir erreichen das Auto in dem Moment, in dem die Sicherheitsleute mit rotem Kopf aus dem Eingang gerannt kommen, gerade rechtzeitig, um zu sehen, wie Jochens bleicher Arsch hinter der Beifahrertür verschwindet. Ich gebe Gas und schaue in den Rückspiegel. Nach zwei Kreuzungen komme ich wieder zur Ruhe, und der Druck in meinem Kopf macht Platz für Jochens Stimme.

»Auuuuuu. Auuuuuaaa. Der ist gebrochen, mein Fuß ist gebrochen, ich bin mir sicher, Scheiße verdammt!«

Jochen, wie er vor sich hin jammert und gleichzeitig versucht, das Kleiderbündel zu entknoten.

»Verdammte Scheiße, Mark, warum hast du das so fest zusammengebunden?«

»Du wolltest ja, dass ich es hochwerfe. Sonst kann man das ja wohl kaum.«

»Und daran, dass ich es noch anziehen muss, hast du gar nicht gedacht, oder was? Wenn du nur einmal mitdenken würdest. Ein einziges Mal!«

Ich ignoriere meinen halb nackten Beifahrer, oder meinetwegen halb angezogenen, optimistisch formuliert. Ich muss mich auf den Weg zum Krankenhaus konzentrieren.

»Wo fährst du hin?«

»Ins Krankenhaus.«

»Spinnst du?« Er hat es in der Zwischenzeit schon geschafft, die Ärmel der Jacke zu befreien.

»Was heißt hier spinnst du? Du sagst, dein Fuß ist gebrochen. Also sage ich, wir fahren ins Krankenhaus.«

»Fahr nach Hause. Ich will erst nach Hause.« Es erleichtert mich nahezu, dass er endlich Jacke von Hose getrennt hat und seinen verletzten Fuß mit schmerzhaft verzerrtem Gesicht durch das Hosenbein fädelt.

»Ich fahr dich ins Krankenhaus.«

»Mark!« Er zieht die Jacke über und schließt den Reißverschluss. »Was sollen die denn denken? Wenn ich da jetzt einen Kunden treffe?«

»Du kommst grad halb nackt aus 'nem Puff und machst dir Gedanken, ob du im Jogginganzug Kunden triffst? Überhaupt, dass du den Anzug als unpassend empfindest, das kannst du doch jetzt echt nicht ernst meinen!«

»Ich seh aus wie ein Asso, verstehst du das? Außerdem ist das ein Erotikclub, kein Puff. Himmelweiter Unterschied. Und das hat damit gar nichts zu tun.«

»Mann, Mann, Mann.«

Die Empfangsdame macht die Krankenschwester mit einem vielsagenden Blick auf Jochens Tanga aufmerksam, der in der besten Manier amerikanischer Hip-Hop-Musikvideos über seinem Hosenbund hervorschaut. Sie schmunzelt. Ein junger Arzt kommt, immerhin verfügt er über genügend Autorität, dass Jochen mit dem Jammern aufhört. Wahrscheinlich nichts Schlimmes, vielleicht gestaucht, sagt er, aber zur Sicherheit muss man röntgen, das dauert aber leider, Wartezeit eine halbe Stunde.

»So, Jochen. Jetzt ist aber Schluss mit dem Detektivscheiß.«

»Wieso, grad wenn …«

»Was willst du machen? Was willst du denn machen? Jemand mit Sinn für Organisation, dass ich nicht lache. Ab morgen lass mich mit dem Scheiß in Ruhe, verdammt noch mal.«

»Wo gehst du hin?«

»Nach Hause.«

»Und ich?«

»Du nimmst ein Taxi.«

Ein Verrückter. Ein im negativen Sinne Verrückter. Ich gehe den Gang runter, durch die Schiebetür, in die warme, sommerliche Nachtluft.

10

Es klingelt an der Tür, ich drücke den Summer. Jemand ruft das Treppenhaus hoch: »Die Stadtteilzeitung werf ich ein.« Es klingt wie der Anfang von einem Weihnachtslied. Ich frage mich, warum jemand die Klingel zu einer nicht existenten Haustür drückt. Höflichkeit vielleicht. Oder Gewohnheit.

Ich muss los, in der Anzugverkleidung geht es die Treppe runter, und ich treffe zwei von den Punks, der eine älter als ich, sieht zumindest so aus.

»Was denn jetzt los? Gehst Versicherungen verkaufen, ha?«

»Nee, muss zu 'nem Gig. Hochzeit. Deshalb Anzug.«

»Der Kunde ist König, oder wie?«

»So könnte man es nennen.«

»Junge, Junge.« Er schüttelt den Kopf. »Die Jugend lernt es nie. Verkauft sich ans Establishment.«

»Wenn du so willst. Für zweihundert Euro.«

»Noch schlimmer.«

Der Veranstaltungsort, oder die »Location«, wie die Trauzeugin unter Auskostung jeder Silbe gesagt hat, ist ein Schlösschen am Starnberger See. Im Anzug winde ich mich auf den Fahrersitz, eng sitzt das Ding, müsste mal einen neuen kaufen. Nein, es ist gut so. Er sitzt eng und schränkt ein, überträgt mein Gefühl in einen körperlichen Zustand, der das musikalische Korsett eines Hochzeitauftritts spiegelt. Das darf man nie vergessen, nicht so wie Gerard damals. Ich parke weit hinten auf dem Parkplatz, auch wenn ich weiter tragen muss, hier sind andere Autos angesagt. Die anderen sind schon da, der Drummer Erik hat sogar schon sein komplettes Set und die Anlage samt Monitorboxen aufgebaut und ewig an den Höhen und Tiefen gefeilt, so wie es seiner pedantischen Natur entspricht. Er leitet irgendwo eine Schul-Big-Band und hat, als er jung war, ein Jahr lang mit Al Porcino gespielt. Nur ein Jahr, aber es dominiert seine Gesprächsthemen so, als wäre ihm danach jahrzehntelang nichts Nennenswertes mehr passiert. Vielleicht ist das auch so. Kevin spielt heute Bass, aber er ist natürlich noch nirgends zu sehen. Der Soundcheck ist in Ordnung, wir müssen sowieso noch einmal nachpegeln, wenn alles voll mit Leuten ist. Bis es soweit ist, dauert es aber noch zwei Stunden. Ich sollte in meinem Buch lesen. »Wollt ihr schon mal was trinken?«, fragt der Vater der Braut, und das joviale Duzen ist typisch. Alle haben 'nen Stock im Arsch, aber die Band wird geduzt.

»'n Bier würd ich schon nehmen«, sagt Nat.

»Ja, ich auch.«

Die Gäste kommen einer nach dem anderen, und wir werden gebeten, das schon mal ein bisschen zu untermalen. Nat und ich spielen ein paar Latinjazz-Nummern, »Desafinado«, »Chega de Saudade«, »One Note Samba«, solche Sachen. Sanft und wie gehaucht spielt Nat die Melodien, ich begleite sie mit zurückhaltenden Akkorden. Kellner fliegen vorbei, bringen Tabletts mit Sekt oder Champagner oder was weiß ich. Der Brautvater steht stolz am Eingang und schüttelt die Hände der Leute: stark gebräunte, faltige Frauen, in bunte Cocktailkleider gepresst, dazu glitzernde Paillettentücher und passende Federn im Haar, Klunker, Colliers. Die Männer, wie uniformiert in ihren dunklen Anzügen, und da, mitten unter ihnen, mit einem breiten

Grinsen, wirren Haaren, Sonnenbrille und einem gelben Shirt, auf dem in schwarzen Lettern steht »I'd wrap that in bacon« – Kevin. Sofort rieche ich Ärger, sehe uns um unsere Gage verhandeln, mit dem Vorwurf konfrontiert, unsere Dienstleistung durch groben Verstoß gegen die Etikette nicht erfüllt zu haben, aber Kevin durchquert den Raum mit einer derart natürlichen Selbstsicherheit, dass niemand seine Erscheinung infrage stellt. »Hey Mark. Netter Anzug«, sagt er, und schon komme ich mir lächerlich vor, verkleidet, übertrieben angepasst.

Viel Lachen, viel Scherzen im Raum, Höflichkeiten und Komplimente werden ausgetauscht, die Stimmung ist gut, aber es gibt keine Energie – keine Energie wie bei unserer eigenen Hochzeit, wo Freunde und Familie das Brautpaar von Herzen gefeiert und ihm Schwung für seine gemeinsame Reise gegeben haben. Bräutigam und Braut stehen im Raum, versuchen, sich gleichzeitig in alle Richtungen zu wenden, sie wirken vollkommen auf sich allein gestellt. Ein Typ kommt zu uns und fragt nach dem Mikro. Er stellt sich als ein langjähriger Nachbar der Braut vor und als Chefarzt von irgendeinem Klinikum. Meine Intuition sagt, dass das ein Highlight wird, und richtig:

»Also, wenn die Lisa dann d'erste Schramm' ins Auto fahrt, sei net bös …«, verlegenes Lachen, Hüsteln, scherzhaft intonierte Empörung weiblicherseits, »… im Zusammenleben, da werd's ihr euch auch noch besser kennenlernen, mei Frau hat auch lang braucht, des zu begreifen: Ein Mann will am Frühstückstisch nix reden, der will sei Zeitung und sei Rua.« Eingefrorenes Grinsen, höfliches Lachen vereinzelt. »… es geht ja nicht nur um Höhen, sondern auch um die Tiefen und wie man damit umgeht, wenn dann die Fetzen fliegen und es im Bett nicht mehr so …« Ich schaue, ob ich seine Frau sehe, also eine, die die Hände über dem Kopf zusammenschlägt, aber sehe nur eingefrorene Gesichter. »… und überhaupt, Hochzeit, früher hat des ja ghoaßn, dass im Bett, also dass man da dann richtig loslegen kannt, aber heutzutag is ma ja modern, also da werd's ihr ja scho vorher getestet haben …, aber ich denk auch in der Hinsicht is am Steffen da a guater Fang geglückt.« Wäre ich Fotograf, könnte ich jetzt Bilder machen, eine Serie von hundert Leuten, die krampfhaft in ihre leeren Suppenteller stieren. Der Bräutigam kommt nach vorne, nimmt das Mikro, obwohl noch fünf Seiten Manuskript auf dem Notenständer liegen, und eröffnet das Buffet. Ein paar Leute klatschen halbherzig, und das ist schlimmer als totale Stille.

11

Sonntagmittag, aber die Stimmung ist nicht gut. Das merke ich, weil Ida einsilbig ist. Eigentlich müsste man eher halbsilbig sagen, denn als volle Silben kann man das beim besten Willen nicht bezeichnen, was da durch die Luft schnappt. Gut geschlafen? Ja. Willst du noch Kaffee? Mh. Jetzt läuft sie durch die Wohnung und räumt kleine Sachen in Regale, rückt große Sachen in Position, wischt Flächen. Mein diplomatisches Gespür verbietet mir teilnahmsloses Herumsitzen, daher häufe ich ein paar Zeitungen auf und werfe sie in den Papiermüll, aber nicht gut, denn Unterbrechung seitens Ida.

»Das. Sind. Die. Zeitungen. In. Denen. Ich. Die. Scheiß. Wohnungen. Markiert. Hab. Und kannst du nicht mal von alleine auf was kommen? Immer wenn ich aufräume, schleichst du irgendwohin und nimmst alibimäßig irgendwas in die Hand.«

»Ja, ich versuche doch nur …«

»Lass es einfach. Setzt dich hin, lies was. Aber renn mir nich so blöd hinterher.«

»Ich geh spazieren.«

»Schön.«

Also gehe ich, Ida ist sauer, weil sie aufräumt und ich nicht und mein einklinkendes Aufräumen armselig und nervig war. Ich gehe runter und schaue bei Gerda rein.

»Mark. Derf's was sein?«

»Kaffee, gerne.«

»Du. Hast des g'hört, der Jochen …«

»Ja, ja Gerda. Ich hab ihn ja selber abgeholt. Aber das ist doch Schwachsinn.«

»Er wui jetzt überlegn, ob er a Foto machen ko.«

Ich winke ab. Jochen. Ein Paar kommt rein, besser gesagt, eine Frau und ein Mann. Sie sind beide ziemlich geschäftsmäßig angezogen. Die Frau mustert den Raum ausdruckslos. Ihre Haare sind zurückgebunden, die Locken gebändigt, unter Spannung. Der Typ hat eine üble Schramme unter dem Auge. Wahrscheinlich von einer Schlägerei. Vielleicht ist er auch ausgerutscht. Nackt im Flur. War in der Badewanne und das Telefon hat geklingelt. Ist aufgesprungen, glattes Parkett, hat sich am Wäscheständer festgehalten, voll mit der Fresse die Leinen runter, wie ein Plektrum über die Saiten. Dass es keiner gesehen hat, macht es irgendwie noch lächerlicher. Nackter Mann rutscht in Wohnung aus. Ist mir haargenau so passiert. Gibt keinen Grund, warum es ihm nicht auch passiert sein könnte. Gegen Peinlichkeiten ist auch eine harte Visage keine Versicherung.

»Frau Hofanger. Stören wir? Anja Nowak mein Name, das hier ist mein Kollege Patrick Engel. Wir wären früher gekommen, aber hatten Angst, zur Mittagszeit hätten Sie keine Zeit für uns, wenn Sie so viele Gäste bewirten müssen.«

Aus ihrem Tonfall erschließt sich nicht, ob das spöttisch gemeint ist. Der Kerl zieht sein Sakko aus und wirft es über einen Stuhl. Angesichts der Muskeln, die sich unter dem Hemd abzeichnen, frage ich mich, wer mehr Zeit im Studio verbracht hat, er oder ich. Ihr Blick fällt auf mich.

»Ach ja, wen ham wir denn da? Frank Zappa ist auch da.«

»Da haben wir ja schon zwei beieinander«, steuert Engel bei.

»Ja. Nur der Herr Schönherr und der Herr Professor, die fehlen uns noch.«

Ich gehe rüber zu Gerda an den Tresen.

»Gibt es was Bestimmtes, das Ihnen am Herzen liegt?«

»Etwas Bestimmtes.« Nowak lacht trocken. »Er will wissen, ob es etwas Bestimmtes gibt.«

»Er kommt schnell auf den Punkt. Der verschwendet keine Zeit«, sagt Engel.

»Da Sie so nett fragen: Es gibt eine Sache«, fährt Nowak fort, »die uns am Herzen liegt. Wir können verstehen, dass Sie Ihre Wohnsituation schätzen und dass Sie da initiativ werden. Aber wir hätten gerne, dass die Grenzen der Privatsphäre dabei beachtet werden. Jedenfalls würde ich Ihnen dringlichst raten, den regulären Weg zu gehen.« Der Bulle mustert mich und sieht nicht so aus, als könnte man sich an seiner Hemmschwelle den Zeh stoßen.

»Also dann. Und vor allem: schönen Gruß an den Herrn Schönherr.« Nowak nickt Engel zu, es ist klar, dass sie den Ton angibt, und beide verlassen das Lokal.

»Schmierig«, schnaubt Gerda.

Oben hat sich die Stimmung aufgehellt. Ida sitzt auf dem Sofa und liest die Stadtteilzeitung. Jennifer ist da. Maja und sie spielen mit dem Hund und diskutieren irgendwas. Seine Geburt unter der musikalischen Treppe und Majas Vorliebe für die Musik von Queen haben ihm den Namen »Freddie« eingebracht.

»Die Hauptstadt von Brasilien ist aber nicht Rio, sondern Brasilia«, sagt Jennifer gerade mit dem besserwisserischen Tonfall eines Menschen, der gelernt hat, dass Wissen dazu da ist, sich anderen überzuordnen. Maja zuckt mit den Schultern und lockt Freddie zu sich. Er schaut mich fragend an, als ich vorbeigehe, und wahrscheinlich schaue ich genauso fragend zurück.

»Hier steht«, sagt Ida, »dass es am Bahnhof in Berg am Laim eine Gleisdrehscheibe gibt.«

»Was ist damit?«

»Alt ist die. Ein Industriedenkmal, heißt es. Die Leute sagen, man muss sie schützen, wenn der Bahnhof umgebaut wird. Anscheinend wird es auch so gemacht.«

»Auf so ’ner Scheibe müsste man wohnen!«

»Hab ich mir auch schon gedacht.«

»Oder, was weiß ich, unser Haus müsste das Geburtshaus von jemandem wie Mozart sein.«

»Oder von Beckenbauer.«

»Na, das steht doch den Nockherberg rauf. Am Sechserplatz.«

»Mein ja nur.« Ich bin neugierig. Neugierde ist ein starkes Motiv. Vielleicht nicht so wie Rache, Eifersucht, Gier, aber immerhin. Ein nettes Mittelklassemotiv. Ein VW-Passat-Motiv. Genug für mich, um mit ein paar Leuten zu telefonieren. Vielleicht hat ja wirklich jemand von Bedeutung hier gewohnt? Ein Fußballer, ein Schriftsteller, ein Maler?

12

Ich stelle mir das Viertel vor sechzig Jahren vor: kriegszerstörte Wohnhäuser, Gaststätten, Einzelhandel. Wer hat sich in den Straßen herumgetrieben? Die Türklingel reißt mich aus meinen Gedanken.

»Hey Ingrid, guten Tag, Herr Professor.«

Ich folge seinem Blick ins Wohnzimmer. Es ist aufgeräumter als sonst, ein paar Zeitungen liegen zwar herum, aber die Platten stehen im Regal.

»Kommt doch rein.«

Ingrid schaut zwischen dem Professor und mir hin und her. Sie bittet mich, ein bisschen von mir zu erzählen, so als Einstieg. Seibert mustert mich, und mit seinem Blick sehe ich mich selbst als das Klischee, das ich bin, langhaariger Gitarrenlehrer, verschlafen, obwohl es schon elf Uhr ist, Kaffeetasse in der Hand, Jogginghose und T-Shirt, und nennen wir es doch beim Namen: Ich bin faul. Wie das Licht im Kühlschrank arbeite ich nur, wenn jemand hinschaut. Zum Beispiel ein Gitarrenschüler oder meine eigene Tochter, die ihre Hausaufgaben sofort nach der Schule erledigt, weil sie das gute Gefühl mag, Zeit zur freien Verfügung zu haben. Meine Zeit hingegen ist voll von Möglichkeiten, aber nicht von Tätigkeiten. Ich könnte ein Lied für das Album schreiben. Könnte ich aber auch später oder morgen oder nächste Woche, ein Könner des Aufschiebens, mein Meisterwerk: der unvollendete Uniabschluss. Und das sage ich nicht, weil sich jeder ein Stück weit darin erkennt. Aber im Blick des Professors scheint alles Eigene von mir abzufallen, und es sträubt sich in mir, ich habe doch Eigenheiten, und kaum sitzen der Professor und Ingrid auf der Couch, strömt es aus mir heraus: Ich falte Zeitungsseiten auf Kleinformat, bevor ich sie lese. Wenn ich Bonbons esse, packe ich immer erst mehrere aus, ich kann das Gefühl nicht ausstehen, wenn etwas das Letzte ist, zum Beispiel das letzte Bier zu trinken, was da ist, selbst wenn ich ohnehin nur eins trinken wollte. Ständig begleitet mich das Gefühl, nicht reinzupassen. Zu Ida verhalte ich mich auf die eine Weise, bei Auftritten auf eine andere, mit Kevin rede ich so, mit Polizisten rede ich anders, aber immer, ständig, habe ich das Gefühl eines Außenstehenden.

»Kennen Sie«, unterbreche ich meinen peinlichen Redeschwall, »kennen Sie ›Con Alma‹? Die Latin-Jazz-Komposition von Dizzy Gillespie?«

Der Professor schüttelt den Kopf, er scheint nicht mehr skeptisch, vielleicht ist er nur verwirrt oder neugierig. Ausnahmsweise finde ich auf Anhieb die richtige Platte, ich lege sie auf, und nach dem viertaktigen Intro beginnt das Thema, in dem Dizzy fünf Mal den gleichen Ton anstößt, während sich im Hintergrund die Akkorde verändern und sich Dizzys warmer Klang auf verschiedene Weisen immer neu in die Harmonie schmiegt.

»Der Ton, er passt immer wieder in seine Umgebung, auf verschiedene Weisen. Ich habe hundert Arten, nicht in meine Umgebung zu passen. So kommt es mir vor.«

Kein Berliner, aber auch ganz sicher kein Bayer. Spielt Gitarre gut genug für das Studio, Coverbands und Straßenfeste, aber zu schlecht für wirklich Progressives. Ein gutes Album, aber keine dauerhafte Weiterentwicklung. Studiert, aber nicht ganz. Ingrid und der Professor schauen mich etwas baff an. Ein paar Momente hören wir nur die Aufnahme, wie sie vom Thema ins Saxophonsolo übergeht.

»Sorry«, sage ich. »Is wohl ein bisschen mit mir durchgegangen. Wollt ihr 'nen Kaffee?«

»Äh, gerne«, sagt der Professor.

Ich schenke den beiden ein, dem Professor gebe ich meine Franz-Kafka-Tasse, was wirklich, ehrlich unbeabsichtigt passiert.

»Darf ich Sie was fragen?«, frage ich Seibert und unterdrücke ein fortschweifendes Sinnieren darüber, dass ich ihm damit ja schon eine Frage gestellt habe.

»Ja, sicher.« Er nimmt einen Schluck.

»Hab ich das richtig verstanden? Es ist hauptsächlich eine Angst vor Klischees?«

»Ja.«

»Haben Sie die dauerhaft? Oder kommt sie auf einmal?«

Der Professor mustert seine Hände.

»Das ist ... also das ... gut, ich versuche es. Es tritt plötzlich auf. Immer wenn ich jemanden sehe, der sozusagen in Geste und Rede einem vorgeprägten Stereotyp entspricht, dann bekomme ich Beklemmungen. Manchmal sogar Atemnot.«

»Und Sie hatten dazu vorher geforscht. Also, zu Klischees in der Literatur?«

»In der seriellen Literatur, ja. Natürlich waren sie für mich immer Ausdruck einer Schreibhaltung, die den fiktionalen Raum begrenzt. Sodass strikte Regeln herrschen, die nicht gebrochen werden. Das betrifft nicht nur Figurenanlagen, sondern auch Handlungsverläufe. Der Soldat verliebt sich in die Tänzerin, die Schwester in den Chefarzt.«

»Der langhaarige Gitarrist schläft bis mittags.«

»Genau.« Seine Hand zittert.

»Und das hier ist eine Art Konfrontationstherapie?«

»Ja«, sagt Ingrid. »Wir gehen zu Menschen, die bei Herrn Seibert Beklemmungen hervorrufen, und dann zeigen sich hoffentlich ganz eigene Facetten der jeweiligen Person, die dann Freiräume lassen und das Klischee bröckeln lassen.«

»Ah, und so lockert sich das nach und nach auf.«

»Nicht unbedingt«, sagt Ingrid, »neulich waren wir im Löwenstüberl auf dem Trainingsgelände von 1860 München, das hat uns wieder um Monate zurückgeworfen.«

Eine Pause entsteht, und zwar keine von der einvernehmlichen Sorte, in der jeder vor sich hin sinniert. Nein, von der verkrampften Sorte, das Unbehagen des Professors lässt die Anspannung wachsen.

»Ida und ich haben überlegt, ob man irgendwoher Aufzeichnungen darüber finden kann, wer in dem Haus hier gelebt hat. Was wäre denn da der Rechercheweg?«

»Da kenn ich bestimmt jemanden, der helfen kann«, sagt Seibert, erleichtert über den Themenwechsel.

»Wieso denn?«, fragt Ingrid.

»Na hauptsächlich Neugierde«, sage ich, weil mir der echte Grund kindisch erscheint, »jetzt, wo das Haus saniert werden soll, interessiere ich mich dafür, wie es hier früher so war.«

»Ja, das kann ich verstehen. Ist eine komische Vorstellung, oder? Das Haus steht da seit fast hundert Jahren, Leute ziehen ein, ziehen aus, kriegen Kinder, geben ihre Wohnung an die nächste Generation oder sterben …« Sie seufzt. »Wie viel man da nicht weiß und nie wissen wird … na, wir gehen dann mal wieder. Nächste Woche versuchen wir es bei den Punks. Die nächste Stufe. Mal sehen, wie das wird.«

»Viel Erfolg.«

»Danke schön.«

Sie sind weg, und ich bin wieder allein mit Dizzy Gillespie und Sonny Stitt. Nicht die schlechteste Gesellschaft. Jeder Ton treibt meine Vorfreude auf heute Abend voran, denn dann kann ich wieder echten Jazz spielen, mich erden, mich meiner selbst vergewissern.

Unter der Brücke, ich mag das hier wirklich gerne. Ein kleiner Geheimort. Nur wenige Spaziergänger gehen abends den Weg bis zum Ende, bis zur Brauerei.

»Hey. What's new.«

»Nicht viel. Wir …«

»Das interessiert mich nicht. Ich meinte ›What's New‹. Das spielen wir jetzt.« Gerard. Er kriegt mich immer wieder dran mit seinem Scheiß.

»Hey Gerard, wie läuft's denn mit deiner Freundin?«, fragt Nat.

»Ah. Exfreundin.«

»Wieso, was war los?«

»Das hab ich dir doch schon mal erzählt. Eingebildet war sie.«

»Eingebildet. In deiner Phantasie? Daraus konnte ja nichts werden.«

»Manchmal sind das die schönsten Beziehungen«, sage ich.

»Und bei dir?«, fragt Gerard.

»Na ja, Nat und ich hatten 'nen Hochzeitsgig mit Kevin, da bin ich Zeuge der unpassendsten Rede aller Zeiten geworden.« Gerard verzieht das Gesicht. Es war nach einer Hochzeit, dass meine Coverband und er endgültig getrennte Wege gegangen sind. Die Braut hatte sich »Chim Chim Cheree« aus »Mary Poppins« als Brautwalzer gewünscht, weil sie den Film als Kind so gernhatte. Hochzeiten sind eben grundsätzlich nostalgische Veranstaltungen.

Bis auf meine vielleicht. Man muss wissen, dass es eine John-Coltrane-Version von dem Stück gibt. Manche sagen, sein Label hätte ihn genötigt, populäre Stücke zu spielen, und vielleicht als Demonstration oder weil es nicht auf das Stück selbst, sondern auf die Interpretation ankommt, wahrscheinlich aber, weil es für ihn die natürliche Herangehensweise ist, legte er also eine vollkommen abgedrehte Fassung hin, mit sich ständig verschiebenden, treibenden Mustern aus abgedrehten Skalen und orientalischem Tonmaterial.

Und genau das hat sich dann bei der Hochzeit im Kleinen wiederholt, in der Menterschwaige, in Harlaching. Wir spielen also, der Schlagzeuger mit Besen, ich leicht und beschwingt, der Bassist zurückhaltend, aber stabil und Gerard mit seinem warmen, sanften Ton. Die Großeltern haben Tränen der Rührung in den Augen, das Brautpaar ist verliebt, es gibt wahrscheinlich nur einen unzufriedenen Menschen im ganzen Raum. Und das ist ausgerechnet der Typ mit dem Saxophon an den Lippen. Beim Solo ging es anfangs noch, ein paar vortastende Töne, dann weiter innerhalb der Harmonien, brav, wie ein guter Krawattenknoten. Aber Gerard hat sich bei so was immer kastriert gefühlt. Dann ein paar spannungsvollere Töne, das ging noch. Aber plötzlich bricht es aus ihm heraus und er rutscht in eine Art John-Coltrane-Version von dem Stück. Aus vollen Lungen flirrende, quietschende, treibende Läufe. Na ja, und das war es dann, der Krawattenknoten ist locker, erste irritierte Blicke, der Bandleader stinksauer, aber er kann nicht aufhören, solang das Brautpaar tanzt. Das ist das Dumme an so 'nem Saxophon: kein Stecker, den man ziehen könnte. Das Brautpaar hält inne, die Band bricht ab, aber Gerard flippt weiter aus. Die sinnbildliche Krawatte ist längst schon um die Stirn geknotet. Verschiebt irgendwelche Fünftonleitern in irrsinnigem Tempo durch völlig schräge Tonarten, manche Gäste lachen, weil sie denken, es gehört zur Choreographie, aber sie lachen nur, bis die Braut mit dieser Vorstellung kurzen Prozess macht, und als sie Gerard das Saxophon mit einer Macht wegreißt, die den Gurt wegschnalzen lässt, ist das so ein Moment, in dem sich eine Deutung seiner Aktion als todesverachtender Heldenmut anbietet. Wir haben es dann noch mal gespielt, ohne Sax, Gerards Kanne war kein Ton mehr zu entlocken, und ich muss sagen, dass die Haftpflichtversicherung der Braut den Zustand als Ergebnis eines einfachen Sturzes akzeptiert hat, das hat sogar mich gewundert. So viel zu Gerards Bandkarriere. Dass wir Stücke den Kundenwünschen angleichen, macht uns in seinen Augen zu hoffnungslosen Schlappschwänzen. Aber jetzt ist alles in Ordnung, jetzt spielt er »What's New« wirklich schön, mit geradem, schnörkellosem Ton, in die Nacht um die kleine Unterführung hinein.

13

Der Kaffeeduft lotet die Küche aus, aber nicht so gründlich, dass er eine Wolke beißenden Geruchs aus der Spüle überdecken kann. In dem Becken türmen sich Pfannen und Töpfe, weil sie zu groß für die Geschirrspülmaschine sind. Intervention, Spülmittel rein, Wasser fließen lassen, bis es erträglich genug ist, um näher zu treten und einen Topf wegnehmen zu können. Wo ist der Schwamm? Den brauche ich, um den Fettfilm wegzuscheuern. Ih, was ist das? Eine glitschige Masse, etwas, das entweder gerade angefangen oder aufgehört hat zu leben. Ohne Gummihandschuhe fass ich das nicht an, wer weiß, ob man das aus der Haut der Fingerkuppen je wieder rauskriegt, wahrscheinlich ist das für einen Gitarristen sogar schädlich. Einweichen hilft nicht, würde das nur verteilen. Da ist der Handschuh. Ich greife rein, und es ist verwunderlich, dass das, was ich zwischen Daumen und Zeigefinger rausziehe, genug Binnenspannung hat, um sich auf dem Weg zum Mülleimer nicht abzutrennen und auf die Fliesen zu klatschen. Moment, jetzt im Eimer seh ich's – die glitschige Masse ist mein Schwamm! Der Handschuh, besser gleich hinterher damit. Obwohl der Müllbeutel noch nicht voll ist, muss er zugebunden werden, mehrfach. Neben die Wohnungstür damit, vergiss ihn nicht. Aber erst das Geschirr fertigbürsten. Andererseits, trag den Müll lieber gleich runter, denn sonst kommt Ida nach Hause und fragt: »Warum hast du den Müll neben die Tür gestellt?« Solche Fragen sind schwer zu beantworten. In den Mülltonnen ist ausnahmsweise mal Platz, muss mir unbedingt merken, welcher Tag heute ist, damit ich die Müllentsorgung clever rhythmisieren, mich einklinken kann in den wöchentlichen Flow, immer kurz nachdem er geholt wurde. Heiß ist es heute, aber ein guter Tag, so etwas spür ich.

»Warum pfeifst du?«

»Hey Ingrid. Weil ein guter Tag ist. So was spür ich.«

»Ein beschissener Tag ist heute.«

Ich halte den Schiebedeckel von der Mülltonne auf, und sie wuchtet einen Plastiksack hinein. Sie zieht einen Brief aus der Tasche und wedelt mir damit vor der Nase rum. »Mieterhöhung wegen Modernisierungsmaßnahmen. Ein Aufhebungsvertrag ist auch gleich dabei. Mit 'nem netten Anschreiben. Als würden sie uns einen Gefallen tun, wenn wir die Verträge auflösen, bevor die Miete steigt. So perfide!«

Schnell zum Briefkasten, tatsächlich: ein Schrieb von den Vermietern.

»Sie wollen uns einschüchtern, keine Chance, das wissen die doch selber.«

»Na, du bist vielleicht naiv.«

»Wie geht's dem Professor?«

»Komisch. Dem hab ich das gezeigt, aber es interessiert ihn gar nicht. Er hat die letzten Tage wegen deiner Frage zu den ehemaligen Hausbewohnern rumtelefoniert.«

»Wie? Ach so, ja das. Aber das ist doch nur so eine Spielerei, er soll sich damit keinen Stress machen.«

»Ist schon klar, aber das ist selten, seit ich ihn betreue, dass er sich so engagiert. Kommst du mit? Er meint, er hätte was für dich.«

Den Klang des Treppesteigens kann ich nicht deuten. Man sollte doch meinen, dass helle Töne auf etwas Gutes hinweisen oder dumpfer Hall Bedrohung signalisiert. Stattdessen nur der angespannte, gleichmäßige Rhythmus unserer Schritte – die Treppe verschließt sich mir.

»Guten Tag.« Der Professor, was ist mit ihm, er lächelt ja regelrecht.

»Hallo.«

»Hier. Kommen Sie!« Sein Arbeitszimmer ist aufgeräumt und modern, das überrascht mich, und mein Erstaunen beschämt mich. Ich hatte durchwühlte Unterlagen erwartet, Stapel von Büchern mit Eselsohren, von Einmerkern durchsetzt, umherfliegende Notizen. Aber nicht diesen aufgeräumten Schreibtisch, darauf ein Telefon, ein Kopierer mit Faxgerät, davor ein Bürostuhl mit grauem Textilbezug.

»Da. Auszüge von Steuerunterlagen, Sterbebüchern, Familienchroniken. Das dürfte so ziemlich alles sein, was aufzufinden ist.«

»In so kurzer Zeit? Das ist ja, ich meine, das ist ja super.«

Er gibt mir einen Schnellhefter, der zum Glück nicht besonders dick ist.

»Sind das Kopien?«

»Ja.«

»Fantastisch, allerherzlichsten Dank.«

Seibert gibt mir die Hand und schaut mir dabei sogar direkt in die Augen. Als Laie würde ich sagen, dass es ihm immer besser geht, aber der Meinung von Laien ist stets zu misstrauen, für die Erkenntnis reichen fünf Minuten im Internet.

Ich trete auf die erste Treppenstufe, sie knurrt dunkel. Ich schließe die Tür auf, und Ida sitzt auf der Couch, im Halblicht der Leselampe, Maja sitzt auf dem Boden und spielt mit dem Hund. Das alles sieht schon zu idyllisch aus, wie für die Werbung inszeniert, fehlt nur noch ein Kamin. Ich setze mich neben Ida, und einen Moment lang will ich ihr von einer Frau mit schönen Beinen erzählen, die ich gesehen habe, setze an und breche ab. Das passiert manchmal, dass ich vergesse: Wir sind nicht eine Person.

»Was hast du da?«, fragt Ida.

»Das? Das sind Kopien vom Grundbuch. Hat Ingrid besorgt.«

»Hey. Spannend. Zeig her.« Sie nimmt mir den Hefter aus der Hand.

»Kaiser, Gebhart, Baumgartner, Stöckl, Weidinger, Meixner.«

»Hab schon geschaut, ist niemand Berühmtes dabei. Zumindest kannte ich keinen der Namen.«

»Kennst du nicht Weidinger? Ganz Großer, zu seiner Zeit. Einer der wichtigsten Grundbesitzer.«

»Haha, das erfindest du, oder?«

»Natürlich.«

»Aber nicht schlecht. Weidinger, das klingt schon ein bisschen so.« Weidinger, Baumgartner, Stöckl. Sie drehen sich in meinem Kopf, Großgrundbesitzer, Einzelwarenhändler, Sattler, Schreiner …

Ich gehe in die Küche, hacke Ingwer, Knoblauch, schneide Gemüse, setze Wasser für Reis auf.

»Machst du schon wieder was im Wok?«, fragt Maja.

»Kann nichts anderes.«

»Vielleicht hat ja einer hier gewohnt, der hat was Tolles gemacht, aber keiner weiß es«, sagt Maja aufgeregt.

»Wie meinst du?«

»Na ja, keiner hat es mitgekriegt.«

»Aber weißt du, dann würde es auch nichts helfen. Wegen irgendwem wird ein Haus nicht geschützt. Und was müsste das für einer sein? Politiker geht nicht. Die sind alle bekannt. Ein Kaufmann geht auch nicht. Die kümmern sich schon darum, dass man sich an sie erinnert.«

»Ein Fußballer? Vielleicht war einer dabei, der bei den Löwen gespielt hat.« Ein Anflug von Enthusiasmus in ihrer Stimme.

»Deinen Verein in Ehren, aber das interessiert keinen. Nee, es müsste jemand sein, den alle kennen, der dann aber schnell vergessen wird. Ein Künstler. Pass mal auf den Reis auf, Maja.«

»Was ist denn das?« Das Schreiben der Vermieter ist runtergefallen, und Ida faltet es auf. »Es ist nur Einschüchterung …«, fange ich an, aber sie unterbricht mich. »Und wenn schon? Weißt du, was das bedeutet? Selbst wenn wir es schaffen, hier wohnen zu bleiben, dann wird es richtig schwierig, das zu stemmen, jeden Monat.«

»Ist ja überhaupt erst mal zu klären, ob das wirksam ist«, wende ich ein, aber Ida schüttelt den Kopf. »Das ist einfach zu viel«, sagt sie, und ich bin nicht sicher, ob sie nur die Miete meint. Ich schnappe mir den Hefter.

»Wenzl, Bachmann, Voigt …«, murmele ich. Es müsste jemand sein, der sich verniedlichen lässt. Der volkstümlich und kumpanenhaft klingt, aber auch aufmüpfig, antiautoritär. »… Hubert Dax. Hier. Den find ich gut.«

Nicht schlecht. Hubert Dax. Hubsi Dax.

»Hey Ida, Maja. Habt ihr von Hubsi Dax gehört?«

Sie schauen mich ratlos an.

»Er war ein Kleinkünstler. Hat Lieder gesungen, Gedichte aufgesagt, kleine Schauspielstücke aufgeführt. Hat in den Giesinger Kneipen gespielt. War subversiv, immer auf der Seite des kleinen Mannes. Antiautoritär, das schon, aber gleichzeitig traditionsbewusst. «

Die beiden schauen mich an, als wäre ich verrückt geworden, aber das stimmt nur ein bisschen: »I'm going slightly mad.«

»Und …«, fragt Ida, »wie waren seine Lieder? Was hat ihn ausgemacht?«

»Er hat im Dialekt geschrieben und hat größere Zusammenhänge an der kleinen Giesinger Welt illustriert. Etwas dadaistisch und in Richtung Nonsens, so ähnlich wie Valentin, das allein ist ja schon antiautoritär. Vieles davon aber auch szenisch, über Fußball, zum Beispiel.«

»Wann soll das denn alles gewesen sein?«

»Vor und nach dem Zweiten Weltkrieg. Perfekter Zeitraum, um später in Vergessenheit zu geraten. Wie viele große Künstler hatte er eine lange und unglückliche Liebe. In der Nachkriegszeit hat er nur noch getrunken und ist mit seiner Ziehharmonika in der Straßenbahn herumgefahren. ›Da kommt der Hubsi wieder mit seiner Ziehharmonika‹, haben sie im Viertel gesagt.«

Doppelte Augenbraue. Nur Freddie schaut mich offen an, aber er ist auch in der Tonleiter geboren, wir sind Seelenpartner.

»Ziach.«

»Was?«

»Ziach, würde man dann sagen. Zur Ziehharmonika.«

»Noch besser.«

»Willst du einen ganzen Künstler fälschen?«

»Moment. Von Fälschen war nie die Rede. Ich werde nur diesem großen, vergessenen und verkannten Künstler, der in unserem Haus wohnte, nachforschen. Vielleicht finde ich ein paar von seinen Gedichten. Vielleicht gibt es Manuskripte, Tonbänder, Filmrollen.«

Maja mustert mich von der Seite wie ein Gutachter einen eingedellten Kotflügel.

»Er will ihn fälschen«, sagt sie zu Ida. Sie seufzt.

»Und wenn so eine Entdeckung gemacht wird, dann muss das doch die lokale Presse interessieren. Gibt jede Menge Leute, die ausrasten, wenn sie hören, dass das Geburtshaus vom großen Hubsi Dax abgerissen wird.«

»Geh in die Küche und koch deinen Reis.«
»Keine Sorge, keine Sorge. Aber Dax werd ich finden.«

Dax werde ich finden. Ich setze mich an den Schreibtisch. Das, was mir am besten gefällt, ist das X. Der Ort, der markiert wird, aber auch die Unbekannte, die Leerstelle. Das ist was für Hirnis, wie ich einer bin, da gehen wir auf, da sind wir in unserem Element. Jetzt werd ich einmal etwas durchziehen. Das hab ich schon oft versucht, aber immer auf halber Linie versagt. Mal sehen, ob die Idee länger trägt als ein paar Tage.

Greifbares, Hörbares brauche ich. Tonbänder, Filme, Manuskripte. Die Sprache darf keine Fehler haben. Also werde ich alte Aufnahmen anhören, Bücher lesen, über Valentin, Kleinkunst, bayerischen Dialekt. Altes Produktionsmaterial muss ich mir beschaffen, historische Schreibmaschinen, Aufzeichnungsgeräte und das alles. Rausfinden, welche Kneipen es zu der Zeit gab. Welche kleinen, nicht zu bekannten Bühnen für Kabarett, Musik und so weiter. Es muss natürlich nachprüfbare Bezüge geben. Geschichte, das ist bei mir noch hängen geblieben, aus den zwei Semestern Literaturwissenschaft nach meinem kläglichen Scheitern in der Musik, ist künstlich gemacht. Lauter Betonungen, Hervorhebungen, Deutungen, Auslassungen. Und wenn man etwas weglassen kann, kann man auch etwas hinzufügen. Zum Beispiel einen Giesinger Vagabunden und Musiker.

»Du meinst so eine Art Karl Valentin?«, fragt Jochen.

»Na, so in die Richtung. Vielleicht ein bisschen volkstümlicher, rauer, kumpelhafter.«

Jochen schaut auf sein Handy, ich mustere meinen Bierdeckel. Er sieht aus wie das Schmierblatt von einem Mathematiker. Striche von den Hellen und Kreuze für die Weißbiere formen eine seltsame geometrische Figur, die ausgeschriebenen Preise der Schnäpse stehen daneben wie dazugehörige Längeneinheiten oder Messdaten.

»Ich weiß nicht so recht. Meiner Meinung nach funktioniert es besser, wenn wir Druck aufbauen. Wie die auch. Druck – Gegendruck.«

»Mit deiner komischen Ermittlung funktioniert es jedenfalls nicht.«

»Wart's nur ab. Mich kriegen die nicht klein. Hab zwar ziemlichen Ärger bekommen, mit so einem Schrank von Mann, Engel hieß der. Aber, wie der Engländer sagt, wenn du die Hitze nicht aushältst, geh nicht in die Küche.«

»Den hab ich auch kennengelernt.«

»Na, ich hoffe, nicht so nah wie ich. Außerdem hatte ich beruflich viel um die Ohren. Aber es war sowieso der falsche Ansatz. Das mit dem Privaten. Bei den Unternehmen muss ich einhaken. Bei Brennsteiner und Aubau. Ob man da illegale Absprachen nachweisen kann.«

»Was sagt eigentlich Sabine dazu?«

»Ach, die meckert rum, aber eigentlich findet sie das doch gut. Ich glaube, sie mag es, wenn ein Mann Initiative ergreift, um für seine Familie und sich einzustehen.«

»Mh.«

»Was, mh?«

»Einfach so. Mh. Wie: Mehr fällt mir dazu nicht ein.«

14

Organisation, Struktur, Disziplin. Wichtige Dinge stehen an, die kein Aufschieben dulden. Diesmal werde ich es durchziehen. Aber vorher erst mal einen bauen, wo sind meine Papers? Obwohl, lieber nicht. Den Hut aufgesetzt, und los geht es. Wo ist der Hut? Er hängt sicher an der Garderobe, nein, da hängt er nicht, da hängt meine Jacke. In meiner Jackentasche flattert ein Fünf-Euro-Schein rum und ein kleiner Rest Gras, nicht schlecht. Aber weiter, ich brauche den Hut. Vielleicht im Schlafzimmer, aber ins Schlafzimmer kann ich jetzt nicht, unmöglich.

Wo ist der Hut? Moment, ruhig. Wo hast du ihn zuletzt gesehen? Er ist schwer zu sehen, wenn man ihn auf dem Kopf hat. Auf dem Kopf habe ich ihn nicht. Ganz normale Matte auf dem Kopf, ungebändigt durch Bedeckungen, Bereifungen, Bebandungen, Gummierung. Die Gedanken können sich frei bewegen, zu frei. Ich brauche den Hut, damit er die Gedanken begrenzt, damit sie darin umherkreisen, auf das beschränkt, was der Hut repräsentiert, auf Organisation, Disziplin, Struktur. Denn ohne Hut wird es nicht lange dauern und meine Gedanken verlieren den Fokus. Erst mal Kaffee, nachdenken. Vielleicht ist er bei den Wintersachen, ja, das könnte sein, die sind im Keller. Im Keller ist er, mein Hut, außerdem mein altes Effektgerät, warum ist das da zusammen mit all dem Müll, ich muss es wieder hochholen. Runterlaufen, die Stufen ächzen über meine Torheit.

Hey, und da ist auch meine Ukulele, ich muss sie mit hochnehmen, meinen Atari auch. Mein kostbarer Müll, ich muss ihn anschließen.

Anschließen hat nicht geklappt. Ich bin müde. Aber immerhin einiges erledigt, Zeug aus dem Keller geholt, schon mal ein guter Schritt. Wir wollten sowieso schon lange den Keller aufräumen. Aber jetzt muss ich erst mal zu Alex in die Sportsbar. Wenn jemand halb München kennt, dann ist das Alex.

Am Wochenanfang kann man noch verzogene Gesichter sehen, wie zum Spucken bereit, grantig, keifend. »Lassan's doch erst die Leit aussteigen.« Die Leute schieben sich aneinander vorbei und granteln sich an. Sie granteln aber nicht mich an, denn ich stehe auf moralisch gesichertem Grund. Auf dem einzigen moralisch gesicherten Grund, den es überhaupt gibt. Ich stehe im Gang. In der U-Bahn im Gang. »Gengan's doch viere in den Gang.« Das wäre mein Slogan als Politiker. Neunzig Prozent der Stimmen wären mir sicher. Ich bin ruhig, atme ein und aus, die U-Bahn entlässt Leute und nimmt welche auf. Der Großteil wird sich mit mir entladen, wenn ich aussteige. Ich bin Teil des Stroms, Teil des großen Ganzen, im Einklang mit dem Fluss der modernen Welt.

Man muss sagen, die Bar hat sich ziemlich gemacht, seit Alex sie übernommen hat. Sitzecken in schwarzem Kunstleder, riesige Flachbildschirme, glatt polierte Tische, hübsche Bedienungen. Nicht mein Fall, aber gut gemacht. Allerdings passt das Publikum nicht so recht dazu, man ist eben auf seine Laufkundschaft angewiesen. Aber Alex, der fügt sich perfekt in die Umgebung, als hätte ihn der Innenarchitekt gleich dazugeliefert. Modisch getrimmte Frisur, Stoffhose, Lederschuhe, enges schwarzes Hemd, er scheint gut in Form zu sein.

»Scheinst ja gut in Form zu sein, Alex«, sage ich. Er grinst und gibt mir die Hand.

»Hey! Was verschafft mir die Ehre? In Form meinst? Ja, a bisserl pumpen geh ich halt. Von Zeit zu Zeit. Weißt, wenn ich mich schon nicht mehr an den Drums austobe …«

»Wie geht das Geschäft?«

»Läuft alles ganz gut hier«, sagt er und grinst. »Trinkst 'nen Espresso mit? Für 'n Weißbier ist's ja noch recht früh.«

Er geht hinter den Tresen und nimmt zwei Espressotassen von einem sauber aufgeschichteten Turm. Sogar ihre Henkel sind in einer geraden Linie ausgerichtet.

»Klar, gerne. Sieht ja nobel aus. Sag mal, du kennst doch einen Trödelhändler? Du hattest doch da mal einen, wo du früher manchmal Verstärker auftreiben konntest und so. Der hatte so 'nen komischen Spitznamen.«

»Ach, den Inder meinst du?«

»Ja, genau, so hieß der.«

»Da war ich ewig nicht mehr. Keine Ahnung, ob der noch was macht. Aber ich kann dir aufschreiben, wie du hinkommst, falls der da überhaupt noch ist.«

Er kritzelt was auf einen Bestellblock.

»Hey, danke.«

»Gerne. Weißt du, Mann, ich bin immer noch stolz auf unser Ding, unser Album. War halt nur an der Zeit, erwachsen zu werden …«, er hält kurz inne und fügt entschuldigend hinzu, »… also für mich, meine ich. Sag mal Bescheid, wenn du spielst.«

»Klar.«

Auf jeden Fall. Wenn ich spiele. Wenn ich wieder auf den glamourösen Bühnen zu erleben bin, im Blitzlichtgewitter, live und direkt, beim nächsten Gemeindeball oder Straßenfest oder dem SPD-Kinderfasching.

Es ist Nacht, und es ist ruhig, ein paar Grüppchen kann ich von der Wittelsbacherbrücke aus an der Isar sitzen sehen. Vielleicht Studenten. Als ich Student war, haben wir da ständig gesessen, man durfte sogar noch grillen. Jetzt riecht es statt nach Rauch nur noch nach Hefe von der Brauerei, aber auch das ist vertraut. Nach der Brücke biege ich von der Humboldtstraße ab und nehme den Weg am Schyrenbad vorbei, wo die Straßen ruhiger sind und ich alleine gehen kann, nur mein Atem, die Straße, die Musik, an die ich denken muss. Allein in drei Straßen zwei Architekten vor ihren riesigen Bildschirmen, blau beleuchtet, strebsam. Muss es ja auch geben, Architekten, kommt eben eins fürs andere. Dafür sind ein Kiosk und eine Änderungsschneiderei draufgegangen. Der Gang der Dinge.

Unten im Haus ist von den Punks nichts zu hören. Die Treppenstufen nehme ich vorsichtig, und sie knarzen leise. Neben meiner Tür sitzt jemand und zieht an einer Zigarette.

»Jochen, bist du das?«, zische ich.

»Hey Mark.«

»Du rauchst doch gar nicht. Fertig siehst du aus.«

Er zuckt mit den Schultern. Irgendwie poetisch wirkt es, wie das Mondlicht durch das Dachfenster, das ich sonst so verfluche, weil es das Treppenhaus so heiß und schwül werden lässt, auf den zusammengesackten Jochen fällt.

»Sag mal, Mark, kann ich vielleicht bei dir wohnen, für ein paar Tage?«

»Wieso, was ist passiert? Hat sie dich rausgeschmissen?«

»Sie meinte, ich soll abhauen, bis ich mich wieder eingekriegt habe.«

»Wegen der Aktion neulich?«

»Eher wegen einer Summe von Aktionen.«

»Na dann. Komm rein. Aber leise.«

»Danke.«
»Bierchen?«
»Gerne.« Jochen lässt sich auf die Couch fallen.
»Sind leider keine mehr im Kühlschrank. Also nur hier aus dem Kasten, sind vielleicht ein bisschen warm.«
»Macht nichts, macht nichts.«
Müde sieht er aus, natürlich frage ich ihn nicht, ob er darüber reden will, eine Frage des Respekts. Andererseits, vielleicht sollte ich ihn fragen, vielleicht traut er sich nicht? Wie komm ich denn auf die Idee, schon redet er drüber. Sabine sei schon länger gefrustet, sagt er, und es müsse »Schluss mit den Faxen sein«, wobei es eigentlich nicht um die Faxen ginge, sondern um ein allgemeines Gefühl von Wertschätzung, von Respekt.
»Hm«, sage ich, weil ich das Gefühl habe, dass Jochen einen neutralen Einwurf erwartet.
»Es ist gar nicht so, dass ich viel Energie in irrsinnige Sachen stecke. Es ist eher, dass sie das Gefühl hat, dass sich meine Energie nicht mehr auf sie fokussiert.«
»Und, stimmt das?«
Aber da ist er schon eingeschlafen, das halbe Bier in der Hand.
»Jochen? Jochen?«
»Mhh?«
»Du musst noch mal kurz aufstehen. Die Decke und das Kopfkissen sind hier unten im Sofa drin.«
»Okay.«
Er steht auf, zieht die Schuhe aus und legt sich angezogen unter die Bettdecke.
»Nacht, Jochen. Wird schon wieder.«
»Mh.«
Ich gieße Jochens Bier in den Ausguss. Der Geruch von so einem schalen Bier ist nicht gerade das, was einen mor-

gens aus dem Bett lockt. Oder mich zumindest. Ein kleiner Abendsnack, ein Ayran und eine Scheibe Brot und dann ins Bett, morgen ist auch wieder zu tun.

»Hast du gerade mit jemandem geredet?«, murmelt Ida, als ich ins Schlafzimmer komme.

»Ja, Jochen pennt auf der Couch. Sabine hat ihn rausgeschmissen.«

»Welch Wunder.«

»Na ja, jedenfalls hab ich gesagt, er kann ein paar Tage bei uns bleiben.«

Sie zuckt mit den Schultern.

»Ich hab ihn noch nie so fertig gesehen«, versuche ich die Dringlichkeit zu verdeutlichen.

»Ja«, sagt sie.

»Hat vor der Tür auf mich gewartet und war vollkommen am Ende.«

»Ja.«

»Ich weiß nicht, ist das jetzt nicht okay, oder was?«

»Was willst du denn, das ich dazu sag? Hast es ja eh schon entschieden. Wenn du meinst, dem geht's so mies, dann wird es schon so sein.«

Ich beuge mich zu ihr und küsse sie, mit schlechtem Gewissen, weil ich mich nur vergewissern will, dass das alles überbrückbar ist. Ihre Lippen tasten kaum merklich nach meinen, ein Hauch von Zuwendung. Dann dreht sie sich weg.

»Wer labert denn hier so früh rum?«

»Wird dein Gast sein.«

Ida streckt sich und steigt in Jogginghose und T-Shirt. Ich stehe auf, mach es ihr nach. Da ist er. Einen Stapel Dokumente vor sich sitzt Jochen am Küchentisch und bespricht irgendwelche Vertragsdetails mit einem Kunden.

Er lächelt uns an und bedeutet uns, Platz zu nehmen. Wie ein Boss hinter seinem Schreibtisch.

»Voll am Ende«, zischt Ida mir ins Ohr.

»Ach, der überspielt das«, sage ich.

»Also dann, gell? Ja, tschau. Freu mich auch. Guten Morgen!«, wendet er sich uns strahlend zu. »Hättet ihr das gedacht? Das Festnetztelefon vom Büro funkt hier einwandfrei rüber.«

»Ist ja nur eine Wand«, sagt Ida. »Jochen, was ist das?«

»Das? Eine Espressomaschine. Bei allem Respekt, aber den Filterkaffee, den ihr da trinkt, das kann man ja keinem antun. Das hier ist High End. Da kommt es auf so vieles an: Mahlwerk, Temperatur, Druck. Das muss alles perfekt aufeinander abgestimmt sein.«

»Das Ding nimmt die halbe Arbeitsfläche ein. Und was sagt überhaupt Sabine dazu?«

»Ach, die ist doch aus meinem Büro. In der Küche haben wir nur eine kleine. Jetzt trinkt doch erst mal einen.«

Er fängt an, an der Maschine herumzufummeln.

»Jochen, was ist das für ein verdammter Lärm?«

»Das Mahlwerk. Das muss so sein. Bei einer gewissen Qualität …«

»Da bin ich ja schon von dem Lärm wach, bevor ich überhaupt den ersten Schluck trinke. Da kann ich den Kaffee ja glatt weglassen.«

»Ach, kommt. Jetzt hier.«

Er stellt uns die Kaffeetassen hin. Maja kommt rein, sagt gleichgültig »Hallo« zu Jochen und gießt sich Milch auf ihre Cornflakes.

»Und jetzt sagt bloß, dass der schlecht ist.«

»Nee, schlecht ist er nicht«, gibt Ida zu. »Also, ich muss jetzt los. Ich bring Maja.«

Die Tür fällt hinter ihnen ins Schloss.

»Und, Mark? Wie gehen wir jetzt weiter vor?«

»Womit?«

»Womit. Womit. Natürlich mit der Hausgeschichte. Damit.«

»Jochen, du bist gerade rausgeflogen, schon vergessen?«

»Ach, Sabine. Die kriegt sich schon wieder ein.«

»Ich denke, du solltest raus, bis du dich wieder einkriegst?«

»Ja, haha. Bis einer von uns sich einkriegt, oder? Haha. Am besten beide. Aber zurück zum Plan.«

»Ich hab schon einen Plan.«

»Dein Künstlerquatsch da? Das ist doch kein Plan. Das ist Quatsch.«

»Aber wenigstens mach ich es auf meine Weise.«

»Ja und? Und ich halt auf meine. Aber ich brauch deine Hilfe.«

»Was ist der Plan?«

»Ein Freund von mir ist Steuerberater und Brennsteiner sein Klient. Da könnten wir was rauskriegen.«

»Wozu brauchst du da mich? Und was willst du denn rauskriegen?«

»Du musst mir nur Zeit verschaffen, mich da mal umzusehen.«

»Und wie soll das gehen?«

»Ich esse manchmal mit ihm zu Mittag. Und da erwähnt er doch letztens glatt, dass er für seine Frau eine Gitarre zum Hochzeitstag gekauft hat. Er ist aber nicht sicher, ob die was taugt.«

»Dann hätte er sie nicht heiraten sollen.«

»Haha, Mark, ganz der Komiker, sehr lustig, bravo. Jedenfalls erzählt er das, und zack.« Jochen klatscht in die Hände.

»Zack?«

»Zack. Ich erwähne, dass mein Nachbar dieser Gitarrenlehrer ist, lockerer Typ, der schaut sich die Gitarre sicher mal an.«

»Und du?«

»Na, ich schau mich derweil mal in seinen Akten um.«

»Was willst du denn da finden?«

»Du bist gut. Du machst mir Spaß. Wie soll ich das denn jetzt schon wissen, was ich da finde? Weißt du, manchmal denkst du die einfachsten logischen Schritte nicht durch. Aber ist gut, dafür hast du ja mich.« Gönnerhafter Tonfall, ein geräuschvoller Schluck Espresso, zufriedenes Zurücklehnen.

»Also gut. Aber ich sag dir gleich, wenn das schiefgeht, ich hab von nichts gewusst.«

»Na schönen Dank auch, Mark, ist das der Zusammenhalt, den du dir vorstellst? So kommen wir doch nicht weiter. Mitgefangen, mitgehangen.«

Das Telefon klingelt. Mein Telefon. Ich kann nicht sagen, dass mich das gerade stört.

»Hey.«

»Hey, Kevin spricht.«

Kevin spricht. Bei manchen Formulierungen kriegt Kevin das wörtlich übersetzte Englische nicht raus.

»Was gibt's?«

»Nicht viel, nicht viel. Ich dachte, vielleicht hast du Zeit, gerade?«

»Klar, wieso denn?«

»Die Gema hat das Tape zurückgeschickt. Abgelehnt. ›Wild Thing‹ zu ähnlich .«

»Okay, gib mir 'ne Minute.« Ich lege auf. »Jochen, ich muss arbeiten, du kennst dich ja aus hier.«

»Alles klar.«

Es ist ein gutes Gefühl, auf die Straße zu treten und sich auf den Weg ins Studio zu machen. Aber zuerst muss ich Gerard anrufen und ihn fragen, wie man eine Ukulele stimmt. A-D-Fis-H? Alles klar, danke. T-Shirt und Jogginghose in der Mittagshitze, die Gitarre auf dem Rücken, aber es ist ein beruflicher Weg, kein Müßiggang. Ich gehe und mache meinen Job. Kevin macht die Tür auf, in Boxershorts und einem bunten Hemd mit Cartoonhunden, die Saxophon spielen – und Sonnenbrille, natürlich. Ich fühle mich fast overdressed. Dunkel ist es hier drinnen, wie kann Kevin überhaupt was sehen?

»Ich hab mir was Neues überlegt. Anderer Rhythmus, mehr auf den Punkt, so.« Er singt es mir vor, und ich stöpsle mich ein.

»Jetzt klingt es wie ›Hang on Sloopy‹.«

»›Hang on Sloopy‹? Willst du mich verarschen?«

»Is doch offensichtlich. Das unterscheidet sich minimal.«

»Wie würdest du es denn machen?«

»Mh, vielleicht so, dass die Basslinie nicht so durchkommt. Andere Guidelines. Hier, so.«

Kevin seufzt, mit Recht. Klingt auch nicht gut. Klingt nach Lagerfeuer.

»Oder vielleicht die Akkorde ersetzen? Reharmonisiert? So?«

Kevin hört zu und wippt im Takt, trommelt auf der Sitzfläche, setzt die Mundharmonika an und steigt ein, es klingt funky.

»Yeah. Das isses, das geht richtig ab, geiles Ding.«

»Also nehmen wir das?«

»Nein.« Er schüttelt den Kopf.

»Warum nicht?«

»Natürlich nicht. Das nehmen die nie, und dann bin ich das Kontakt los.«

»Also ›Sloopy‹, hm?«

»Ja, ›Sloopy‹.«

Es ist Dienstagnachmittag, und Dienstagnachmittag ist Maja im Hort, und ich muss sie abholen. »Einen Moment, gell? Es dauert noch a bisserl«, sagt die Betreuerin und bedeutet mir, Platz zu nehmen. Sie haben so eine Art Wartezimmer, besser: eine Art Mischung aus Garderobe und Wartezimmer, denn gegenüber der Reihe bunter Jacken stehen ein Tisch und vier Stühle. Ich setze mich und verschaffe meinen Füßen unter dem Tisch Platz, indem ich die anderen Stühle beiseitedrücke. Auf dem Tisch liegen ein paar Zeitschriften und ein Buch: »Kreativ durch Entspannung«. Das ist das Richtige für mich, Kreativität, und das Ganze entspannt. Dagegen kann wohl niemand etwas einwenden. Vielleicht finde ich so die Songs für Hubsi. Das Buch ist untertitelt mit: »Mit Vorstellungskraft und Vergnügen zu pfiffigen Ideen«. Auf dem Rücken ist ein Achtziger-Jahre-Autorenfoto abgebildet, »Relaxen mit Pepp« steht darüber. Das ist genau meine Hausnummer, auch praktische Übungen schlägt der Autor vor: »Heißt einer Ihrer Freunde Steffen? Prima. – Nennen Sie ihn einfach Steffito oder Steven! Oder Simon? Wie wäre es mit Simmerl? Oder englisch ausgesprochen: Saimen?«

Ein Ratgeber, wie man Menschen zu unfassbaren Nervensägen erzieht, eine ganz entspannte Wandlung.

»Was liest du da?«, fragt Maja.

»Hey Inka.«

»Wieso Inka.«

»Na ja, ein Witz, du heißt ja Maja, so gesprochen wie Maya, die waren doch eine Hochkultur, und die Inka auch, irgendwie …«

»Das ist aber nicht besonders komisch.«

»Find ich auch. Hier steht, dass man Witze mit Namen machen soll.«

»Wozu?«

»Als Übung, damit man dann bessere Ideen hat.«
Maja runzelt die Stirn.
»Hoffentlich wirkt das bald.«
»Schon gut.«
»Außerdem, die Inka, die waren viel später. Hunderte von Jahren später.«
»Hab's verstanden.« Ein Kind, das viel liest, womit habe ich das verdient. Sie zwängt ihre Arme in die zu engen Rucksackschlaufen, und ich löse sie ein bisschen, froh, mich etwas nützlich machen zu können.
»Also komm, Knochen.«
»Knochen?«
»Wegen Knochenmark, haha.«
»Okay, verstanden, solche Witze sind dumm. Hören wir auf damit, du Schlaumaja.« Schlaumaja? Sie verdreht die Augen. Zu Recht. Es erinnert mich an Jochen, der diese Art der Wortspiele zur Kunst erhoben hat. Seine penetranteste Schaffensperiode war, als sein Bruder eine ägyptische Freundin hatte. Da meinte er ständig, er befinde sich in einer Orientierungsphase. Schlimmer wurde es nur, als der Bruder danach mit einer Türkin zusammen war. »Er hat sich umorientiert. Verstehst? Haha. Um-orient-iert.«
Im Wohnzimmer setzt sich Maja gleich an die Hausaufgaben, und ich setze mich daneben, um von der Aura der Ernsthaftigkeit und Konzentration zu profitieren, die sie umgibt. Sie schaut kurz hoch, mustert den Emsigkeitsparasiten neben sich, arbeitet aber gleich weiter.
»Du tippst mit deinem Stift auf dem Tisch rum«, stellt Maja fest.
»Sorry.«
Sehr gut, Kontrolle, das hilft für den Fokus. Ein weiterer missgünstiger Blick Majas, jetzt in Richtung Küche, wo Jochen immer noch oder schon wieder telefoniert. Sie

steht auf und macht die Küchentür zu. Arbeitsumgebung optimieren, ein echter Profi.

Hubsis Leben blättert sich auf. Jüngster Sohn einer Bauerntochter und eines Schreiners. Seine musikalischen Talente sahen die Eltern erst mit Stolz. Schon als er noch ein Kind war, sprach sich herum, dass er bei Hochzeiten und in Wirtschaften herausragend musizierte. Aber als Hubsi das Talent zum Beruf machen wollte, wurden seine Eltern skeptisch und er überwarf sich mit dem Vater. Genau. Und dass dieses Zerwürfnis nur kurzfristig war, lag vor allem daran, dass der väterliche Betrieb schon vom ältesten Sohn übernommen worden war, was Hubsi aus der Pflicht nahm. Eigentlich andersrum wie bei mir, der Vater Bildhauer, die Mutter Orchestergeigerin, haben immer gehofft, dass ihr Sohn Künstler wird. Warten immer noch auf meine erste Museumsinstallation oder ein neues Album mit anspruchsvoller aussagekräftiger Musik oder den Debütroman oder was auch immer. Hubsi, Hubsi, wir hatten es beide nicht leicht. Aber Hubsi natürlich noch schwerer, mit seiner komplizierten Liebe. Zu wem eigentlich? Eine Magd, das ist zu märchenhaft und langweilig, eine Tänzerin, das kann man schon besser nachvollziehen. Aber immer noch ein Gemeinplatz. Es muss was Spezielles sein, sodass man sich sagt, ach ja, da hätte ich auch nicht anders gekonnt, als mich zu verlieben. Die Tochter eines Geigenbauers, das ist gut, das kann wohl jeder nachvollziehen. Da kann er dann wehmütige Lieder machen, in Liedern sind Wortspiele erlaubt, »Ich hab's vergeigt«, oder »Ich spiel nur noch zweite Geige«.

»Ich geh jetzt.« Maja steht angezogen vor mir.

»Wohin denn?«

»Zu Nina. Vom Tanzen.«

»Okay. Dann viel Spaß. Ach ja … und Maja?« Sie hält inne. »Sei aber dann bitte pünktlich um sieben zurück, ja?«

Statt die Augen zu verdrehen, schaut sie mich an und sagt ganz ernsthaft »Ja«, und es ist für uns beide erleichternd, dass ich mich wie ein Vater verhalte und sie sich wie eine Tochter.

Nach dem Abendessen, Maja geht ins Bett, noch ein bisschen lesen, vielleicht über alte Kulturen. Ich liege auf der Couch und sinniere. Der Schlüssel kratzt von außen am Schloss, und es dauert länger als nötig, bis er einrastet und sich dreht. Als Ida reinkommt, weiß ich auch, warum. Weil sie nämlich betrunken ist.

»Oje«, sagt sie, geht in die Küche und trinkt aus einer Wasserflasche. »Ich bin ein bisschen angetüdelt.«

»Ja? Von der Vernissage?«

»Ich hab nur … zwei Aperol, eine Weißweinschorle, oder zwei? Da.« Sie schmeißt mir eine braune Papiertüte hin. »Hab Burger mitgebracht. Einen Chicken- und einen Cheeseburger.«

Nicht schlecht, der Mitternachtssnack kommt zu mir, wirklich in bester Berg-Propheten-Manier. Ich beiße in den Cheeseburger.

»Wie war die Ausstellung?«

»Ach.« Sie legt sich auf das Sofa. »Psychedelische Selbstporträts. Ich weiß nicht. Also, wenn ich schon scheiße aussehe, dann mal ich doch nicht ausgerechnet Selbstporträts, oder?«

»Nee. Willst du nicht gleich ins Bett, bevor du hier einschläfst?«

»Das ist jetzt zu weit weg. Was isst du denn da?«

»Na, den Cheeseburger.«

»Ausgerechnet.« Sie robbt rüber und nimmt ihn mir aus der Hand, dann eben den anderen Burger, schon ersetzt.

»Was hörst du da?«

»So'n bisschen Soul.«

»Ich bin voll in Partystimmung«, sagt sie, auf der Couch seltsam verrenkt, den angebissenen Burger auf der Brust, Hosenknopf auf zwecks Bequemlichkeit.

»Man sieht's.«

»Nein, wirklich. Wenn jetzt Freitag wäre, dann würde ich einfach … hier, nimm.« Sie hält mir den Burger wieder hin.

»Jetzt ess ich doch schon den anderen.«

»Ich will aber nicht mehr.«

»Na gut.«

»Wo ist eigentlich der Unternehmensberater?«

»Der ist bis morgen in Dortmund. Berät da irgendeine IT-Firma.«

»Schade, ich dachte schon, er ist wieder zu Hause.«

»Leider nicht.«

Ich konzentriere mich wieder auf Hubsi und seine Biographie, während Ida ihre Partystimmung schon vergessen hat, neben mir ruhig ein- und ausatmet und nach wenigen Momenten eingeschlafen ist. Wie sie so friedlich daliegt, sieht sie gar nicht so aus wie die Frau, die mich damals gewollt hat, verlassen hat, zurückgeholt hat, mit der ich getrunken habe, gestritten, mit der ich unglücklich war und glücklich, für die ich fast ein Dutzend Songs geschrieben habe, in denen ich das letzte Mal für lange Zeit ehrlich war, verletzlich und angreifbar.

15

Zeitung lesen, Kaffee trinken, ein bisschen frühstücken, es könnte so schön und entspannt sein. Wenn nicht jemand im Hintergrund rastlos durch die Räume hasten würde, vor sich hin fluchend, die Jacke anziehend, dann wieder ins Schlafzimmer hetzend, um den Schlüssel zu holen. Maja steht daneben, sie ist fertig angezogen und startklar, natürlich.

»Was hast du denn vor?«, frage ich Ida.

»Ich will zum Mieterschutzbund. Aber vorher muss ich noch zu einer Zukunftspodiumsdiskussion.«

»Und da musst du sofort los? So schnell kommt die Zukunft?«

Ein Lächeln. Immerhin.

»Ja. Immer dieser Stress.«

»Sonst verpasst du die Zukunft.«

»Haha, ja genau. Bis dann.« Sie dreht sich noch mal um. »Kann ich so gehen? Passt das zusammen?«

»Passt schon zusammen, nach heutigem Standard. Aber man weiß nie, was die Kleidung der Zukunft ist.«

Sie weht aus der Wohnung, Schal hinter ihr her, zurück bleibt ein schöner Duft, ihr Parfüm.

»Ich muss scho sagen. Hubsi Dax. So an Schmarrn hob i noch nia g'hört«, sagt Gerda.

»Du musst ja nicht mitkommen.«

»Aber was, wenn's a Gaudi wird?«

Da hat sie natürlich recht. Eine Garage im Industriegebiet, es dauert eine Weile, bis wir den Eingang finden, eine Metalltür, seitlich vom Garagentor. Drinnen strahlt ein unangenehmes, helles Neonlicht. Dick ist er, der Inder, ein schwerfälliger Mann. Wirkt auch überhaupt nicht indisch. Ziemlich blass sieht er aus, Bartstoppeln, glasige Augen. Er sitzt hinter seinem Schreibtisch, der ganze Raum ist vollgestopft mit Elektrogeräten und Plunder. Teller mit festgetrockneten Essensresten sind im Raum verteilt, klebrige Gläser stehen herum, aufgerissene Verpackungen bedecken fast den ganzen Boden. Neben ihm steht ein Typ in einer Trainingshose, die Hände in den Taschen seiner schwarzen Lederjacke. Ich verkrampfe etwas. Denn wenn es einen einzigen praktikablen Ratschlag gibt, der in dieser Welt Bestand hat, aus dessen Befolgung man nur Vorteile gewinnt, dann ist das nicht carpe diem, sapere aude, früher Vogel fängt den Wurm oder irgendeine andere milde Weisheit, sondern: Halt dich fern von Leuten, die Jogginghosen und schwarze Lederjacken kombinieren.

»Haha«, lacht der Inder. »Wen hamma denn da?«

Er hustet, und der Husten hört sich krank an, richtig krank, als rüttle er vergeblich an etwas vor langer Zeit Eingetrocknetem.

»Na«, sagt Gerda, »des glaub i ja jetzt net. Klausi. Aus der A.« Klausi?

»Gerda. Aus der C?«

»Na. Die Lehrer ham ja scho immer g'sagt, aus dem werd nix.«

»Recht ham's behalten.« Der Inder lacht. »Und du, was machst so? Hast dei Lokal no?«

»Ja. Schaugst wieder mal vorbei?«

»I geh nimmer so aus. Aber wer woaß?«

»Wie geht's denn immer so?«

Vielleicht liegt es daran, dass er eine alte Mitschülerin getroffen hat, vielleicht ist er ohnehin ein leutseliger Typ. Jedenfalls erzählt der Inder von sich. Sein ganzes Leben lang hat er Zeug gesammelt. Er kann einfach nichts wegschmeißen. Egal wie wertvoll oder wertlos, einzigartig oder beliebig. Er hebt alles auf, sagt er. Ich lasse meinen Blick durch die Halle streifen. Es ist beeindruckend. Wenn er berühmt wäre, hätte man es einen Glücksfall nennen können. Wissenschaftler könnten auf Unmengen von Material zurückgreifen, um sein Genie zu ergründen. Das Inder-Archiv. Sie könnten wahrscheinlich sehen, was für Comics er als Kind gelesen hat, welche Zeitschriften als Jugendlicher, sein erster C64 steht noch da, kaputt, aber von nostalgischem Wert, irreparable Kinderfahrräder, ein VHS-Rekorder, ein Kinderschreibtisch, Spielzeugautos, Paninihefte von der Fußball-Weltmeisterschaft 1974, Adventskalender mit Bildern aus den sechziger Jahren, ein auseinandergebautes Hochbett, Schrauben. Seine Nachkommen könnten die Sachen für einen guten Zweck versteigern; hier, in diesem Trainingsanzug des SC 1906 München hat er als Zehnjähriger auf der Bank gesessen. Leute, die ins Museum strömen würden, könnten davorstehen und Sachen denken wie: Vielleicht kam ihm da schon die Idee, die später seinen Ruhm begründen sollte. Nur, dass er die Idee nicht hatte. Geschichtsschreibung geht immer rückwärts. Nur Berühmtheiten kommen in den Genuss, dass ihr Leben fremdgeordnet wird, in eine Kausalität gebracht, durch Biographen und Fans in Schaffensphasen unterteilt, ihre Beziehungen als Stufen einer sich immer stärker herausbildenden Persönlichkeit gesehen werden. Nicht wie bei mir, wo sich nichts schärft und herausschält, wo alles immer unklarer wird und sich immer mehr auflöst. Wie schön wäre es, wenn jemand mein Leben für mich strukturieren könnte.

Aber ich bin nicht berühmt. Und der Inder auch nicht. Er kauft und verkauft Sachen, Import-Export nennt er es. Und da muss man wirklich mal sagen, das passt. Da steht neben seinem persönlichen unverkäuflichen Schrott, darüber, dazwischen, aufgestapelt, geschichtet, miteinander verklemmt, sein verkäuflicher Schrott: Fernseher, DVD-Rekorder, Handys, Digitalkameras und so weiter.

»Alte Sachen such ma. Aber wenn ich des hier so seh, glaub ich kaum, dass du überhaupt was findst, in dem Verhau.«

»Recht hat's«, murmelt der Kerl in der Lederjacke.

»Tommy«, sagt der Inder, »wia oft soll i dia des jetzt no erklärn.«

»Ich habe bloß gemeint«, sagt Tommy defensiv, »wenn wir ein bisschen aufräumen, einmal. Das wäre bestimmt nicht so schlecht. Und vor allem die Chipstüten und des ganze Zeug. Das Geschirr alleine schon. Einmal abwaschen. Das ist ja widerlich. Und ungesund. Vor allem ungesund.«

»Tommy, Tommy. Jetzat wart amoi.«

Tommy sieht so aus, als ob er weiß, was kommt. Er runzelt die Stirn.

»In Indien, Tommy, wennst da a Wasser trinkst, aus der Leitung …« Der Inder schaut uns an, das wahre Ziel seiner Belehrung.

»Ja.«

»Was moanst, was dann passiert?«

»Ja, krank werd ich, denk ich.«

»Ah, du denkst. Is ja schee, dass'd überhaupt wos denkst. Und richtig denkst a no. Krank werst. Scheißkrank, hehe. Scheißerei kriegst. Tagelang. Magen und Darm und wos weiß i.«

»Ja.« Tommy fegt eine Chipstüte von einem der Stühle herunter und setzt sich schwerfällig.

»Aber jetzat, hör zua.«

»Ja, ja.«

»Der Inder, Tommy. Der Inder, was is mit dem? Der trinkt desselbe Wasser. Ganz exakt des gleiche. Und was moanst, Tommy, werd der krank, vielleicht?«

»Naa«, seufzt Tommy, »der wird nicht krank.«

»Und warum, Tommy? Warum?« Tommy zuckt mit den Schultern.

»I sag's da, Tommy. Der is des gwohnt, die Bazillen, die Bakterien. Der is abgehärtet, der werd net so schnell krank, Tommy, des sag i dir, des kannst mir glaubn, der Inder, der safft das Wasser zamm, wie es ihm passt, und nix g'schieht. Und deshalb werd hier a net affg'ramt. Und des Gschirr, dem macht des nix, dass es net sofort abg'waschn werd.«

»Ist ja gut.« Tommy steht entnervt auf und verschwindet im Hinterzimmer. Geklärt, Rätsel gelöst, deshalb also Inder. Die meisten Sachen klären sich entweder von selbst oder sind unlösbar.

»So. Und was sucht's ihr jetzt?«

»Wir suchen alles, mit dem man zwischen den zwanziger Jahren und den fünfziger Jahren Kunst, Literatur, Musik, Film und das alles machen konnte. Also Schreibmaschinen, Fotoapparate, Malfarben, Papier, Tonbandaufnahmegeräte.« Meine Worte klingen seltsam fremd zwischen Gerda und dem Inder, unakzentuiert und dialektfrei. Hubsis Kunst, so viel steht fest, wird sich danach richten, was wir an Material auftreiben können und aus welcher Zeit es stammt. Vielleicht eine malerische Schaffensperiode in der Nachkriegszeit? Hörspiele aus den späten dreißiger Jahren? Frühe Lithographien?

»Ihr macht's ma Spaß.«

Er steht auf und beginnt, seine Sachen durchzuschauen.

»Schreibmaschinen, ha? Da hob i einige da. Wohnungsauflösungen. Wart amal, die ältesten san ... an a Erika kann i mi erinnern, a Remington müssat auch irgendwo sein. Und a Hermes Baby, des is natürlich a Klassiker.«

»Wie alt sind die?«

»Ach, so alle dreißiger Jahre. Die Remington a bissal älter.«

»War die verbreitet in Deutschland? Ich mein, so 'ne englische Schreibmaschine ...«

»New York. Aus New York is die kimma. Du, was woaß denn i, ob die verbreitet war. Bei mir is nur die oane gelandet. Außerdem, warum interessiert di des? Mogst nur deutsche Qualitätsware, ha?« Er dreht sich wieder weg und verschwindet zwischen zwei Regalen. Hilft nichts, ich muss es ihm erklären, aber bevor ich damit anfangen kann, hat Gerda schon angefangen zu reden. Eigentlich eher zu rufen, es ist nicht genau zu sehen, wie tief der Inder in seinem Schrottberg verschwunden ist, von Zeit zu Zeit lässt ein Scheppern und Fluchen seine ungefähre Entfernung erahnen. Gerda redet sich immer mehr in Rage über die fehlende Haustür, die versperrten Balkone, die Stromausfälle und kommt schließlich dazu, wie jetzt ein Künstler erfunden werden muss, der es mit denen aufnehmen kann. Der Inder ist belustigt, sein schepperndes Lachen bettet sich schlüssig in seine historisch industrielle Klangwelt ein. Es ist ihm anzusehen, dass ihm der Gedanke gefällt. Vermutlich nicht aus großer Solidarität, sondern eher aus Abenteuerlust, bei etwas mitzumischen, was den »Großkopferten«, das Wort natürlich von mir in ihn hineinprojiziert, mal eins auswischen kann.

»Woaßt was, kimmst übermorgen noch mal vorbei, dann such ich eam was zamm. Wie hoaßt der? Schnicksi?«

»Hubsi. Hubsi Dax.«

»Hehehe. Guat. Schreibmaschin, Papier, a Quetschn braucht er. Des g'fallt ma.«

Es gefällt ihm. Gerda auch. Und ich, ich weiß nicht, was zur Hölle eine Quetschn sein soll.

»Was ist denn eine Quetschn?«

»Mei, a Ziach hoit.«

»Eine Ziach?«

»Eine Ziiiiiiieeeh-haaaaar-moooooo-niiiii-kaaaaa.«

Herablassende Verüberdeutlichung, die mich ausgrenzt. Ich der Preuße, der Unwissende, Unvertraute. Dabei hatte Ida mir das schon erklärt. Ich sehe es vor mir, wie er immer mit der Tram herumgefahren ist, der Quetschn-Hubsi, im ganzen Viertel bekannt. Gespielt hat er und gesungen, aber was? Ich muss mir langsam mal Gedanken über Hubsis tatsächliches Schaffen machen.

»Ja, der Jochen. Wie geht's denn?«

»Schlecht, wie immer«, sagt Jochen und lacht, während er seinem Kollegen die Hand schüttelt.

»Das ist der Mark.«

»Hallo.«

»Ja servus. Wolfi. Kommt doch rein, kommt doch rein.«

Ähnlich wie bei Jochen zu Hause passt das Arbeitszimmer nicht zu den anderen Räumen. Ich könnte nicht mit so einem ungemütlichen Büro in meiner Wohnung leben, Leitzordner, ein Glastisch, zwei Ledersessel für Besucher, sogar Zeitschriften. Immerhin haben sie nicht diese blauen Einschläge vom Leserkreis, wie bei Arztpraxen, das wäre dann doch zu viel des Guten.

»Du bist Gitarrist, oder? Jochen hat mir ja schon vorgeschwärmt, von deinen Fähigkeiten.« Weil Jochen keine Ahnung hat. Weil Jochen nicht weiß, wie limitiert das ist, was ich mache. Weil Jochen keine Vorstellung davon hat, wie viele bessere Gitarristen es gibt, in München, Deutschland, Europa, über die Welt verteilt.

»Na ja, ich tu mein Bestes.«

»Also, im Wohnzimmer hab ich das gute Stück.«

Ich frage mich, warum wir dann überhaupt erst in das Arbeitszimmer mussten. Vielleicht ist es gleichzeitig eine Art Begrüßungsraum. Vielleicht ist es auch einfach Routine, dass Wolfi mit Gästen gleich in das Arbeitszimmer abbiegt.

»Hier ist sie.«

»Oh, wow. Von wann ist die?«

»1980, hat der Verkäufer gesagt. Er meinte, es sei eine echte Gelegenheit.«

»Ja, Verkäufer halt, gell«, lacht Jochen.

»Von Antonio Raya Pardo. Die war sicher teuer, oder?«

»Teuer, was heißt schon teuer«, sagt Wolfi. »Also im Vergleich jetzt dazu, wenn man ein Auto kaufen will, oder so, da ist so was ja nicht teuer.«

Nicht teuer. So was. Das ist das Problem mit ordentlichen Berufen: Wenn man was Vernünftiges lernt, kann man sich so ein Instrument leisten. Dann kann man aber wahrscheinlich nicht so gut spielen, dass man es wirklich braucht. Andererseits, von den Leuten, die versuchen, gut zu werden, können sich die wenigsten genug zusammensparen. Eine klassische Zwickmühle.

»Wie lange spielt deine Frau denn schon?«

»Schon über zwanzig Jahre.«

Zum Glück. Wenn das Instrument für einen Anfänger gekauft worden wäre, das hätte ich wahrscheinlich nicht ausgehalten.

»Ich muss mal eben austreten«, sagt Jochen und verschwindet, zum Glück ohne zu zwinkern oder ein heimliches Daumen-hoch-Zeichen zu machen.

»Darf ich?«

»Klar.«

Ich beginne »Recuerdos de la Alhambra« zu spielen, noch bevor ich es mir besser überlegen kann, eine schlechte Wahl, seit Ewigkeiten hab ich keine klassische Literatur gespielt und dann ausgerechnet das mit dem haspligen Tremolo, meine rechte Hand ist wie eingerostet. Andererseits, spanische Gitarre, spanisches Stück, es muss ja auch den Charakter dafür haben. Aber sie spielt sich leicht, die Töne sprechen an, klar und präzise, ich lasse sie besser fließen, als es mir möglich sein sollte. Einer der wenigen Momente, in denen ich vollständig Teil eines Stroms werden kann, einer der wenigen Augenblicke eines alles wegdrängenden Hochgefühls. Ich sollte so ein Instrument haben, ich sollte besser spielen können. Ich sollte etwas anderes tun. Ich sollte jemand anderes sein. Der letzte Akkord, die Finger ruhen noch auf dem Griffbrett und lassen die Töne nachschwingen, bis sie nicht mehr wahrnehmbar sind.

»Fantastisch, ganz große Klasse«, sagt Wolfi, zerstört meine Vibes mit seiner idiotischen Wortwahl und klatscht. Jochen kommt im gleichen Moment wieder in den Raum und stimmt ein.

»Na, was habe ich gesagt? Ein echter Künstler.«

»Aber was sagst du denn zu der Gitarre, Mark? Dass es sich für meine Ohren super anhört, wenn ein Profi das spielt, das ist ja klar. Aber was sagst du?«

»Ich weiß nicht, was ich sagen soll. Das ist ein Traum von einer Gitarre. Ich wünschte, ich hätte selber so eine.«

»Da bin ich aber erleichtert. Das ist ja immer so eine Sache, wenn man sich selbst nicht auskennt. Der hätte mir ja alles erzählen können.«

»Vermutlich.«

Mein Neid ist gewichen. Hoffentlich ist das Gehör seiner Frau gut genug, um zu spüren, dass sie ein besonderes Instrument bekommen hat, eines, das an ihr Spiel eigentlich verschenkt ist. Und an meins auch.

»Na dann«, sagt Jochen, »wollen wir gar nicht mehr stören. Mittagspause vorbei, ich muss mal weiter schaffen.«

»Ja, ich auch. Ich muss aber sagen, so könnte ich mir jede Mittagspause gefallen lassen, mit Musik. Wartet's kurz.« Er verlässt kurz das Zimmer und kommt mit einer Flasche Wein zurück.

»Hier.«

»Vielen Dank, aber das ist doch nicht nötig.«

»Doch, doch. Wenn du dir doch schon extra die Mühe machst.«

Er strahlt. Eine unbefangene Freude ohne Scham, eine unbändige Offenheit, eine gänzlich unvermittelte Gefühlswelt, die mir versperrt ist.

»Also gut.«

»Nicht schlecht, hm?«, sagt Jochen, wieder draußen. »Sogar noch einen Wein bekommen, und ich bin auch noch fündig geworden.«

»Fündig geworden?«

»Ja, in den Steuerunterlagen.«

»Ach so, das.«

»Ach so, das, ach so, das«, äfft er mich nach, »deswegen sind wir ja überhaupt hergekommen.«

»Hatte ich ganz vergessen.«

»Der Fokus, Mark, der Fokus. Das ist dein Problem. Du bist zu leicht ablenkbar.«

»Und wo hast du jetzt deine hochbrisanten Unterlagen?«

»Du, bei dem ironischen Tonfall, da hab ich ja überhaupt gleich gar keine Lust. Und natürlich hab ich keine Unterlagen, glaubst du, ich klau da was oder kopier da was? Glaubst du, ich schmeiß da Wolfis Kopierer an, während du deine Balladen spielst, oder was? Weißt du, wie laut so ein Ding ist? Hier«, er hält sein Handy hoch, »Digitalfoto, so muss man das machen.«

»Is ja gut. Was hast du denn da?«

»Spendenquittungen. Alle von Brennsteiner – an Feinigers Ortsverband.«

»Aha.«

»Da werden wir die Herrschaften mal mit konfrontieren, vielleicht werden die ja nervös.«

»Jochen, das ist nicht der Präsident von Amerika.«

»Politik ist Politik. Da geht's immer um Ansehen und Vertrauen. Das sind Grundprinzipien. Ich werde ihm eine Kopie zukommen lassen, mit einem freundlichen Schreiben dazu. Und darin wird eine Empfehlung stehen, seine Position zum Immobilienneubau noch mal zu überdenken.«

Eine kurze Abscheu pocht in mir auf, und dann Eifersucht. Ich wünschte, ich hätte Jochens Optimismus. Die kleinste Hoffnung erfüllt ihn schon mit Überheblichkeit, Vertrauen, Überschwang, und ich frage mich, wo der Verstärker dafür bei mir eingebaut ist und wie zur Hölle er funktioniert. Wie fühlt sich das an?, will ich Jochen fragen und an den Schultern packen, aber stattdessen schränke ich ein, moderiere, schwäche ab.

»Ach ja? Wovor sollte er denn überhaupt Angst haben, wen, glaubst du, dass so was interessiert?«

»Ach, komm. Du bist doch nicht von vorgestern. Internet, da geht's an die ganze Welt.«

»Mir gefällt das nicht.«

»Wir veröffentlichen es ja nicht wirklich. Ich muss nur den Brief schreiben.«

»Soll ich ’ne Zeitung holen? Willst du Buchstaben ausschneiden?«

»Mark, du bist so ein Amateur. ›ne‹ Zeitung, sagt er. ›Eine‹ Zeitung! Du brauchst viele Zeitungen, vor allem welche, die du nicht abonniert hast, sonst kommen sie ja sofort dahinter! Du bist wirklich von vorgestern.«

»Ach weißt du, ich glaub echt, ich lass dich das machen.«

16

Dass ich noch schnell beim Gemüsehändler etwas einkaufen muss, hatte ich gesagt, um Jochen loszuwerden, aber jetzt ist das Gegenteil passiert, »Gute Idee«, hat er gesagt, er könne auch ein paar Sachen brauchen. Und jetzt steht er vor mir in der Schlange, aufdringlicher denn je.

»Und dann machst du jetzt alles? Die Lieder und Texte?«

»Ja, hab schon angefangen, Sachen zu schreiben.«

»Kann ich da irgendwie helfen?«

»Nee, danke. Brauchst du Hilfe bei deinem Brief?«

»Das läuft schon. Das läuft.«

Jochen lächelt überlegen, als ob alles schon längst so geklappt hätte, wie er es sich ausgemalt hat.

»Wer war als Nächstes dran, bittschön?«, fragt der Gemüsemann. Ich schaue den Studenten neben mir fragend an.

»Keine Ahnung«, sagt der Student und lässt mir den Vortritt.

»Ich hab Zeit«, sage ich.

»Also, ich bräuchte auch was, das dauert bei mir nur ganz kurz«, mischt sich eine Frau hinter uns ein.

»Was du brauchst, ist mir schon klar«, murmelt Jochen beim Abwenden, und das ist unfair, sie macht einen viel ausgeglicheneren Eindruck als Jochen. Neben ihm hat sie eine Ausstrahlung wie Buddha persönlich, genauer gesagt. Ich muss Jochen abschütteln, wieder nach Hause, meinen eigenen Plan verfolgen. So geht der Plan heute: Alles aufsaugen, was es über Bühnenkunst in München ab den 1920er Jahren und über Giesing im Allgemeinen zu lesen gibt. Nicht nur Recherche hat mich die Uni gelehrt, sondern auch, die Ergebnisse so umzubetten, dass sie dem Vorhaben zugute kommen.

Im Briefkasten ist ein Brief von der Stadtbibliothek, Ausleihen überzogen, Mahngebühren von fast zwanzig Euro, verdammt. Ich muss dringend die Comics und Alben abgeben, aber wo sind sie? Neben dem Bett sind sie nicht, im Badezimmer auch nicht, da ist Oscar Peterson auf der Kaffeemaschine, »Vertraute Fremde« unter einer brasilianischen CD, und ich muss sagen, das passt gar nicht schlecht. Es dauert nur eine Dreiviertelstunde, bis ich mein Plattenregal durchgeschaut habe. Hätte auch eine halbe sein können, aber da ich Zeit möglichst effektiv nutze, eines meiner Grundprinzipien, habe ich nebenbei noch einen Stapel mit Platten gemacht, die ich zu lange nicht mehr gehört habe. Nun aber in die Stadtbibliothek, in die vollständig mit Teppich ausgelegte stille Stadtbibliothek. Bücher zurückgeben, jetzt aber zur Uni, halt, vorher zum Kaffeeautomaten. Nur passend zahlen? Ich hab nur ein Zwei-Euro-Stück, aber das ist schnell getauscht, nur kurz zum Kassenschalter, der nicht besetzt ist, fünf Minuten vergeblich gewartet, dann über die Straße zum Bäcker, der Mittagspause macht, dann zum Supermarkt nebenan, Schokolade gekauft, sodass genau siebzig Cent zurückgegeben werden. Wenn man zielstrebig ist und einen klaren Kopf hat, so wie ich, ist das alles kein Problem. Der Automat spuckt einen Becher in die Halterung und füllt ihn, ein perfektionierter technischer Ablauf in der reibungslos funktionierenden Zivilisation des 21. Jahrhunderts. Moment, er überfüllt ihn, der Becher wird zu schwer, fällt auf das Gitter, ich versuche ihn aufzuhalten, verbrenne mir die Finger, der Becher kippt. Besser so, ohnehin ungenießbar, das Zeug, außerdem ungesund, hätte mir mehr Schaden zugefügt als die kleine Brandblase, die jetzt an der Zeigefingerkuppe wächst, der Automatenkaffee hätte mir wahrscheinlich die Magenschleimhaut verätzt oder Schlimmeres.

Ein Gefühl der Hilflosigkeit, des Ausgeliefertseins, schon am Kaffeeautomaten gescheitert, wie soll ich den Rest der modernen Welt bezwingen? Wo ist mein Hut? Nur weg hier, von einer Bibliothek in die nächste. Zum ersten Mal seit Ewigkeiten ströme ich mit einer Masse Studenten die Rolltreppen an der Station Universität rauf. Erinnerungen an zwei Semester Literatur, fantastisch. Denkfaszination, Hinterfragen, Aufbrechen alter Annahmen über Literatur und die Gesellschaft überhaupt. Frische, Inspiration, Frauen, Partys. Interessante Diskussionen in Seminaren, so lange, bis sich ein Klugscheißer meldet, aus einem höheren Semester, und alles totlabert, was da in den Raum kluggeschissen wird, und irgendein armer Dozent sitzt vorne und räumt mit beiden Händen den Mist weg. Besserwisser, divenhafte Professoren, gut, dass ich da nicht mehr hingehe. Aber jetzt bin ich doch wieder hier, in der Stabi, wo alles so ruhig ist, wo ich mal zwei Studenten gesehen habe, die sich um einen der freien Arbeitsplätze schlugen, aber still, ohne was zu sagen, um die Leute nicht zu stören, entschleunigt, wie Pantomimen.

Eine Studentin mit Rollkragenpulli und Minirock trägt Bücher vor sich her, sie sieht aus wie aus den Sechzigern, aber ich kann mich nicht mit dem Sommer der Liebe aufhalten, ich muss weiter in der Zeit zurück. Und ich habe einen Platz, das, was ich bestellt habe, formt einen großen Turm. Ich lese über das München der zwanziger Jahre, und der Schauplatz kristallisiert sich heraus, der Wirkungskreis von Hubsi, die örtlichen Wirtschaften seiner Zeit: Giesinger Weinbauer, der Berg-Bräu-Keller, Harlachinger Einkehr, Tegernseer Garten, der Schweizerwirt, für seinen Hundemarkt bekannt, der Hohenwart, den es immer noch gibt, wo sich früher die Giesinger Unabhängigen Sozialisten getroffen haben, der Aignerhof, Versammlungsort der Sozialdemokraten. Besonders interessant: der Loherwirt in Untergiesing, katholisch und mit Theater, und Zum Heumarkt, Wirkungsstätte der Kabarettgruppe »Die Komiker«. Außerdem wird mir immer klarer, was Hubsi für eine Rolle hatte. In einem Buch über Valentin steht, seine Karriere habe als Nachstandler begonnen, jemand, der in den Gaststätten nach dem offiziellen Programm auftritt. Genau wie Hubsi. So ein Zufall. Ein Buch untersucht Karl Valentins Humor und unterteilt ihn in Kategorien: Wortverwechslungen, Absurdes. Hubsis Werk muss mündlich bleiben, Mündliches ist schwerer zu widerlegen, Dokumente darf es nur als Fragmente geben, um die herum Legenden, Anekdoten, widersprüchliche Geschichten entstehen können. Die Prinzipien sind leicht zu verstehen, aber wichtiger sind Dialektfetzen, die ich rausschreiben kann, wie der hilflose Trompetenschüler, der bei Valentin sagt: »Da werd i mi dabeiß'n.«

Den Weg nach Hause abgeändert, sodass ich durch die Straßen gehe, in denen früher Hubsis Auftrittskneipen waren. Flanieren, wie Hubsi flaniert ist. Was hätte er gedacht? Was hätte er gefühlt? Das alles war Heimat für ihn, ein Koordinatensystem aus Wirtshäusern, Parkbänken, Plätzen, an jeder Ecke Bekanntschaften. Der Schmerz und die unerwiderte Liebe. Ich brauche unbedingt jemanden mit einer Stimme, die versoffen ist und verletzlich zugleich, die druckvoll ist, aber kaputt. Fast wieder vor der eigenen Haustür, im Vorbeigehen sehe ich unten den Professor in der Stubn sitzen – wenn das kein Zeichen für ein Feierabendbier ist.

»Ein Helles bitte«, sage ich also im Eintreten wie ein Stammgast, aber bei Gerda ist das nicht so schlimm.

»Kimmt glei.«

Da sitzt er, der Professor, ganz alleine, vor sich einen Toast Hawaii mit Pommes.

»Guten Appetit«, sage ich.

»Ah. Ja. Danke schön.« Er schaut auf. »Normalerweise ist das ja nicht wirklich mein Habitus …«

»Mei, jetzt aber.« Gerda stellt ein Helles vor mich hin. »Eins sag ich euch. Bourdieu werd da herin net zitiert.«

Der Professor schaut verdutzt auf. »Äh, Bourdieu, Sie sind vertraut mit … ähm.«

»Mein Ex-Mo, der hat da immer so Zeug dahergeredet.«

»Hat der studiert?«, interessiert es mich jetzt auch.

»Studiert. Ha«, sagt sie und zieht einen Stuhl an unseren Tisch. »A Depp war des, a Klugscheißer war des, auf gut Deutsch. Immer, wenn er so was aufg'schnappt hat, hat er dann immer so saublöd damit herg'redt. I glaub net, dass er des selbst ois verstanden hot. Immer war alles intertextuell und postmodern. Aber der Habitus, des war des Schlimmste. Is er immer hier am Tresen gehockt und hat verzählt, der Kasinoautomat: Habitus, die Deckerl, die Glasl: Habitus. Des Schildl hier, wo draufsteht: ›Versammlungsort des Vereins ehrlicher Politiker e.V., wegen Mitgliedermangel geschlossen‹, alles Habitus. Bourdieu, Habitus, hat er immer g'sagt. An einem Abend hat er dann an Gast damit so genervt, dass der eam oane aufg'strichen hot. Und was hat er dann g'sagt? Auch Habitus, hat er g'sagt, die Watschn, auch genau Habitus. Und jetzt mog i des nimmer hern.«

»Verstanden«, sage ich, »vielleicht solltest du dazu auch ein Schild machen.«

»Hehe. Ja, besser war des vielleicht.«

Ein Schild, wie das in der anderen Kneipe. Pierre Bourdieu in der Liste der unwillkommenen Gäste, zwischen Herrn Kriegstemorgen und Señor Dodedeckelweg. Der Professor ist still, nicht, dass das ungewöhnlich wäre. Er kaut nachdenklich an seinem Toast Hawaii, und ich trinke mein Bier und denke an Hubsi. Gerda schließt die Klappe des Geschirrspülers, und als das Besteck klappert, fällt mir der Inder ein, mit seinem rasselnden Husten, seiner tiefen Stimme, dem jahrzehntelangen Feldzug gegen seinen eigenen Körper. »Sag mal, Gerda«, frage ich, »kann der Inder eigentlich singen?«

17

Die Mittel sind jetzt da, die Schreibmaschine, die Ziehharmonika, ein altes Aufnahmegerät, ein Notizbuch im Ledereinband. Ein authentischer Sänger ist mit dem Inder an Bord. Ich weiß auch ungefähr, wie sich die Lieder anhören müssen, nun brauche ich Texte. Und jetzt weiß ich auch, warum ich die Kiste mit Skizzen, Filmideen, Songtexten und Notizen seit meiner Teenagerzeit aufgehoben habe. Der Moment ist gekommen, wo sie wirklich nützlich werden. Wenn ich Ida davon erzähle ... das hier ist ein Argument pro »alter Mist«, das erste, das ich ihren Vorwürfen über das prähistorische Gerümpel, das ich im Keller ansammle, entgegenhalten kann. Hier, das Notizbuch. Ein Gedicht: »Warum sitzt du hier mit deinen großen Brüsten? / Sie schweigen nebeneinander, als ob sie nicht wüssten / wozu sie Anlass sind.« Vielleicht besser nicht. Notiz: »The I of the Taiga – das ›Ich‹ des Borealen Nadelwaldes.« Nein, das verkaufe ich besser an einen Ethnologen, der über Landschaft und Subjektivität promoviert. Alles nicht brauchbar, so was würde Hubsi nicht schreiben. »Ich kenne sogar Sören und Hagen vom Hören und Sagen.« Oje. Durchwachsen. Erst mal zurückstellen. Erstaunlich auf jeden Fall, was meinem siebzehnjährigen Selbst als notierenswerte Gedanken erschienen sind. Und das ist ja schon das Reader's Digest von meinem Hirn, die Einfälle, die ich in das Buch mit Stoffeinband übertragen habe. Die Schmierblöcke schau ich besser gar nicht erst an. Scheint so, als müsse ich mich hinsetzen und was komplett neues Altes produzieren. Am besten erst mal was über die Liebe, mit Dialekt, etwas wie: »Du sagst, du host mi liab, es hört sich schialig an.« Der Schlüssel geht im Schloss, gerade jetzt, ich muss mich konzentrieren.

»Hey.« Ein skeptischer Blick auf meine Notizen.

»Ist alles in Ordnung?«, fragt Ida. Und ich frage mich das auch. Ist alles in seiner gewollten, kosmischen Ordnung? Wenn das bedeutet, dass der Professor Angst vor jemandem hat, weil er einen Vokuhila trägt und ein Zippo aufschnappen lässt, dass mein Nachbar halb nackt aus dem Fenster springt, wenn es bedeutet, dass ich existiere, in all meiner Ungeordnetheit, dann ist alles in Ordnung.

»Ja«, sage ich.

»Wie läuft's mit Hubsi?«

»Ach, alles Mist. Ich hab nur Mist geschrieben.«

Sie tritt mit dem rechten Fuß auf die Ferse des linken Schuhs und versucht rauszuschlüpfen. Sie schafft es aber nicht und setzt sich mit einem missbilligenden Schnaufen auf die Couch, um die Füße mit den Händen aus den hochhackigen Schuhen zu befreien.

»Ich würde mich an die Liebesgeschichte halten.«

»Die Liebesgeschichte?«

»Ja, jeder Künstler hat doch eine tragische Liebe.«

»Vorschläge?«

»Er ist gut, aber hadert. Ist immer unzufrieden. Es reicht ihm nie, dass er den Leuten Freude mit seiner Kunst macht. Er will hohe Kunst machen und fühlt sich immer unterlegen. Dann haut sie ab, weil er nie glücklich wirkt mit dem, was er hat, nicht mal für 'nen Moment.«

»Nicht schlecht. Da kann sich jeder reindenken. Warum nicht.«

Ida kickt die Schuhe in Richtung Flur, geht zur Kaffeemaschine und befüllt sie. Warum nicht. Warum auch nicht.

Eigentlich kann man das zu jeder Handlung sagen. Das Lied über eine alte Liebe sollte so heißen: »Warum auch nicht?« Ausdruck von einer Haltung wie Rick in »Casablanca«, so was mögen Nostalgiker und die sind ja Hubsis Ziel. Hubsis Freundin verkehrt in feinen Kreisen, er selbst in den immergleichen Spelunken. Nicht schlecht, das bringt den Underdog mit rein. Am Ende ein sentimentaler Twist, wie im Jazzstandard »I understand«. Kaffee neben mir, Stift in der Hand, schreiben.

Ich hab gehört, du arbeitst in der Kaufingerstraßn,
ja, warum auch nicht.
Tragst a Blusn und an Rock,
gibt ja nix, wos dagegen spricht.

Man hat ma v'zählt, dein Chef mog di b'sonders gern,
ja, warum auch nicht,
schließlich hatt'st du ja a scho immer,
a hübsches Gsicht.

Dass'd di jetzt Frau Gintner nennan tatst, und dei Mo hätt vui Geld,
ja, warum auch nicht,
des is ganz bestimmt sehr vernünftig
und rentiert sich auf lange Sicht.

Aber:
I hob di kennt, wo du noch des Lisal warst,
hob di abg'holt nach deiner Schicht,
und wenn du wuist, dass des wieder so werd,
dann sag i: Ja, warum auch nicht.
Dann sag i: Warum auch nicht.

Werde überprüfen müssen, ob die Kaufingerstraße immer schon schick war. Songwriting-Fluss, so was ist selten, gleich noch eins hinterher, noch mal voll drauf auf die Tränendrüse, kein falsches Mitleid jetzt. »I hätt halt gern zu dir gepasst«, ja, das ist nicht schlecht. Variation über das alte Stammtischdilemma, ohne dich geht's nicht und mit dir auch nicht. Jetzt muss aber was Flotteres her, vielleicht gewürzt mit einem gewissen Intellektuellenspott, ich weiß, wovon ich rede. Bin in Bayern schon so oft als »Gelehrter« verhöhnt worden, dazu muss man übrigens nichts fertigstudieren, es reicht schon, sich für irgendwas einzuschreiben, manchmal genügt es auch, in der Öffentlichkeit ein Buch zu lesen. Aber besser noch wäre Künstlerspott.

Du sitzt in am Kaffeehaus, die Gedanken san so schwer,
a jeder sieht's dir an, du kimmst am Boden immer näher.
Dein Bücherl hast dabei und an Bleistift immer g'spitzt,
du bist Schriftsteller – aber nur, wennst grad net am Schreibtisch sitzt.

Wennst die Quetschn rausholst, so schialig klingt es dann.
Koa Ton passt zum anderen, koa Melodie kommt an.
Doch in der Kneipe abends, ja da kann man schauen.
Du bist a Musiker – verzählst du dann den Frauen.

Und in Schwabinger Lokalen ist am jeden klar,
du bist a Künstler – doch halt vor allem an der Bar.

Haufenweise Krempel. Stapelweise Notizen. Und die brauche ich jetzt, trag sie runter, betrete die Treppenstufen mit Bedacht, sie sind nicht zu sehen unter dem Stapel.

»Ah. Guten Tag.«

»Hallo. Darf ich?«

Vorbei am Professor, pass auf die gerahmten Bilder auf, streif eins mit der Schulter, sieh es runterfallen und nicht zerbrechen, pass noch mehr auf.

»Was haben Sie denn da?«, fragt der Professor.

»Notizen, Texte. Kennen Sie sich mit Dialekt aus?«

»Ich kenne Kollegen, die sich auskennen.«

Ich erkläre ihm, was ich vorhabe, und wenn ich seine Miene richtig interpretiere, dann zeigt sie Anflüge von Belustigung und Interesse.

»Und hier, das müsste dann eben überprüft werden, ob das sprachlich plausibel ist. Damit wir dann die Tonaufnahmen machen können und Entwürfe auf der Schreibmaschine tippen und so weiter.«

»Ah, verstehe. Ich denke, ich werde noch ein paar handschriftliche Notizen hinzufügen, wenn es erlaubt ist. Das wirkt dann sofort persönlicher.«

»Sehr gut. Gute Idee!«

»Und Sie sind sicher, dass das nicht danebengeht?«

»Natürlich nicht! Das wäre ja langweilig.«

»Ha. Da haben Sie recht.« Er schaut auf die Blätter. »Na, dann bin ich ja mal gespannt.«

Er betont das freundlich, aber mit einer endgültigen Verbindlichkeit, nickt mich an, sein Pensum für Zwischenmenschliches ist für heute erfüllt, vielleicht für morgen auch oder die ganze Woche, ich verstehe, nicke ihm zu, gehe.

Gespannt bin ich auch. Hubsi nimmt immer mehr Konturen an, wird immer echter und greifbarer. Und je klarer wird, wie verwachsen Hubsi mit seiner Zeit und seinem Ort wirkt, authentisch und integer, umso unsicherer werde ich, was ich mit meiner Umgebung zu tun habe und mit dieser Zeit, in der ich lebe. In Wirklichkeit ist Hubsi das Original. In Wirklichkeit bin ich die Fälschung. Er hat Haltung, ich nicht einmal einen Standpunkt.

Es klopft an der Tür. Unheilvoll? Zu spät, habe die Tür schon aufgemacht. Nowak und Engel stehen in meinem Flur. Einen Türspion, so etwas sollte man haben, oder eine dieser Vorhängeketten.

»Was wollen Sie?«

Muskelberg Engel ignoriert die Frage, streckt den Arm aus und schiebt mich zur Seite. Nowak geht an mir vorbei, Engel ihr hinterher.

»Nehmen Sie doch Platz«, sage ich ironisch, aber die beiden beachten mich gar nicht.

»Ihre Frau und Ihre Tochter sind nicht zu Hause?«, spricht Nowak mich an.

»Nein.«

»Bestens.«

Seelenruhig geht Engel in die Küche und öffnet einen Schrank nach dem anderen. Er begutachtet verschiedene Töpfe und entscheidet sich schließlich für einen davon.

»Sie haben doch einen geisteswissenschaftlichen Hintergrund?«

»Zwei Semester Literatur.« Nowak nickt. Engel lässt Wasser in den Topf laufen, gibt Salz dazu, stellt den Topf auf eine Herdplatte und dreht den Schalter auf die höchste Stufe. Dann dreht er sich um und lehnt sich rückwärts an die Anrichte, hat aber zwischen Jochens grotesk großer Kaffeemaschine und den Herdplatten nicht ausreichend Platz, macht etwas hilflos einen Schritt nach vorn, verschränkt die Arme.

»Sie sind Musiker, oder?«, fragt Nowak.

»Warum fragen Sie ständig Sachen, die Sie sowieso schon wissen?«

»Ich habe mal gelesen – habe ich früher viel gemacht, lesen meine ich –, jedenfalls habe ich gelesen, dass Musiker beim Spielen oft in Bildern denken.«

»Mh.«

»Was meinen Sie?«

»Kann sein.«

»Kann sein.« Sie geht zur Ablage und nimmt eine Packung Spaghetti. »Kann sein, sagt er.« Nowak reißt die Packung auf und kippt sie so auf ihre Handfläche, dass sie das ganze Bündel greifen kann.

»Also ich finde das plausibel«, fährt sie fort, »auch wenn ich mir das persönlich eher abstrakt vorstelle. Ein modernes Farben- und Formendurcheinander. Nichts, was in meinem Horizont läge, aber so, würde ich vermuten, sieht es in euren Köpfen aus.«

In unseren Köpfen? Ein modernes Farben- und Formendurcheinander? Wenn man zum tausendsten Mal »Girl from Ipanema« spielt? Eher eine weiße Leinwand. Vielleicht noch das schwarze Quadrat auf weißem Grund. Vom Kochtopf steigt schon schwach Dampf auf.

»Das hier hingegen wird relativ einfach. Vielleicht finden Sie es sogar banal, in diesem Fall entschuldige ich mich schon mal.«

Sie tippt mit dem Bündel nervös auf dem Topfrand herum, wie ein Schlagzeuger, der mit Besen auf den Trommeln eine Ballade begleitet. Das Wasser brodelt, der Topf ruckelt etwas.

»So, jetzt wäre es nett, wenn Sie kurz herüberkommen könnten? Von dort sehen Sie es ja nicht richtig.«

»Moment mal, ihr dringt in meine Wohnung ein, nur um mir zu zeigen, wie man Nudeln kocht?«

»Sie waren doch so nett, uns hereinzubitten«, sagt Nowak bestimmt. »Also. Das Wasser ist heiß.« Engel nimmt das Bündel Nudeln und stellt es in das wütend blubbernde Wasser. Sofort bilden sich winzige Wasserperlen an den Nudeln. Wie Schweißtropfen. »Mit stetigem, beharrlichem Druck«, sagt sie, »kann mein Kollege die Nudeln biegen.« Er drückt das Bündel mit dem Handballen nach unten. Zentimeter um Zentimeter tauchen die Spaghetti ein. »Zu viel, und sie brechen – zu wenig, und sie biegen sich nicht.«

Es ist kein Knirschen oder Bersten vernehmbar. Kurz vor der blubbernden Oberfläche lässt Engel die Spaghetti los. Sie gleiten nach unten, langsam und unaufhaltsam, bis ihre Spitzen ganz verschwunden sind. In einen Halbkreis gebogen liegen sie auf dem Grund des Topfes und können nichts mehr tun, außer aufzuquellen, Wasser aufzusaugen, weich zu werden. Er nimmt den Topf von der Platte. Ein paar Schritte zurück, ich hoffe, er bemerkt nicht, wie starr ich bin, wie mein Herz rast, wie mein Blick den Topf verfolgt, mein Körper in Anspannung ist, jederzeit bereit, einen Satz nach hinten zu tun. Ungerührt stellt Engel den Topf auf einen Untersetzer und dreht den Herd aus.

»War's das?«

»Das war's. Denken Sie dran: stetiger, beharrlicher Druck.« Nowak wendet sich zum Gehen, Engel folgt ihr gelangweilt. Die Tür schließt sich hinter den beiden. Mein Herz hämmert in harten Schlägen. Ich schaue zum Topf rüber. Eine Nudel gewordene Drohung. Ich seufze. Mein Magen knurrt. Ich betrachte die Nudeln. Wäre ja eine ziemliche Verschwendung. Ich stelle den Herd wieder an und schiebe die Nudeln auf die Platte zurück. Eine bescheidene und leise Art des Trotzes, aber immerhin.

»Was gibt es zu essen?«

»Nudeln mit Tomatensoße. Willst du auch was, Jochen?«

»Danke, nein. Nudeln geht nicht.«

»Was heißt Nudeln geht nicht?«

»Keine Kohlenhydrate nach siebzehn Uhr.« Er klopft sich auf den Bauch. »Ist alles sportphysiologisch untersucht worden. Nur noch Eiweißhaltiges und Gemüse.«

»Wie du meinst.«

»Das ist übrigens auch nicht so gut.« Er zeigt auf das Bier, was ich mir gerade aus dem Kühlschrank geholt habe.

»Wieso jetzt, nicht gut?«

»Kalorientechnisch.«

»Wie du meinst. Das sind hier übrigens metaphorische Nudeln. Der Schrank und die Frau kamen vorbei, um die zu kochen.«

Ich erzähle, was gerade passiert ist, aber bin unzufrieden. Meine Schilderung kann den Kern der seltsamen Begegnung nicht rüberbringen.

»Aha. Interessant. Die werden nervös.«

»Nervös?«

»Die sind sich nicht sicher, was wir vorhaben, und wollen uns Angst einjagen.«

»Ehrlich gesagt, das hat schon geklappt. Dass die hier auftauchen, in der Wohnung, das gefällt mir gar nicht.«

»Nervös sind die. Jetzt müssen wir nachlegen.«

»Komm schon, Jochen. Lass es sein.«

»Du weißt ja gar nicht, was ich vorhabe. Jetzt ist der perfekte Zeitpunkt für den Brief.«

»Komm, bitte, Jochen, lass es einfach.«

»Nein, nein, nein. So eine Ausgangsposition, die darf man nicht herschenken.«

»Dann lass aber mich da raus.«

»Denkst du, ich unterschreib da, oder was? Das wär ja mal das Idiotischste. Natürlich lass ich dich da raus. Mach du weiter mit dem Künstlerquatsch. Ablenkungsstrategie, dann hat das wenigstens ein kleines bisschen Sinn.«

»Mach ich nur allzu gerne.«

Das Telefon klingelt, wo ist es? In der Küche. Kevin? Hey, wie geht's? Nein, heute trink ich nichts, komm nicht mit, aber zu spät, hab schon die Schuhe an, bin schon die Treppe runtergelaufen, aufs Fahrrad gestiegen, an der Isar langgefahren, hab schon bestellt.

»Ich bin nur gekommen, weil es der Eröffnungsabend von der Bar von deinem Kumpel hier ist. In nächster Zeit lass ich es langsamer angehen.«

»Ja, ja, der Löffel redet.«

»Was meinst du damit?«

»Sagt man doch hier in Deutschland. Wenn jemand Quatsch erzählt. Ja, ja, der Löffel redet.«

»Tut man nicht.«

Kevin zuckt mit den Schultern.

»Außerdem, Eröffnungsabend habe ich nicht gesagt.«

»Du hast gesagt, ein Kumpel von dir hat eine Bar aufgemacht und du willst da vorbeischauen.«

»Hat er auch. Vor zwei Jahren.«

»Du meintest, du willst aus Höflichkeit vorbeischauen. Auf was für 'ne Weise ist das denn höflich? Nach zwei Jahren, Mann.«

Kevin dreht sich zu einem Typen um.

»Hey Max. Was würdest du sagen, ist doch höflich von mir, dass ich mal vorbeischaue, oder?«

»Klar, Kevin. Freut mich, dich zu sehen.«

Er dreht sich wieder zu mir und grinst. Ich seufze. Das Bier ist leer, und ich versuche den Barkeeper auf mich aufmerksam zu machen. Meine ganzen verschiedenen hilflosen Aufzeiger mit der Hand und hochgezogenen Augenbrauen könnte man sicher in eine schicke Avantgardefilmcollage zusammenschneiden. Zaghaft und schüchtern, wie ein Erstklässler bei der ersten Meldung. Ich gehöre zu den Leuten, die an der Bar übersehen werden. Schlimmer als die Missachtung ist eigentlich, dass er sich immer, wenn er einen anderen Kandidaten für seinen Service ausgesucht hat, wegdreht, die Zapfanlage ist an der Wand. Und es ist eine unglückliche Jeans, die er da anhat, Arsch und Hose befinden sich in einer bissigen Auseinandersetzung, aber es ist unmöglich zu sagen, wer wen beißt oder wer damit angefangen hat. Kevin gibt mir ein Bier, ich habe nicht mal gesehen, wie er es bestellt hat. Wir gehen raus zum Rauchen. Es ist kalt inzwischen, das merke ich an dem Typen, der draußen zitternd hastige Züge von seiner Zigarette nimmt und auf ein Mädchen in Leggings und Trainingsjacke einredet. Armer Kerl, er kann den Reißverschluss von seinem Hoodie nicht zumachen, wegen dem postmodernen ironischen Spruch auf seinem T-Shirt, von dem er nicht weiß, ob sie ihn schon bemerkt hat, nein, nicht nur bemerkt, in seiner ganzen Tiefe gewürdigt, er will Anerkennung, er ist wie ich, wie traurig. Die Leute hier sind zu cool für alles. Eigentlich. Jede Geste von ihnen sagt: »Eigentlich bin ich zu cool für das Bier, aber ich trink es trotzdem«, oder »Eigentlich bin ich zu cool für das Handy – aber ich hol es trotzdem mal raus und tipp darauf rum.« Die ganzen unausweichlichen kulturellen Codes und die Turnschuhe und die Vinylplatten, aber trotzdem sage ich mir, solange ich keinen Jutebeutel mit mir herumtrage, solange ich mir nicht die Trendfrisur schneiden lasse, solange ich nicht nur noch Edelkaffee trinke, bin ich kein Teil davon ... Spießer und Hipster, alle sagen es, keiner will es sein. Hipster und Spießer sind immer die anderen, und auf einer Skala vom Maurermeister bis zum modebewussten Medienmenschen tendiere ich wohl klar zu Letzterem. Heute haben die Jungs DJ-Taschen um und sind gerade ins Glockenbachviertel gezogen, morgen lernen sie eine von den Frauen mit Querpony und Turnschuhen kennen, und dann kriegen sie ein Kind und dann Einrichtungsgegenstände mit Tapetenmuster der sechziger Jahre und einen Mini Cooper oder all das in anderer Reihenfolge. Und wenn dann alles beisammen ist, so viel steht fest, beschweren sie sich über den Lärm vor den Kneipen.

Eine etwa zwanzigjährige Frau fragt mich: »Haben Sie vielleicht noch was zum Schmeißen?« Ich bin alt.

Betrunken, betrunken auf dem Fahrrad, aber das ist kein Problem. Kein Problem, weil ich damit umgehen kann. Wenn du versuchst, dem Rausch entgegenzusteuern, dann packst du dich aufs Maul. Du musst anerkennen, dass der Rausch der Pilot ist, dann kann dir nichts passieren, und da umfahren wir elegant eine Laterne, passieren den Zeitungsständer, nehmen Fahrt auf, es geht bergab, um die Kurve, auf den Fahrradweg, zwischen zwei Pollern hindurch, in die Eisenkette dazwischen, über den Lenker, mit der Fresse ins Kiesbett.

18

Kevin fragt überhaupt nicht nach, was mit meinem Gesicht passiert ist, und ich wüsste gern, ob er die aufgeriebene Wange nicht gesehen hat, ob er sie taktvoll ignoriert oder ob er sie für eine nicht weiter erwähnenswerte Lappalie hält. Er wendet die Ziehharmonika, die ich mitgebracht habe, interessiert in den Händen.

»Ich weiß nicht so richtig, ich weiß nicht.«

Er probiert ein paar Töne, ein Kanadier mit einer uralten steirischen Harmonika, vor einem amerikanischen Tonbandgerät, um einen bayerischen Künstler zu fälschen.

»Lief doch jetzt schon ganz gut. Aber Gerard und Kevin, ihr müsst das ein bisschen zurückhaltender spielen. Einfach so swingmäßig«, sage ich.

»Zurückhaltender? Swing? Hey, das hier ist doch Nachkriegszeit, das ist 'ne Chance, Teil von der Bebop-Geschichte in Deutschland zu werden. Hubert Dax, er könnte schon in den späten Vierzigern harmonische und melodische Innovationen geprägt haben ...«, sagt Gerard.

»Ja, eben. Und die Biographie soll doch nicht so übertrieben sein. Hatten wir doch gesagt.«

»Mann.« Gerard verdreht die Augen.

»Aber es war doch jetzt auch schon gut, ›Warum auch nicht‹ war gut und das mit den Künstlern auch. Wie sieht's bei dir aus, Inder?«

Aber beim Inder sieht es eher grünstichig und fahl aus, und da übergibt er sich auch schon auf Kevins Teppich.

»Geht. Schon. Glei. Wieder«, presst er hervor.

»Ich ruf 'nen Krankenwagen.« Kevin drückt dem Inder einen Eimer vor die Brust, nimmt den Schlagzeughocker vom Teppich, rollt ihn ein, trägt ihn auf die Dachterrasse. Ich lege dem Inder ein nasses Tuch auf die Stirn, und er schwitzt und redet davon, dass er weitermachen kann, kein Problem. Und ich knie davor, wie ein Boxtrainer im Ring, und weiß, dass es besser wäre, das Handtuch zu schmeißen.

Die Sanitäter untersuchen den Inder kurz, hören in professioneller Gleichgültigkeit über seine Schimpftiraden hinweg, stellen fest, dass sie ihn mitnehmen müssen.

»Magenverstimmung. Vielleicht Lebensmittelvergiftung«, sagt der eine Sanitäter. Die Abwehrkräfte des Inders sind an ihre Grenzen gestoßen.

»Und jetzt?«, fragt Kevin, als sie weg sind.

»Kein Plan. Ohne Sänger ist das nutzlos.«

Wieder zu Hause sitzt Ida über den Laptop gebeugt auf dem Sofa. Freddie kommt zu mir und beschnüffelt mein Knie.

»Was will er?«

»Der will dich nur begrüßen.«

»Aha.« Ich weiß nicht, wie man einen Hund begrüßt, und fahre ihm unbeholfen im Fell herum.

»Mann, Mann, Mann«, sagt Ida. Dreimal wiederholte Worte leiten selten Gutes ein. Siehe »na, na, na«, »o Gott, o Gott, o Gott« und »tz, tz, tz«.

»Was ist denn?«

»Kannst dich freuen«, sagt sie, ohne mich anzuschauen. »Deine tolle Story ist angenommen worden.«

»Cool.«

»Ach, cool findest du das? Nachdem du tagelang von nichts anderem redest? Und jetzt soll ich dafür meine Glaubwürdigkeit aufs Spiel setzen.«

»Kannst die Geschichte ja auch jemand anderem geben. Der kann dann ja herkommen und mich interviewen.«

Ida nimmt die Flasche Wasser und macht sie auf. Als ich das sehe, fällt mir ein, dass mir die Flasche vorher runtergefallen ist, und ich würge gerade noch meine zu späte Warnung ab, die mich als Mitwisser schuldig machen würde, kurz bevor das Wasser in alle Richtungen spritzt, aber vor allem auf ihren Pullover.

»Scheiße!« Sie nimmt einen Schluck. »Ja, genau. Dann kommt jemand gerade dich interviewen. Ruppert am besten noch.«

Ruppert kenne ich aus der Redaktion. Der dienstälteste Stadtteiljournalist, mit seinen zu bunten Wollpullovern, die ein sekündlich wechselndes Spannungsfeld zu seinem resignierten Gesicht aufbauen, ein Gesicht, das nach Moll aussieht. Bei ihm hatte ich mehr als bei allen anderen Festangestellten den Eindruck, er habe sich aufgegeben. Das kam daher, dass er nicht nur pausenlos diese Billigzigarillos geraucht hat, die seine Haut nicht gerade in Würde altern ließen, sondern außerdem als Einziger literweise und vor allem beschwerdelos den grauenvollen Filterkaffee in sich hineinkippte: Ohne vorgeschaltetes ironisches Kurzplädoyer für besseren Kaffee, das auf ein eigenes Gesundheits- oder Geschmacksbewusstsein schließen lassen könnte. Ich sollte einen Münchner Film noir drehen, mit Ruppert in der Hauptrolle. Besser nicht.

»Ruppert gibt's noch?«

»Ruppert gibt's noch.« Sie seufzt. »Nein, das Beste ist, ich mach das selbst. Aber ich kann natürlich nicht dich dazu fragen.«

»Frag doch Gerda. Gerda hat nämlich die Kiste mit den ganzen Sachen von Hubsi erst gefunden, bei der Kellerentrümpelung. Da ist ihr dann eingefallen, dass ihre Eltern früher immer von Hubsi erzählt haben, der in dem Haus gewohnt hat. Seine Lieder kannten sie auch.«

»Ja, okay. Okay, okay, okay. Ich mach es, weil du dir so viel Mühe gegeben hast. Aber mal echt jetzt, schau dir die Anzeigen an, weiter draußen könnten wir uns einiges leisten, vielleicht sogar mit Terrasse und Garten. Das wäre kein schlechtes Leben. Stell dir das wenigstens in 'ner ruhigen Minute mal vor.« Sie lässt sich auf das Sofa fallen.

Ich erinnere mich an Ida, weit vor unserer Hochzeit, wie sie gegangen ist, wütend und verletzt, ich solle darüber nachdenken, was sie für mich ist, und ein einziges Mal, verdammt noch mal, direkt sagen, was ich will.

Freddie kommt und schaut zu mir hoch, vielleicht will er seine Unterstützung für einen Garten ausdrücken, vielleicht geht es ihm nur um den nächsten Grünstreifen, ich bin nicht gut im Interpretieren von Hundemimik. »A Hund is er scho«, sagt man hier, wenn jemand gewitzt ist, und wenn das mit Hubsi klappt, so viel ist klar, dann gehöre ich zumindest auch zur Familie der Hundeartigen.

»Jochen, was ist denn das?«

»Was meinst du?« Jochen steht in der Küche und löffelt konzentriert Getränkepulver in eine Plastiktrinkflasche.

»Das. Was du da anhast.«

»Das ist thermoaktive Funktionswäsche.«

»Du siehst aus wie eine Wurst. Wie eine rot glänzende Plastikwurst. Zieht man das nicht normalerweise unter irgendwas an?«

»Mark, mich wundert immer wieder, wie wenig Ahnung du hast. Das transportiert Schweiß nach außen, ist atmungsaktiv. Das steigert die Leistung um fünfzehn bis zwanzig Prozent. Nachweisbar.«

»Dafür sieht man um achtzig Prozent idiotischer aus. Das ist auch nachweisbar.«

»Haha. Sehr lustig. Aber weißt du, Mark, das ist genau der Grund, aus dem du auf der Stelle trittst. Man muss Prozessoptimierung betreiben, auf allen Ebenen. Das muss man verinnerlichen. Zur Lebenseinstellung muss das werden, zur Lebenseinstellung.«

Er schnallt sich einen Helm auf und setzt eine verspiegelte Sonnenbrille auf.

»Unterwäsche als Lebenseinstellung.«

»Das ist keine Unterwäsche. Kein Wunder, dass du dich darüber lustig machst. Für so was hast du keinen Sinn.«

»Na ja, sehen kann ich's. Das ist mein Sinn dafür. Der Sehsinn. Die Optik. Das reicht mir.«

»Fortschrittsfeindlich, das bist du. Wirst sehen, wie alles an dir vorbeizieht.«

»Ist das nicht zu eng?«

»Was zu eng?«

»Der Kinnriemen. Der schneidet ja ein. Nicht, dass du ohnmächtig wirst.«

»Der Kinnriemen. Lass das mal meine Sorge sein. Safety first, so heißt das. Wenn ich dagegen deinen sogenannten Helm anschau …«, er hält den Eishockeyhelm hoch, »da wundert mich doch gar nichts mehr.«

»Na ja, also Eishockeyausrüstung wird doch auch nach bestimmten Gesichtspunkten gemacht.«

»Ja, aber vollkommen anderen. Da brauch man Wendigkeit, Sicht. Nicht wie beim Radeln, da kommt es auf den Luftwiderstand an.«

»Luftwiderstand?«

»Ja, natürlich Luftwiderstand. Das macht ganz schön was aus. Tour de France, neulich erst gesehen. Beim Zeitfahren. Trinkflasche wegschmeißen, was schätzt du?«

»Wie, was schätze ich?«

»Zeitersparnis. Was schätzt du? Gut, ich sag's dir: dreißig Sekunden. Beine rasieren: acht Sekunden.«

»Beine rasieren?«

»Ja, da siehst du mal.«

»Schau du lieber mal deine Plauze an. Da kannst du mal Luftwiderstand sehen. Was die wohl beim Zeitfahren ausmachen würde?«

»Kein Grund, persönlich zu werden, Mark. Kein Grund, persönlich zu werden.«

Beleidigt schnallt er sich die Trinkflasche an einen Gürtel, der außer seiner Schlaufe für die Trinkflasche keine Funktion zu haben scheint. Für die Hose kann er jedenfalls nicht sein, die hält von alleine. Ohne sich noch mal umzudrehen, stapft Jochen raus.

Wie auch immer, ich habe ja selbst genug zu tun. Was es jetzt zu organisieren gilt, ist das Künstlerfoto. Entweder von jemandem, der sich verkleidet, oder wirklich alte Fotos. In beiden Varianten ist natürlich das Risiko, dass jemand die reale Person wiedererkennt. Verdammte Fotografie und ihr penetranter Realitätsbezug. Also an das Telefon.

»Inder?«

»Hee, da Mark. Wie geht's denn imma?«

»Gut, gut. Wie geht's dir denn?«

»Ja, an Magen hat's mir dawischt. Net so wuid. Aber beobachten mengan's mich noch. A paar Tog bin i noch da herin.«

»Sag mal, hast du alte Fotos?«

»Alte Fotos. Haha. Tonnenweis hob i di. Die schaug i aber net durch, des sog i da.«

»Hey, das mach ich dann schon selbst. Kannst du da welche entbehren?«

»Nimm, was d' wuist.«

»Ist dein Kollege noch da?«

»Kollege. Des is mein Angestellter. Und der müssat bis achte da sein. Weil für was zahl ich den sonst?«

»Dann geh ich noch vorbei.«

Erst muss ich aber vorbei an Ida, die auf dem Sofa sitzt und ihren Kopf hinter der »Zeit« versteckt hat, es steht gerade so viel Stirn über, dass man sehen kann: Sie wird gerunzelt. Also einfach gehen, aus der Wohnung raus, die Treppe runter. Jahrelange Erfahrung lässt mich anmutig hinuntergleiten, die Innenneigung der Treppe durch das perfekte Tempo und die Fliehkraft genau ausgeglichen, unten gestolpert und gegen die Briefkästen geknallt. Raus auf die Straße – ich sollte drinnen sein. Es regnet, die Ampel schaltet auf Rot, als ich sie erreiche. Ich nehme den Fahrstuhl runter zur U-Bahn, Türen öffnen sich, einsteigen, in die Ecke drängen. Zwei ältere Damen reden aufeinander ein, abgehackt, lachend, zungeschnalzend. An der nächsten Station steigt eine von ihnen aus.

»Also dann, gell?«

»Ja, mach's guat. An schönen Tag wünsch ich da noch!«

Im Umdrehen noch eine Bemerkung über die Schulter, die Tür schließt schon. Die Zurückgebliebene noch komplett im Schnattermodus, lächelt und schaut sich im Wagen um. Gefährlicher Moment. Bloß keinen Blickkontakt, nicht Opfer einer einseitigen Konversation werden, über das Wetter, über die Katze mit Durchfall, über den Mann, der das ganze Wochenende versucht hat, das Internet zu installieren. Lehn den Kopf an die Wand, nimm das Rattern der Fahrt auf, entgehe der Unterhaltung. Mach die Augen auf, sieh die Station, an der du rausmusst, in stetig beschleunigender Fahrt an dir vorbeiziehen. Steig an der nächsten Haltestelle aus und warte neun Minuten auf den Zug in die Gegenrichtung.

»Servus«, sagt Tommy und schaut nur kurz von seiner Fußballzeitschrift hoch. »Weiß scho Bescheid. Da drüben, des Zeug is alles von Entrümplungen. Musst halt durch die Kistn schaun, da sind immer wieder mal Fotos dabei.«

»Alles klar.« Erst alle auffindbaren Fotoalben auf einen Stapel legen. In manchen Kisten liegen auch Briefe, teilweise mit Fotos darin, aber die sind mir zu privat. Keine Ahnung, warum. Es dauert nur zwanzig Minuten, dann hat das Hubsi-Casting einen Sieger. Ein ganzes Leben, Fotos von Kindheit bis zum Seniorenalter, mit Eltern, mit eigenen Kindern, mit verschiedenen Frauen. Und vor allem ist er manchmal mit Zither abgebildet, auf wenigen Fotos sogar mit Ziehharmonika. Der perfekte Hubsi.

»Ich bin vollkommen geschafft von deinem Artikel. Der Fotograf war da und hat ein Bild von Gerda gemacht, wie sie sich über die Plunderkiste beugt.«

»Und jetzt hast du ihn fertig? Lass mal sehen.«

Sie dreht den Laptop zu mir. Es ist wirklich ein guter Artikel, er beginnt mit Hubsis früher Liebe zur Musik und Instrumentalunterricht an Zither und Ziehharmonika. Mit den Eltern, zu Beginn stolz auf das musikalische Talent, kommt es zum künstlerbiographisch obligatorischen Zerwürfnis, als er seine Leidenschaft zum Beruf machen will. Es folgen erste Erfolge als Nachstandler, dann ganze Abende, allerdings in kleinen Wirtschaften. Dass er trotz zwischenzeitlich bemerkenswerter Beliebtheit nie an den Erfolg anderer auch heute noch bekannter Künstler heranreichen konnte, liegt an seinem Fernweh, das ihn immer wieder für längere Zeit auf Wanderschaft und weg von München trieb. Natürlich auch daran, dass er komplett erfunden ist.

»Wieso hast du das mit der Wanderschaft reingeschrieben? Kommt gut.«

»Hab mir gedacht, falls was mit dem Dialekt nicht stimmt oder ihr irgendeine Unstimmigkeit habt, dann kann man sie damit erklären. Außerdem mochte ich den Zwiespalt.«

In seinen Liedern, Gedichten und in seiner Prosa wird, so fährt der Artikel fort, aber auch klar, warum es ihn immer wieder nach Giesing zog. Die Heimatverbundenheit, die trotz seiner Wut auf die örtliche Obrigkeit durch seine Zeilen schimmert, ist rau, direkt und unsentimental. Dann werden noch ein paar Songfetzen und markige Stellen aus meinen Texten zitiert.

»Super.«

»Ich hab hier übrigens ein paar Inserate markiert«, sagt Ida, »weiter östlich könnten wir uns vielleicht ein paar Sachen leisten.«

»Ach, östlich, das ist doch auch nichts«, sage ich und lese weiter den Artikel. Ida seufzt und stellt die Anlage an. Jetzt kommt Hubsi also tatsächlich in die Zeitung, und auch wenn das der Sinn des Ganzen ist, ist der Gedanke unangenehm, dass Menschen auf ihn reagieren werden. Alles ist auf einmal weit weg, eine erschöpfte Leere in mir, aber ich weiß, das ist nur der Raum für die Beklemmung, die gleich kommen wird. Ich warte.

19

Ich esse Cornflakes und lese einen Comic, bis Maja ihn mir wegnimmt.

»Hast recht. Ich bin zu alt für den Scheiß.«

»Das ist kein Scheiß. Das ist meiner.«

»Ja, ich weiß. Ich meine, das sagt man so. Muss nichts Schlechtes bedeuten.«

Sie schaut mich zweifelnd an. Ich trinke meinen Kaffee aus und will die Kaffeekanne noch mal mit Wasser füllen, aber der Hahn ist tot.

»Weißt du, was mit dem Wasser los ist?«

»Nee. Du sollst nicht so viel Kaffee trinken«, sagt sie, ohne von dem Comic aufzuschauen. »Sonst kriegst du Bauchweh.«

»Mir is morgens so oder so flau im Magen, Kaffee hin oder her.«

»So oder so, hin oder her«, lacht sie.

»Ja.«

Sie zuckt mit den Schultern. Ich gehe ins Bad: Dusche, Toilettenspülung, alles außer Betrieb. Ich setze mich wieder an den Küchentisch, schlage eine von Idas Zeitschriften auf und muss nicht auf die Uhr schauen, weil Maja mir Bescheid geben wird, wenn wir losmüssen.

»Wir müssen los«, sagt Maja und nimmt wie ein amerikanischer Serienfamilienvater noch im Aufstehen einen letzten Schluck aus ihrer Milchtasse.

»Jepp.«

Unten im Treppenhaus tragen zwei Bauarbeiter ein Dixi-Klo durch den Flur in Richtung Innenhof. »Was wird das denn?«, frage ich. »Arbeiten an den Wasserleitungen«, sagt der Vordere mürrisch. »Schwer zu sagen, wie lang des dauert. Deshalb gibt's im Hof a Ausweichtoilette. Hamma doch scho vor Wochen an Aushang im Treppenhaus g'macht.« Ich könnte wetten, dass der Zettel da erst seit ein paar Minuten hängt, und will etwas erwidern – aber wie soll ich mich diesem finsteren Universum alleine entgegenstellen? Hubsi, wo bist du? Hubsi wüsste, was zu tun ist, Hubsi würde mit ihnen schon fertig werden.

Es ist frisch draußen und der Tag zwar schon da, aber nur als Ankündigung, und das ist so gut an den Morgen, an denen ich aufstehen muss, um Maja zur Schule zu bringen.

»Kaffee ist komisch«, sagt Maja und schaut aus dem Autofenster.

»Warum das?«

»Erst gluckert er durch die Maschine, und dann gluckert er durch deinen Bauch. Das klingt genau gleich.«

Wenn man darauf achtet, hat sie recht, genau so klingt das im Bauch. Es fühlt sich auch so an, wie ich mir das Rumpeln im Inneren der Kaffeemaschinen vorstelle. Mir wird schlecht.

»Lass mich an der Ampel raus, dann musst du nicht extra umdrehen.«

»Alles klar. Schönen Tag.« Ich streichle ihr über den Kopf.

»Dir auch!« Und schon ist sie draußen.

Dreißig Grad im Schatten, mit den langen Haaren schwitze ich wie ein Schwein. Hypothetisch natürlich, immer präzisieren, sonst schaltet sich so ein Besserwisser dazwischen, der bei jedem Small Talk gleich einhakt, mit spielerischem Lächeln, aber halb so cool, wie er glaubt

– froh, sich Profil geben zu können, für die reservierte Brünette in der Ecke zum Beispiel, wenn er laut genug redet, hört sie es vielleicht. Also jemand, der dann einwendet, dass Schweine ja genau genommen nicht schwitzen können, überhaupt nicht, und das ist auch der Grund, aus dem sie sich zum Abkühlen im Schlamm suhlen. Ist mir egal, mein hypothetisches Schwein kann eimerweise schwitzen.

Die Haare fallen mir ins Gesicht, nicht weiter schlimm, einfach die Kappe abnehmen, Haare umlegen, Kappe wieder auf. Routine. Aber nicht, während ich Auto fahre, ganz schlechte Idee, Schramme in der Radkappe. Ums Auto rumgehen, anschauen, am Kopf kratzen. Das wäre nicht passiert, wenn ich mir die Haare geschnitten hätte.

»Ah, der Mark. Da kommst du aber spät nach Hause.«

»Hey Jochen, ja, war noch jammen. Wie läuft's bei dir? Geht bei dir das Wasser noch?«

»Nein! Aber das war ja klar, jetzt zeigen die eine Reaktion! Das beweist nur, dass sie nicht damit gerechnet haben, was für einen Fight wir liefern. Und mit deinem Hubsi, wie geht's denn mit dem voran?«

»Mh, wir haben ein paar Lieder und ein paar Dialoge aufgenommen, sodass man auch wirklich mal was hören kann.«

»Fleißig, fleißig. Natürlich pure Idiotie, aber fleißig schon. Weißt du, das Einzige, was mir nicht so passt …«

»Was denn?«

»… na, dieser Hubsi, irgendwie, also sympathisch ist der mir nicht direkt. Einerseits immer so aufmüpfig, aber macht sich so arrogant lustig über andere, dann wieder heult er seiner Frau so hinterher …«

»Irgendwas muss er ja machen.«

»Hätte es nicht auch was irgendwie Traditionelleres getan? Ein paar Gstanzerl, ein paar Volkslieder, einfach was über die schöne Landschaft in Bayern …«

»Das ist ja vollkommen nichtssagend. Einen Standpunkt braucht er, er muss was verkörpern und anecken, sonst wird sich nie jemand mit ihm identifizieren. Schöne Landschaft, jetzt mal ehrlich.«

»Ist ja gut, hab ja nur gemeint …«

Jetzt hat schon Jochen eine Meinung zu Hubsi. Wenn er ihn unsympathisch findet, muss das kein schlechtes Zeichen sein.

»Und was ist mit dem Brief?«, gebe ich das Interesse zurück. »Irgendeine Reaktion?«

»Noch nix«, grinst Jochen. »Ich glaube, die müssen sich jetzt erst mal sammeln.«

»Sammeln. Na ja. Du, ich bin müde, ich muss mich auch sammeln. Ich geh jetzt schlafen.«

»Ja, ich denke, ich werd auch mal an der Matratze horchen.«

»Hey, hast du mich erschreckt! Ich dachte, du schläfst.«

Ida sitzt im Dunkeln auf dem Plastikstuhl in der Badewanne. Ich mache das Licht an.

»Mach das Licht aus«, sagt sie. Sie nimmt einen Zug vom Joint und bläst den Rauch von innen an den durchsichtigen Duschvorhang. Er kräuselt sich an den Falten, abgefahren sieht das aus, ich sollte das filmen und eine Videoinstallation daraus machen. Oder besser nicht, gibt schon genug andere Leute, die so was tun, darum muss ich mir keine Sorgen machen.

»Warum bist du zum Rauchen hier drin?«

»Hab ja keinen Balkon, oder? Und ist ja nicht so, dass ich ein Badezimmer ohne Wasser großartig blockieren würde.«

»Und im Wohnzimmer?«

»Da ist Jochen.«

»Ja und?«

»Ja und«, wiederholt sie spöttisch. »Ja und. Ich will auch mal kurz meine Ruhe, das ist ja wohl erlaubt. Einmal ein bisschen entspannen. Verstehst du das?«

»Ja, versteh schon.«

»Und Jochen«, sie zieht mit verächtlicher Miene am Joint, »ist das Gegenteil von entspannt. Der ist so angespannt, dass es mich stresst, wenn er nur im gleichen Raum ist. Ich kann dir gar nicht sagen, wie mich das ankotzt.«

Mir fällt darauf nichts ein.

»Und ich muss auch von zu Hause arbeiten. Meinst du, ich kann mich konzentrieren, wenn der da in der Küche seine Scheiße labert? Hast du dir das überhaupt mal angehört, so ein Unternehmensberater-Telefonat? Mit den ganzen Anglizismen. Heute früh hat er gesagt, er müsse noch eine Deadline finalizen.«

Sie zieht noch einmal und zischt mit dem Ausatmen etwas von »Jochen finalizen, das sollte man mal machen«.

Selten ist das, jemand, der wütend kifft, das sieht man auch nicht alle Tage.

»Wann haut der denn endlich, endlich wieder ab?«

»Jochen? Ich mein, sobald es ihm wieder besser …, also wenn das mit Sabine …«

»Ich hab nicht den Eindruck, dass es ihm schlecht geht.«

»Ja, aber ich kann ihn doch nicht einfach …«

»Was? Rausschmeißen? Natürlich kannst du das nicht einfach. Das wäre ja noch schöner, wenn du plötzlich irgendwas einfach machen würdest. Wahrscheinlich muss ich das auch noch machen. Weißt du, echt, ich zieh den Karren hier alleine, grad. Das ist nicht cool. Verstehst du das?«

Sie macht keine Anstalten, mir den Joint anzubieten.

»Was willst du? Soll ich mir die Haare abschneiden und einen Job …«

»Es geht nicht darum, dass du dir deine beschissenen Haare abschneidest. Früher hast du Drive gehabt, ich hätte nie gedacht, dass das so … dass das so … verpufft!«

»Aber wenn ich mit Hubsi …«

»Hubsi. Das ist überhaupt das Größte. Da machst du schon mal was und steckst Arbeit und Energie und Kreativität und was weiß ich in eine Sache, und dann ist es so was Weltfremdes. Ich versteh nicht, warum du deine Unikollegen nicht anrufst, ich versteh nicht, warum du nichts für deine Band schreibst. Weißt du, Mark, ich mag das Zeug sogar, was du geschrieben hast. Aber das ist doch kein Plan. Das ist doch kein richtiger Plan.«

»Na gut, was ist dann ein Plan, deiner Meinung nach? Wie soll dieser Plan denn aussehen?«

»Inserate anschauen, das ist ein Plan, prüfen, was man finanzieren kann, Rechtsbeistand, so was. Nicht ein einziges Mal hast du auch nur ein Auge auf die Wohnungsanzeigen geworfen, die ich dir rausgelegt habe. Sogar schon vorsortiert. Aber zum Saufen hast du Energie. Ich reiß mir den Arsch auf, und obwohl ich es für hirnrissig halte, schreib ich auch noch den Artikel für dich, weil es dir wichtig ist, und du, was machst du für mich?«

Ich habe keine Antwort.

»Du liest nicht mal die Annoncen. Du beschäftigst dich nicht mal ansatzweise damit, was wir machen, wenn das alles nicht hinhaut. Giesing hin oder her, wir brauchen ein Dach über dem Kopf und nach der Miete noch ein bisschen Geld übrig. Das muss dir doch klar sein. Ich war zwei Mal beim Mieterschutzbund. Ich hab mit dem beknackten Anwaltfreund von deiner Mutter telefoniert. Das ist die Wirklichkeit. Das ist ein Plan. Himmelherrgott. Nicht so was Realitätsfernes.«

»Jochens Pläne sind auch unrealistisch«, sage ich und bemerke im gleichen Moment die Sinnlosigkeit des Arguments. Eigentlich sollte ich von Jochen ablenken, nicht auch noch auf ihn hinweisen und darauf, dass ich irgendwie daran beteiligt bin.

»Diese vollkommen idiotischen Pläne von Jochen. Wenn es zwei unterschiedliche Lösungsansätze für ein Problem gibt, die aber gleich hirnrissig sind, dann habt ihr sie gefunden. Zwei Superbrains. Und du machst da auch noch mit!«

»Er hat die Pläne. Meine Güte, er braucht da eben meine Hilfe.«

»Deine Hilfe. Weißt du was, insgeheim willst du ja mitmachen. Weil er wenigstens was macht. Du bist ein Parasit, lässt dich da mitziehen. Damit irgendwas passiert. Du magst den nicht mal. Das ist so typisch für dich, dass du mit jemandem rumhängst, den du nicht mal magst, nur weil es zufällig so kommt und er das so will.«

Sie zieht, und ich habe kurz Zeit, meine Gedanken zu ordnen, weiß aber, es wird zu kurz sein, um etwas Sinnvolles formulieren zu können.

»Ja, aber schau, ich weiß auch nicht, wie ich das sagen soll. Ich hab manchmal das Gefühl, alles passiert mir einfach.«

»Ja, ja, ich weiß …«, ein weiterer tiefer Zug, obwohl es nur noch ein Stummel ist, fast am Filter, »… deine alte Leier, Dinge passieren dir einfach. Wie soll ich mich denn da fühlen?«

»Wieso denn du jetzt?«

»Bin ich dir auch einfach passiert?«

Sie ist das Beste, was mir je passiert ist, aber ist das in dem Wortlaut wirklich schmeichelhaft?

»Nein, ich mein, irgendwie schon natürlich, ist alles ja immer auch Zufall, aber das ist doch …, du weißt doch, wie es ist.«

»Bin ich mir nicht sicher«, sagt sie und drückt den Stummel am Badewannenrand aus.

»Und weißt du was? Das Schlafzimmer gehört jetzt mir. Jochen ist dein Gast, also musst auch du den Platz mit ihm teilen.«

»Ach komm, Ida, das ist doch jetzt lächerlich.«

»Ja und? Dann bin ich eben auch mal lächerlich. Wenn jeder um mich rum das Recht darauf hat, dann wohl auch ich. Gute Nacht.«

Auf der Couch pennen. Ein weiteres Eheklischee, das ich abhaken kann. Jetzt muss ich nur noch mit dem Nudelholz gejagt werden, und Ida muss mich wutschnaubend betrunken aus der Kneipe holen, nein, Moment, das hatten wir schon. In der Klischeesituation kann man wenigstens auf der Couch schlafen, aber was mache ich? Ich suche Isomatte und Schlafsack, seit Jahren nicht benutzt, jetzt liege ich vor meinem eigenen Sofa, quälende Meter von Ida entfernt, wo ich hingehöre, und habe es eigentlich noch schlechter als jedes Klischee von Ehemann. Vielleicht hat Ida mich wegen dem Kiffen aus dem Schlafzimmer verbannt, wer weiß schon, was passiert, wenn man wütend ist und kifft, aber andererseits habe ich den Reflex, alles auf Drogen zurückzuführen, nur weil jemand Gras raucht oder lange Haare hat, noch nie gemocht. Er verschläft? Das sind die Drogen. Er hat Hunger auf Schnitzel mit Schokosoße? Drogen. Er ist gegen den Krieg? Drogen. Er kann auf der Gitarre improvisieren? Drogen, Drogen, Drogen. Zum Glück schläft Jochen schon, und ich muss nichts erklären. Was war der Moment, in dem alles so kompliziert geworden ist? Wann war ich zuletzt richtig im Groove? Ich kann mich erinnern, dass es mal so war: laid back, leicht hinter dem Beat, entspannt, aber immer da, nicht übereifrig, ängstlich und steif auf den Schlag, sondern lose eingeklinkt, selbstbewusst, weil ich wusste, wo der Groove ist, und mich einhaken konnte, mich ziehen lassen. »Du kannst alles haben, was du willst, wenn du es dir mit beiden Händen nimmst«, hat Ida mal zu mir gesagt. Aber was will ich?

20

Ida steht vor unserer Balkontür und schaut hinaus. Ich stelle mich daneben. Noch bescheint die Sonne das Haus auf der anderen Seite des Hofes, aber am Nachmittag wird sie unsere Fassade wärmen und die Verbarrikadierung des Balkons schmerzlich spürbar machen.

»Na ja«, sage ich und umarme sie, eine zaghafte Annäherung, »wenigstens ist es einbruchsicher.«

»Ja«, sie macht sich los, »im vierten Stock sind Balkons immer immense Risikofaktoren.«

»Musst du heute in die Redaktion?«

»Ich arbeite von zu Hause aus.«

»Ah, okay. Dann geh ich mal einkaufen.«

»Bis dann.«

Als ich unten im Flur ankomme, tritt ein Punk aus seiner Wohnung. Bestimmt hat er mich gehört, geht ja nicht anders, mit der Treppe.

»Hey Mann.«

»Hey.«

»Hast du das hier gelesen?« Er hält die Stadtteilzeitung in der Hand. Offenbar haben weder der Professor noch Jochen ihnen irgendwas erzählt. Warum auch.

»Was ist das?«

»Geht um 'nen Künstler, der hat hier gewohnt, in dem Haus.«

»Ah, und?«

»Und? Das war ein Widerständler, ein singender. So wie wir. Und jetzt wollen sie das Haus hier abreißen, wo er doch drin gewohnt hat.«

»Hat euch doch vorher auch nicht gekümmert.«

»Doch, schon, wenn man schon mal umsonst wo wohnen kann … aber hey, der Typ, der war schon einer. Hubsi Dax, schon mal gehört?«

»Nee.«

Verwirrend. Hubsi ist erst ein paar Tage alt, und schon gibt es Werk- und Lebensinterpretationen. Darüber sinniere ich, während ich die Straße hinuntergehe. Über die Macht der Leser, die Ohnmacht des Autors.

»Ach, der Mark.«

»Hey Elisa.«

Ich kannte sie früher. Sie sieht immer noch gut aus. Ihr Freund scheint nett zu sein. Er gibt mir die Hand, steckt sie wieder in die Hosentasche, blinzelt in die Sonne. Er ist einer von der Sorte, die beiläufig danebensteht, wenn seine Freundin jemanden trifft. Sympathisch. Ich bin auch Danebensteher.

»Wie geht's denn so?«, fragt sie mich.

»Viel um die Ohren«, sage ich, und es stimmt sogar. »Stress haben wir, das Haus, in dem wir wohnen, soll abgerissen werden. Und jetzt wollen sie die ganzen Mieter raushaben.«

»Oh, das hört sich mies an.« Ihr Freund verzieht wie zur Bestätigung das Gesicht, wie eine Art pantomimischer Übersetzer.

»Aber an sich, was sollen sie machen. Der Mieterschutz hier in Deutschland … ich hab 'ne Wohnung von meinen Großeltern geerbt, da hatte ich Mietnomaden drin, ich kann dir sagen …« Sie pausiert, kontemplatives Kopfnicken vom Beisteher. »Aber was rede ich, gibt immer zwei Seiten von 'ner Geschichte, hm?«

»Na ja, eher sind das zwei verschiedene Geschichten.«

»Wie du meinst. Also, viel Glück, ja? Man sieht sich.«

Ihr Freund nickt mir zu, und wie furchtbar, jetzt werde ich den Rest des Tages ohne pantomimischen Übersetzer bewältigen müssen. Ab in den Supermarkt, hinter zwei Rentnern hergehen, eine Oma überholt die andere mit dem Einkaufswagen in zeitdehnender Geschwindigkeit, wie ein Lastwagen, der einen anderen auf der Steigung einer zweispurigen Autobahn überholt, es gibt bis zum Ende des Ganges keine Möglichkeit vorbeizuziehen, und da bleibt sie vor mir an der kombinierten Käse-, Wurst- und Brottheke stehen.

»Geben's mir hundert Gramm von der Putensalami«, fängt sie an, aber sie wird nicht aufhören, bis sie jedes Körperteil von jedem Tier in jeder erdenklichen Konsistenz bestellt hat, am Stück, in Scheiben, als Aufstrich und unter diesem durchsichtigen Glibber, weiß nicht, wie das heißt, und hoffe, dass das Wort mit dem Zeug selbst aus dem Sprachgebrauch scheidet. Und ich stehe dahinter und brauche nur …, was, ich bin schon dran? Gorgonzola und ein Bauernbrot. Anscheinend stand ich hinter der Ausnahmeoma. Die muss es ja auch geben, so wie es »Ausnahmetechniker« beim Fußball gibt, so nennen die Sportreporter sie. Aber die Regel heißt für den Fußball der neunziger Jahre immer noch Uli Borowka und für den Supermarkt Fleischvertilger.

Mit den Einkäufen wieder nach Hause, wütender Blick von Ida.

»Ich komm hier zu gar nichts. Jedes Mal, wenn man auf's Klo will, muss man vier Stockwerke runter und wieder rauf. Und alle wollen was von mir. Erst hat Jochen mich über das Parteispendensystem zugelabert, und dann hat Gerda angerufen. Anscheinend hat eine Frau vom Studentenradio sie kontaktiert. Die in der Redaktion haben ihr die Nummer gegeben.«

»Hä? Was wollte die?«

»Was wollte die. Die wollte einen Bericht über das Haus machen und den vergessenen Künstler von Untergiesing. Und am liebsten wollte sie dazu auch die Tonbänder haben, damit der Beitrag bunter wird.«

»Die Tonbänder?«

»Ja, von denen erzählt jedenfalls Gerda im Artikel.«

»Ah, shit. Shit. Shit. Ich muss telefonieren.«

Ida zuckt mit den Schultern. »Ich hab jedenfalls keinen Telefondienst mehr hier. Das musst du selber machen.«

Ich nicke in ihre Richtung, habe aber schon gewählt, es ist klar, wen ich jetzt anrufen muss.

»Yeah.«

»Kevin. Wir müssen den Song jetzt machen. Ich brauche den sofort.«

»Geht nicht. Hast du vergessen? Der Inder ist im Krankenhaus.«

»Dann müssen wir da hin.«

»Das Tonbandgerät brauchen wir aber. Das ist viel zu groß.«

»Muss gehen. Oder nimm es halt so auf und kopier es später.«

»Das merkt man.«

»Du, ja, du würdest das merken. Sonst merkt das doch kein Schwein.«

»Nee, wir müssen das richtig machen. Manchmal muss man Dinge richtig machen. Das haben schon die Brand New Heavies gesungen.«

Es ist nicht zu fassen, Kevin plötzlich mit Berufsethos. Jedem Fuzzi kann er was produzieren, das gerade so knapp nicht klingt wie ein bekannter Song, damit es kein Plagiat ist. Hubsi bringt irgendwas in den Leuten hervor, dass sie ihn ehrenwerter fälschen wollen, als sie ihr eigenes Leben leben.

»Meinetwegen. Dann lass dir was einfallen. Ich komm vorbei.«

Wo sind die Aufzeichnungen, ah, da liegen sie, sauber archiviert unter dem Schneidebrett in der Küche. Die Dialoge, die brauchen wir, wer kann vergleichbar altes Bayerisch wie der Inder? Gerda, Gerda muss mit. Der Laden ist zum Glück leer.

»Gerda, du musst mit. Du musst bei den Dialogen mitmachen.«

»Jetzt?«

»Ja, sofort. So wie Liesl Karlstadt bist du dann.«

»Net schlecht. Ja, des tat ma g'falln.«

Ich hab Hubsi nicht von Valentin oder Ringelnatz klauen lassen. Stattdessen hat er auf seinen Reisen Geschichten von Nasreddin Hodscha und ähnlichen bauernschlauen Figuren gehört, die waren ihren Gegnern immer einen Schritt voraus, haben sie durch Wortwitz und Tricks übertölpelt, in Anekdoten und Legenden von Italien bis Indien verbreitet. Kevin schleppt den Rekorder in einer Sporttasche, scheint schwer zu sein, er läuft ziemlich schief.

Im Bett, halb aufgerichtet, da liegt der Inder, Schweiß läuft ihm in Bächen das Gesicht runter, er nippt an einem dampfenden Becher Tee.

»Wos trinkst auch an Tee, wenn's so hoaß is?«, fragt Gerda eher vorwurfsvoll als mitfühlend.

»Ah. Des woaßt wieder net. In die hoaßen Länder, da trinken die Leit immer hoaße Sachn.«

Der Inder, anscheinend hat er die weitverbreitete Schwäche für Wahrheiten, die zunächst widersprüchlich erscheinen, gerade deshalb aber umso wahrer sein müssen.

»Und wos habt's jetzt g'macht?«

»Wir müssen aufnehmen, ein paar Sachen wenigstens. Dann können wir das den Radioleuten vorspielen.«

Kevin hat schon ausgepackt, Akkordeon und Zither stehen wie Grabbeigaben an der Seite des Bettes. Die Verfassung vom Inder, einen Vorteil hat sie ja: Abgefuckt klingt er, die Stimme noch rauer, verletzlicher. Wie er »Geh aus meinem Leben, aber leise. Schleich di« singt, das ist ganz groß. Als Nächstes die Säuferballade.

Beim Hellen ahn' i dunkel,
dass i no was bestell.
Und beim Hellen war's no dunkel,
und beim Dunklen werd's scho hell.

Beim Klaren seh ich verschwumma,
dass mit dir vui scheener war.
Und jetzt bin ich benumma
und morgen wieder klar.

Die verbrauchte Stimme trifft mitten ins Herz. Und bei den Sketchen trage ich auch meinen Teil bei, bin endlich verewigt in Hubsis Werk, nur was sage ich als jemand, der keinen Dialekt spricht?

»Tatst du mir deinen Esel leihen?«, fragt Gerda.

»Des tat i scho, wenn der Esel da war. Is er aber net«, sagt der Inder.

»I-Ah«, sage ich.

»Da hob i an doch g'hört, an Esel«, sagt Gerda entrüstet.

»Ah geh«, sagt der Inder. »Wem glabst jetzt mehr? Am Esel oder mir?«

So geht mein Wortbeitrag, als Esel in einer alten Hodscha-Geschichte, als Narr in der Narration.

21

Ida ist der Ansicht, Hubsi interessiert keinen, aber es stellt sich raus: Ida hat nicht immer recht, so wie auch der FC Bayern nicht jedes Spiel gewinnt. Wenn es nicht klappt, dann müssen wir umziehen, in ein Haus ohne melodisches Treppenhaus, mit Steinstufen und funktionierenden Klingeln und lautlosem Aufzug. Wie fürchterlich.

Ich komme zur Tür rein, Gerda sitzt auf dem Sofa und raucht eine von ihren dünnen Zigaretten. Die Frau vom Studentenradio sitzt ihr gegenüber und hört fasziniert zu, sofern man das beurteilen kann, zumindest lächelt sie und nickt in einem langsamen und steten Rhythmus mit dem Kopf. Sie trägt einen Rollkragenpulli, Ida hatte früher genauso einen, Mann, sah sie gut aus, wenn sie ihn *nicht* anhatte. Ich nicke ihnen zu und setze mich leise an den Esstisch, auf dem Couchtisch liegt ein Tonbandgerät.

»Ja, i hob nia g'wusst, dass da Hubsi was affgnumma hot. Allaweil is a umanand glaffa, mit da Quetschn oder hot sei Zither auspackt und hot was g'sunga.« Gerda geht richtig in ihrer Rolle auf.

»Und dann haben Sie die Kiste gefunden.«

»Ja, und des war dann wia z'ruck in die Kindheit. Ehrlich g'sagt, i hob an scho lang vergessen g'habt, an Hubsi. Obwohl, von Zeit zu Zeit hob i dran dacht, wissen's, sei Buidl hängt ja unten.«

»Was Sie mir gezeigt haben, im Glasrahmen, mit Autogramm. Zwischen Ida Schumacher und Karl Valentin.«

»Koa schlechte Nachbarschaft, ha?« Gerda lacht ihr schwermetallenes Lachen, und die Studentin liebt es.

»Das muss man sich ja immer wieder vor Augen halten, dass das, was unser Denken über bestimmte Zeiten prägt, von Tonaufnahmen, Schriftstücken, also Dokumenten geprägt ist. Das, was nur mündlich überliefert wird, bleibt außen vor.«

»Ja.« Gerda schaut aus dem Fenster. »So is' halt. Wenn i die Kistn net g'funden hätt, dann war's grad so, als hätt's an nia geben.«

Die Studentin macht das Gerät aus und grinst mich an.

»Mark, hallo.«

»Ich hab dich doch schon mal wo gesehen. Du warst doch der bekiffte Gitarrist vom SPD-Kinderfasching.«

Ich bin mir nicht sicher, was sie meint, aber dementieren kann ich das nicht.

»Das ist ja eine nette Geschichte, hier mit diesem Hubert Dax.«

»Ja.«

»Frau Müller …«

»Gerda, hob i scho g'sagt.«

»Gerda meinte, du könntest mir die Tonbänder vorspielen?«

»Ja, also, das heißt, ein Gerät habe ich schon.«

»Super.«

Was soll's, na dann mal los damit. Als Erstes spiele ich »Auf Giesings Höhn«, eine Mischung von mehr oder weniger pessimistischen landschaftlichen und städtebaulichen Bildern. »Auf Giesings Höhn plagt mi der Föhn. So grau war's hier scho immer …« Warum Hubsi so verbittert geworden ist, weiß ich auch nicht genau. »… und wer jetzt auf ein ›Aber‹ wartet – des kimmt nimmer.« Dann weiter mit der Künstlerverspottung, dann zwei Lieder über die abwesende

Frau. Ich merke selber, wie ich die Reaktionen der Studentin studiere, so aufgeregt bin, als wäre es meine eigene Mucke, die ich ihr vorspiele, was sie ja einerseits auch ist, andererseits ist sie aber längst zu Hubsis Musik geworden. Hubsi, der Unironische, der keine Angst vor Klischees hat, der bereit ist, das Risiko zur Peinlichkeit zu tragen, zum Uncool-Sein, Hubsi, der mutiger ist als ich. Streitbar, angreifbar und ungehemmt. Und nur dadurch hat er die Chance, Menschen wirklich zu erreichen. Anders als ich. Hubsi, wie gerne wäre ich wie er.

»Das gefällt mir gut«, sagt sie. »Meinst du, du könntest mir das irgendwie überspielen, auf CD oder so? Dürfen wir das denn abspielen? Ich meine, zwischen den Gesprächsteilen wär das super.«

»Wega den Rechten, oder wie? Wer weiß, ob da Hubsi irgendwo noch a Verwandtschaft hat«, sagt Gerda. »Aber er tat si g'frein.«

»Ich kann das schon machen. Welche möchtest du denn?«

»Alles, was geht. Vielleicht noch ein paar von den Hörspielen. Damit wir noch eine andere Ebene reinbringen können.«

»Ja, ich werd mal sehen.«

»Gerda, machst mir auch noch einen Kaffee?«, fragt Jochen.

»Is grad aus. Aber i hol da oan ausm Lager.«

»Ich hab jetzt zusätzlich mal«, wendet er sich mir wieder zu, »zur angemessenen wirtschaftlichen Verwertung des Grundstücks recherchiert.«

»Was heißt denn das?«

»Also du kannst Leute eventuell rausklagen, wenn du nachweisen kannst, dass das Gebäude ohne Mieter über zwanzig Prozent mehr wert ist als mit. Aber wenn es dann später doch weiter vermietet wird, oder billiger verkauft, was ich vermute, dann gibt's Schadensersatz. Aber heftig.«

»Ja, aber dann ist es doch zu spät. Dann sind wir schon draußen.«

»Das schon. Aber wer weiß, ich werd mal auf sie zugehen. Ein bisschen bluffen. Ich sage ihnen, ich weiß, dass sie es billiger verkaufen, und dass ich sie dann verklage. Aua!«

Engel steht hinter Jochen und packt ihn am Genick.

»Hey, Momentchen«, sagt Jochen.

Momentchen. Nur Jochen bringt es fertig, als Reflex, ohne jede Bedenkzeit, so dummes Zeug zu reden.

»Jetzt«, sagt Nowak, »ist Schluss mit dem Wahnsinn. Was wollen Sie denn erreichen? Was soll das hier denn sein?«

Sie hat den Brief mit Jochens ausgeschnittenen Buchstaben in der Hand und wirkt zum ersten Mal überhaupt ein kleines bisschen unbeherrscht.

»Woher haben Sie die Kopien? Sind Sie irrsinnig? Wissen Sie überhaupt, was für Delikten Sie sich damit aussetzen? Da geht es nicht mehr um Mietstreitigkeiten, da geht es um Erpressung! Ist Ihnen das klar? Das ist ein schweres Vergehen!«

»Das da hab ich noch nie gesehen«, behauptet Jochen. Engel hat ihn immer noch am Hals gepackt. Nowak schaut ihn ausdruckslos an.

»Was denn?«, fragt Jochen frech. »Glauben Sie, wir haben Angst? Können Sie uns irgendwas beweisen?« Nowak seufzt und bedeutet Engel, Jochen loszulassen. Sofort schnellt Jochen herum und schlägt ihm mit der flachen Hand ins Gesicht. Er dreht sich wieder um und will weglaufen, kriegt aber von Engel einen Tritt in den Hintern, der ihn taumelnd in Richtung Tresen befördert. Wie wenn ein Pantomime eine Treppe hinunterzulaufen vorgibt, sackt Jochen mit jedem Schritt weiter in die Knie, bis er mit der Rübe an die Kante des Tresens knallt. Engel hält sich das Ohr und dreht sich zu mir. Ich hebe die Hände, nicht um einen Schlag abzuwehren, sondern um meine Friedfertigkeit zu zeigen, aber das kommt zu spät, schon hat er mir eine reingehauen, und es tut unsagbar weh. Aber die Bewegung sah komisch aus, so von oben nach unten, das ist doch kein normaler Winkel, um jemandem eine reinzuhauen. Deshalb hat er mich auch da getroffen, oberhalb des Auges, und jetzt schaut mich Engel verblüfft an, als solle ich ihm sagen, wie es jetzt weitergeht. Schulbuchmäßig hat der es wirklich nicht drauf, das Prügeln. Wahrscheinlich hat er seinen Lebenslauf gerade ergänzt: erste praktische Erfahrungen mit Arschtreten und Auf-die-Zwölf-Hauen gemacht. Nowak schaut von einem zum anderen: Jochen, wie er vor dem Tresen kniet, Engel, der sich sein Ohr hält, und ich, der ich wahrscheinlich sehr verdattert dreinschaue. Sie runzelt skeptisch die Stirn, als wäre dieses traurige Bild nur ein weiterer Beleg dafür, dass sie tagein, tagaus von Vollidioten umgeben ist. Wahrscheinlich ist es auch so.

»Angemessene wirtschaftliche Verwertung«, keucht Jochen, »da werde ich mit meinem Anwalt ansetzen, die wird nicht gewährleistet.«

Nowak mustert ihn kurz.

»Um das noch kurz zu Ende zu bringen«, ignoriert sie Jochens Argument, »sind Parteispenden nichts Illegales und müssen angegeben werden, was Herr Brennsteiner selbstverständlich auch getan hat.«

Sie verlässt die Kneipe, Engel hinterher.

»Jochen, was zur Hölle war das denn?«

»Wie, was war das? Hättest mir ja auch mal helfen können.«

»Wieso hast du das gemacht?«

»Schon mal was von Überraschungseffekt gehört?«

»Überraschungseffekt?«

»Ja, zuerst zuschlagen, bevor der andere es macht.«

»Mit der flachen Hand? Einen Hundertzwanzig-Kilo-Typen? Jochen, der hätte nie irgendwas gemacht. Der ist nur dazu da, böse auszusehen. Der soll mit seinen Muskeln einfach 'ne Art Metapher sein: für Überlegenheit.«

»Metapher. Jetzt redest du aber Scheiß.«

»Nein, du redest Scheiß! Ich mein, hier, der ganze Mist, das ist doch, idiotisch ist das!«

»Mark, wir müssen jetzt, gerade jetzt, zusammenhalten. Das bedeutet noch gar nichts.«

Aber ich habe die Form verloren. Jeder Jazzmusiker kennt das Gefühl, wenn er sich in der Form verliert und nicht mehr weiß, in welchem Teil des Songs die Band sich gerade befindet. Dem Drummer ist es noch verhältnismäßig egal, obwohl er wahrscheinlich der Einzige ist, der genau weiß, wer wo ist. Pianist und Saxophonist tauschen Blicke aus, und einer muss es bestimmen. Ich war aber nie der Bestimmer, und hier bin ich, verloren in einer Abfolge von Klängen, Harmonien, Akzenten, Stimmungen, und gerade wenn ich verzweifelt nach einem Moment greifen will, ist er schon wieder weg. Immer hinterher, immer hinter dem Beat, aber nicht groovig und laid back, sondern zittrig, nervös, unruhig, ängstlich.

»Was ist denn mit dir passiert?«

»Hab mir eine gefangen. Dabei hab ich gar nichts gemacht. Nur gezuckt, als so'n Kerl den Jochen getreten hat.«

»Dafür kriegst du kein Mitleid. Hättest schon lang nicht mehr dabei sein sollen, bei Jochens Mist. Geht das bei dir da nicht rein.« Sie drückt mir den Daumen auf das Ei auf meiner Stirn.

»Aaau.«

»Geschieht dir recht. Und Jochen, wenn der kommt, dem tret ich so was von in den Arsch.«

Ich seufze, lege mich auf das Sofa und mache das Radio an. Hubsis Beitrag läuft gleich.

»Da.«

Etwas Angenehmes auf meiner Stirn, ein in Stoff gewickelter Kühlakku. Ida setzt sich neben mich.

»Danke.«

Der Beitrag ist nicht schlecht. Die Studentin beschreibt Gerdas Kneipe und Hubsis Fotografie in nostalgischen Worten, den Ortswechsel in meine Wohnung erwähnt sie nicht. Zwischen Gerdas Gesprächsfetzen und den Beschreibungen über Hubsis Leben, die aus Idas Artikel stammen, spielen sie fast alle Lieder, die ich überspielt habe, »Auf Giesings Höhen«, »Warum auch nicht« und ein paar andere. Das Einzige, was mir Sorgen macht, ist, dass man bei dem Sketch, den sie abschließend spielen, Gerdas Stimme erkennen könnte, höher als im ruhigen Sprechen zwar, aber mit dem unverkennbaren Rost in der Kehle.

Dann, verblüffend und irritierend, O-Töne von Leuten, die von ihren Erinnerungen an Hubsi erzählen und dabei vollkommen ernsthaft klingen.

»Hubsi … Hubsi …, so a Hallodri. In jeder Kneipe an Deckel, von am jeden gegrüßt, immer an flotten Spruch auf den Lippen. Und die Fraun, ja, die ham sich um ihn g'rissen …«

»Ein Grantler war des. Gehinkt hat er. Verletzt im Krieg. Ich weiß noch, wo ich klein war, da haben wir Kinder ihm immer hinterhergerufen: ›Hubsi Dax, krummer Hax!‹ Aber wehe, der hat einen erwischt …«

»Ein ganz zurückgezogener Mensch, ganz schüchtern, aber man hat gleich gemerkt, das ist ein Künstler, so ganz ein Empfindsamer war das, der hat ganz sanft geschaut immer, aber auf eine Weise geschaut, dass du gemerkt hast: Der versucht die ganze Welt zu verstehen. Aber mit dem, was er hier sieht. Damit versucht er das. Verstehen Sie das? Verstehen Sie, was ich meine?«

»Ja, die Lieder, die waren ganz lustig, sicher, aber angeeckt ist er – kein Wunder bei den Ansichten, ein Linker war das, ein Kommunist war das ... Sind Sie ganz sicher, dass der Hubsi hieß? Ich glaub doch, Rupert hat der geheißen ...«

»Des war noch oana. A Traditionalist. Echte Wirtshauskultur. Unverfälscht. Wenn man sich oschaugt, was da heutzutage ... geh. Der hat sich an Mund net verbieten lassen. Der hat sich net verbiegen lassen. A echtes Original war des, a echtes Original ...«

Vielleicht ist es der Wunsch nach Tradition, der die Leute sich einbilden lässt, dass sie Hubsi gekannt haben, vielleicht gibt es auch echte Anknüpfungspunkte, Nachstandler in der Tram und den Wirtshäusern, vergleichbare Sänger oder Musiker, die mit Ziehharmonika umherstreunten, ähnliche Randfiguren im Viertel – wahrscheinlich gibt Hubsi Dax den verschiedenen Erinnerungen einen Namen. Die Leute versuchen, Dinge in Zusammenhang zu bringen, zeitlich, logisch, emotional, schauen nicht, wo eine Geschichte keinen Sinn macht oder was an ihr unwahrscheinlich ist, sondern bilden sich selbst ein Netz von Erklärungen, Verbindungen, Gründen.

Jochen kommt rein und wird von Ida eisig fixiert.

»Komm schon, Ida, tut mir ja leid, das alles. Ich wünschte, es wär nicht passiert.«

»Mir brauchst du das nicht sagen. Meine Stirn hat ihre normale Wölbung. Was für ein Plan war das überhaupt?«

»Brennsteiner hatte an Feininger gespendet, und da hatte ich, also wir, also ich, eine Kopie …«

»Du weißt aber schon, dass Parteispenden vollkommen legal sind, oder? Die müssen sogar öffentlich gemacht werden.«

»Ja, aber ich dachte, wenn man das so kommuniziert, also dass der eben nicht will, dass die Leute das wissen …«

»Ihr seid echt zwei Trottel.«

Sie steht auf und geht an ihre Schreibtischschublade.

»Hier. Lokalzeitung, vor einem guten Jahr.«

Auf dem Bild, bei irgendeiner Veranstaltung, Brennsteiner, wie er einen riesigen Scheck an Feininger übergibt. Beide grinsen in die Kamera.

»Ida, du hast doch selber gesagt, die Parteispende …«

»Ja, aber ich hab auch gesagt, man bräuchte ein Dokument, das einen eindeutigen Zusammenhang von Spende und Gegenleistung herstellt.«

»Jochen?«

»Du, Mark, das hab ich nicht, also …«

»Mann, Jochen, wenigstens ein bisschen Recherche hättest du ja machen können. Ich mein, dieser ganze Unternehmenskram, das ist doch immerhin deine sogenannte Expertise. Ich hab jedenfalls die Schnauze voll.«

»Also ich glaub, ich geh dann mal eine Runde Rad fahren, wir müssen uns alle erst mal wieder beruhigen.«

»Ich bin ruhig. Ich hab die Schnauze voll und bin ruhig. Ich kann das gleichzeitig.«

Vielleicht hat er doch ein schlechtes Gewissen, er geht nämlich gleich wieder, ohne erst noch die Funktionswäsche anzuziehen. Und ich habe später einen Auftritt bei einer Zwischennutzung, die Sylke mit ein paar Leuten in einem Innenhof organisiert. Normalität tut gut.

Was auch guttut, ist die kühle Luft im Bus. Feierabend, die Leute sitzen auf ihren Plätzen, ohne zwanghaft ihre Füße anzuschauen.

»Ham's an Auftritt?«, fragt ein Sandler mich und mustert meine Gitarre.

»Ja, genau.«

»Net schlecht. San's also a Berufsmusiker?«

»Ja. Wir spielen ein Hinterhofkonzert, um neun.«

»Wo is des? Wie weit müssen's jetzt?«

»Ähm, noch ein oder zwei Stationen. Bis Giesing, Silberhornstraße.«

Der Sandler lacht los und dreht sich zu den anderen Fahrgästen.

»Habt's des g'hört? Nach Giesing mag er. Giiiiiiiieeeeeesing.«

Verdutzte Miene, ich grinse verlegen, der Sandler klopft mir gönnerhaft auf die Schulter.

»Des hoaßt Giasing!«

Er steigt aus und mich überrollt, wuchtig und ungnädig, ein erbärmliches Gefühl existenzieller Verzweiflung. Es ist klar, ich gehöre hier nicht hin, auf eine kumpelige Art ausgegrenzt, die Betonung des Wortes Giesing unterscheidet zwischen echten Stadtteilbewohnern und unechten. Ich bin ein unechter, eine Fälschung, mein Einsatz für das Arbeiterviertel ist eine Anmaßung, ein Übergriff. Und Hubsi ist ein echter, in seiner Nachbarschaft verwurzelt, eine Legende der Nachkriegszeit, seine Texte ehrlich und ohne Ironie, darin die Möglichkeit von Verständigung. Ich gehöre hier nicht hin, im Gegensatz zu Ida, die mit ihren italienischen Wurzeln münchnerischer ist als die meisten anderen in dieser Stadt. Hier bin ich, kein Bayer und kein Berliner, Musiker auch nur so ein bisschen. Akademiker nicht so richtig, lebe versteckt hinter Schichten von Ironien. »Straftäter werden identifiziert«, steht in dem Bus auf einem Schild zur Videoüberwachung, und das wirkt jetzt auf mich wie eine Verheißung, und ich denke darüber nach, eine Straftat zu begehen, um diese phänomenale Dienstleistung in Anspruch zu nehmen.

»Hast oane betoniert kriagt?«, fragt Sylke mich zur Begrüßung und lacht. »Ham's da oana affstricha?«

Ich winke ab.

Ein Innenhof mit rauem Charme: Reste einer kleinen Tankstelle, Werkstätten, längst zu Ateliers geworden, und jetzt, bevor alles abgerissen wird und Wohnungen gebaut werden, gibt es noch mal ein kleines Kulturfestival. Graffiti an den Wänden, Bierbänke, ein Kickertisch, eine improvisierte Theke. Dass so viele Leute gekommen sind, zeigt, wie sehr sie sich nach Orten wie diesem sehnen. »In anderen Städten gibt es so was in jedem Viertel«, sagt jemand, »und zwar dauerhaft, nicht immer nur als Zwischennutzung.«

Kevin und ich spielen, alles ist gut, bis auf einen Mann an einem Tisch in Bühnennähe, der mit den Liedern mitzuckt, im Sitzen, aber am ganzen Körper, besonders bei den Latinsachen. Dazu der versonnene Blick, einerseits beneidenswerte Vertiefung, andererseits ein Nach-außen-Kehren der Gefühle, das mich schaudern macht. Ich bin neidisch. Bevor ich studiert hatte, war für mich Musik auch unbeschwert und ohne Scham genießbar. Dann wieder sträube ich mich gegen diese tiefe Bewegtheit. Wenn ein trauriges Lied gespielt wird, und die Leute schwelgen in melancholischer Stimmung und singen sogar mit, etwas wie »All we are is dust in the wind«, dann kann ein Teil von mir mitfühlen, aber ein anderer Teil von mir will dazutreten und sagen: »Ja, ihr vielleicht.«

22

Nowak trifft mich unten an der Stelle, wo eigentlich die Eingangstür sein sollte. Sie trägt ein Kostüm, also im Sinne von Blazer und Rock, nicht Piratin, Hexe, Schneewittchen. Engel hingegen dieses Mal in Lederjacke, Trainingshose und einer Mütze, auf der »Pain« steht. Warum jemand das französische Wort für Brot auf seiner Mütze gestickt tragen sollte, weiß ich nicht. Aber meine Sorge gilt natürlich seiner Trainingshose. Jemand, der eitel genug ist, um sinnlos Muskeln aufzublasen, und jeden Abend Kurzurlaub im Solarium macht, muss so eine Hose aus praktischen Überlegungen tragen. Wahrscheinlich muss es ein elastischer Stoff sein, damit er Leuten an den Kopf treten kann. Das geht eben nicht mit einer gut sitzenden Jeans, das würde im Schritt bestimmt zwicken und auf lange Sicht die Potenz gefährden, die Aussicht aufs Spiel setzen, weitere kleine Schränke in die Welt zu setzen, oder Kommoden. Vorsichtig betaste ich das Ei auf meiner Stirn, es tut immer noch weh. Wieso ich in letzter Zeit immer in solche Situationen gerate … Mein Leben kommt mir wie ein ungenießbares Gericht vor, das mir der Kellner mit der beiläufigen Frage »Das Übliche, oder?« hingestellt hat, noch bevor ich einwenden konnte, dass ich hier noch nie war und sowieso keiner von denen bin, die immer dasselbe bestellen.

»Das ist schon ein komischer Zufall, mit diesem Hubert Dax«, sagt Nowak kühl und druckvoll, aber ohne jegliche

Sprachmelodie. In der Schule hat sie bestimmt zu den ganz Exakten gehört.

»Ja, nicht wahr?«

»Das frag ich mich auch.«

Und bevor ich die beiden Sätze in Zusammenhang bringen kann, redet sie weiter.

»Wie auch immer. Herr Brennsteiner hat sich zu einem letzten Versuch entschlossen, die Sache im Guten zu regeln. Sie können sich das ja einmal durch den Kopf gehen lassen. Sie scheinen mir ja noch der Vernünftigste zu sein.«

»Danke.«

»Nur in Relation. Das ist kein Kompliment. Dass ich mich da klar ausdrücke. Nun aber alles Gute. Ich hoffe wirklich von ganzem Herzen, dass wir uns nie wieder sehen.«

Sie drückt mir einen Umschlag in die Hand, dann wendet sich das seltsame Duo um und geht. Meiner Meinung nach müssten sie ihr Profil schärfen. Sich stärker für ein Image entscheiden, eine Art Corporate Identity. Ich könnte ihnen beratend zur Seite stehen. Entweder Trainingshose oder Anzug. Entweder bedrohlich oder kooperativ. Nicht mal so, mal so. Ich gehe die Treppen hoch, die Stufen begleiten meine Schritte mit einem spröden lakonischen Beat.

»Jochen.«

»Ah, Mark. Hast du auch schon von Brennsteiner gehört?«

»Wegen dem hier?«

»Kein schlechtes Angebot, oder? Für das Geld musst du ganz schön viele Gitarrenstunden halten, oder?«

»Ich hab es mir noch nicht angeschaut.«

»Siehst du, die Summe hab ich rausgeholt. So viel zu deinem ständigen Herumkritisieren.«

»Du? Ich denke eher, das hat vielleicht mit dem Ei auf meiner Stirn zu tun, meinst du nicht auch? Anstatt mit deinem komischen, was war das gleich: angemessene Verwertung …«

»Tut mir leid, wenn ich das so sage, aber als Unternehmensberater bin ich doch in manchen Dingen schlichtweg qualifizierter als du. Ein harter Verhandler. Weißt du, ich bin ein Typ, der polarisiert. Entweder man mag mich, oder ich bin einem egal.«

»Das ist dann aber kein richtiges Polarisieren.«

»Ach, Mark, das tut doch gar nichts zur Sache. Reiß dich mal zusammen. Immer musst du auf Details rumreiten. Der Fokus, das ist dein Problem. Fakt ist, ich hab das Angebot rausgeschlagen. Na ja«, wird er gönnerhaft, »vielleicht hast du auch dazu beigetragen. Wir beide. Schau, Mark, das ist doch das Vernünftigste, wenn wir die Abfindung jetzt annehmen.«

»Woher kommt das denn jetzt plötzlich? Dann war das ja alles umsonst.«

»Na, umsonst doch nicht. Immerhin haben wir das Angebot dadurch überhaupt erst bekommen.«

»Ich weiß nicht, Jochen. Irgendwie muss man doch auch mal was so richtig durchziehen.«

»Du hast es ja durchgezogen. Hat ja geklappt. Aber jetzt können wir uns den ganzen Aufwand vergolden lassen. Da fühlt man sich dann auch besser.«

»Schlechter, ich würde mich schlechter fühlen. Nicht nur so, als wenn man einfach verloren hätte, sondern als wenn man sich dem Druck beugt und sich dann auch noch auszahlen lässt. Kaufen.«

»Du meinst das mit den Nudeln. Tatsächlich. Die Nudelmetapher hat wohl wirklich gezogen bei dir.«

»Das hat jetzt nichts mit den Nudeln zu tun. Das ist nur so ein Gefühl.«

»Mark, du musst auch mal vernünftig sein.«

»Sagst ausgerechnet du, oder was?«

»Ja, man muss auch mal was einsehen. Wir haben ein gutes Spiel geliefert. Ich mein«, sagt er, sein Tonfall ein Einschwören auf Freundschaft und Männlichkeit und all die traurigen Selbsttäuschungen, die daran hängen, »wir haben wirklich zusammengehalten. Sogar in der Schlägerei.«

»Schlägerei? Jochen, das war keine Schlägerei. Du hast 'nen Arschtritt bekommen und ich 'ne Faust auf die Stirn. Und da hätte ich gerne drauf verzichtet.«

»Lass es dir mal durch den Kopf gehen. Schau's dir halt erst mal an. Dann können wir ja noch mal drüber reden.«

In die Wohnung, auf die Couch, in die Anlage ein Mottosong. »It Ain't Necessarily So.« Auch wenn es eine Instrumentalversion ist, kommt mir der Text in den Sinn. »The things that you're liable, to read in the bible, it ain't necessarily so.« Glaub nicht alles, was behauptet wird. Es muss nicht unbedingt so sein. Die Dinge, die alle für vernünftig halten, müssen es nicht zwingend sein. Muss man sich der Marktlogik unterwerfen? Nicht notwendigerweise. Der Umschlag in meiner Hand: Am liebsten würde ich ihn gar nicht erst aufmachen. Wenn ich ihn aufmache, lasse ich die Summe raus, und die steht dann ewig im Raum.

23

Ich hätte wissen müssen, dass ich Gerard nicht mit hätte dranlassen dürfen. Zu groß ist sein Geltungsbedürfnis und sein Drang, den Geist der Menschen durch komplexe Musik zu weiten. Natürlich hat er es geschafft, seine Innovationen in die Lieder zu schummeln. Und jetzt hänge ich am Telefon, weil Gerda mit einigem Recht darauf verwiesen hat, die musikalischen Dinge hätte ich zu verantworten. Ein Musikwissenschaftler, der über Jazz in Deutschland forscht. Ob Hubsi Kontakt nach Amerika hatte, will er wissen, er hat eindeutige Blues-Einflüsse in seinen Liedern ausgemacht, an manchen Stellen wurden seiner Meinung nach die melodischen und harmonischen Kompositionen sogar von den Bebop-Innovationen beeinflusst.

»Ja«, sage ich, »also bei dem, was man über ihn weiß …, ist es so, dass er oft auf Reisen gegangen ist. Es gibt ziemlich viele Postkarten, Notizen und Bücher von allen möglichen Orten. Ist natürlich aber schwer nachzuverfolgen, wann er wirklich wo war. Da müssten Sie sich wohl an die Musik selbst halten, um das rauszufinden.«

Mir fällt ein, was mein Professor an der Uni immer gesagt hat, man kann nur *outside* spielen, wenn man weiß, was *inside* ist. Man kann nur abstrahieren, wenn man weiß, wovon. Aber wovon abstrahiere ich? Wo ist mein Ort *inside*, von dem ich ausgehen kann? Der Typ bedankt sich und legt auf. Arbeit macht er, der Hubsi. Inzwischen spielen sie seine Lieder manchmal im Studentenradio M94,5, wahrscheinlich als ironischen Scherz. Aber vielleicht mögen sie die Lieder sogar, eine kleine Sehnsucht nach Echtheit, dann wäre das nicht so richtig ironisch, sondern nur als Schutzhaltung. Richtig ironisch ist, wenn du in die Isar pisst und dabei Bier trinkst und einen Ohrwurm von »Circle of Life« hast. Selbst hatte ich nie ein Lied im Radio laufen, auch nicht von dem ersten Album, das sich eigentlich gut verkauft hat, und meine Eifersucht auf Hubsi wächst und wächst. Auf die Zeit, die er erlebt hat, dass er sich die Nächte in den frühen Nachkriegsbars und Stripclubs um die Ohren geschlagen hat, in denen Jazz in München entstanden ist … hab ich doch irgendwo einen Bildband drüber, ah ja, genau, »Sündiges München«. Vielleicht kann man ja passende Fotos machen, Hubsi selbst kriegt man wohl nicht ins Bild, aber einfach Fotos von einer Jazzband, versehen mit Notizen … das ist gut, ich muss telefonieren.

»Hey Inder. Hast du dich im Radio gehört?«

»Ah. Der Mark. Servus. Ja, hehe, des hob i g'hört. Grad schad is, dass i des net verzählen ko.«

»Ja, geht's dir auch so? Find ich auch. Bist du jetzt aus dem Krankenhaus wieder raus?«

»Ja. Entlassen ham's mi. Meine erste Entlassung. Muss man ois amal mitmachen. Aber Mark, is eh guat, dass du anrufst. I hob was Feines gefunden. A Kinarri.«

»Was soll das sein?«

»Des is oane von die frühasten Kameras zum in der Hand halten. Zum Kurbeln. I hob sogar Filme. Also wennst a Idee hast …«

Ein Hubsi-Film, das hätte gerade noch gefehlt.

»Na, ich weiß nicht. Irgendwann reicht's dann auch. Hast du vielleicht 'nen Fotoapparat? So Nachkriegszeit? Da hatte ich jetzt eher dran gedacht.«

»Ha. Da hob i an Haffa Klump. Muss nur an Film raussucha.«

»Und hast du ganz zufällig eine amerikanische Uniform? Auch so Nachkriegszeit?«

»Des hätt i bestimmt a. Aber was magst denn damit machen?«

»Nur ein paar Ergänzungen. Eine letzte Fälscherrunde, sozusagen.«

»Hehe. Derf i da a wieder mitmachen?«

»Ja, wahrscheinlich musst du das sogar.«

»Hehe. Also guat, kimmst vorbei, oder? Woaßt ja, wost mi findst.«

»Jepp.«

Mein Buch mit den neuen Sketchen und Liedertexten, das brauch ich. Außerdem muss ich Nat und Gerard anrufen. Wo ist das Buch? Ich hatte es doch hier irgendwo.

»Wenn du dein Buch suchst, das liegt im Schlafzimmer«, sagt Ida von der Couch. Ida von der Couch klingt gut, wie Mork vom Ork oder Schlupp vom grünen Stern.

»Ah, danke.«

»Was hast du denn schon wieder vor?«

»Wir wollen noch was mit Hubsi machen. In Sachen Jazz diesmal.«

Ida seufzt.

»Findest du nicht, es ist langsam gut?«

»Ja, hast recht, nur das eine noch, wir haben eine Uniform und einen Fotoapparat …«

»Was ist das nur mit diesem Hubsi? Du hast jetzt in zwei Wochen mehr für Hubsi geschrieben und produziert, als du in den letzten fünf Jahren für deine eigenen Projekte gemacht hast. Für deine Progressive-Rock-Sachen, für dein Projekt mit Jazzcovern von Neunziger-Jahre-

Dancefloor-Hits, für die Rockversionen von Dreißiger-Jahre-Chansons und vor allem für euer zweites Album. Hast du da überhaupt schon einen einzigen Song für geschrieben?«

»Schon gut, schon gut. Aber jetzt hab ich eben ein Ziel. Für unsere Wohnung.«

Ein Eins-a-Selbstbetrug, so was schnüffelt Ida sofort raus. Was bei mir gerade noch ein vages Gefühl ist, wird sie gleich auf den Punkt bringen.

»Du machst das doch nicht für die Wohnung. Weißt du, was ich glaube? Mit Hubsi hast du ein Projekt, bei dem das Resultat, das Scheitern oder der Erfolg, nicht mit dir verbunden ist. Deshalb steigerst du dich auch so rein. Weil es dir sonst so schwerfällt, irgendwas direkt anzugehen.«

»Ja gut, schon möglich, aber gleichzeitig …«

»Weißt du, was ich wirklich nicht verstehe? Warum du nicht einfach mal mit etwas Einfachem zufrieden sein kannst. Mit einem schönen Lied, dass du schön spielst, die Leute freuen sich und du auch. So simpel.«

»Weil mein Zeug nicht gut genug dafür ist. Warum kommt immer jeder an und will, das ich mehr draus mache? Ich check's einfach nicht.«

»Weil jeder merkt, dass du nicht alles reinlegst, deshalb. Was willst du? Dass du was machst, das nicht beliebig ist und gleichzeitig von jedem gefeiert wird, also perfekt ist?«

Und beschämt muss ich mir eingestehen, dass es genau das ist, was ich will, ein kindischer, peinlicher, unerfüllbarer Wunsch nach restloser Anerkennung.

»Ich mein, Mark, wann warst du das letzte Mal richtig glücklich?«

Schlaglichthafte Bilder von einem Urlaub an der Ostsee mit Ida und Maja, nichts zu tun, das Hochgefühl, wenn mir eine Akkordfolge einfällt, die ich sofort notieren muss, Erinnerung an eine voll besetzte Halle, die nach Zugabe ruft …

»Na jetzt, wo Hubsi im Radio läuft und so …«

»Mark, sei mir bitte nicht böse, aber das ist doch vollkommen provinziell. Stadtteilzeitung, Studentenradio … und die Wohnungsangebote, die ich rausgesucht habe, hast du immer noch nicht auch nur eines Blickes gewürdigt. Wir müssten jetzt wirklich mal anfangen, Wohnungen anzuschauen. Sortieren, anrufen, ins Auto steigen, hinfahren, drüber nachdenken, entscheiden. Realität. Verstehst du?«

»Werden wir machen.«

Ich beuge mich zu ihr und küsse sie. Werden wir machen, aber erst muss ich mich um Hubsi kümmern, seine Karriere ist jetzt höchst dringlich, sie ist ja schon längst vorbei, so dringend ist das. So wie wenn man jemanden fragt »Bis wann brauchst du das?«, und er sagt: »Bis gestern.« Erst jetzt verstehe ich, dass es Situationen gibt, in denen man wirklich etwas bis gestern braucht, oder wie hier, bis vor sechzig Jahren. Also Nat anrufen und Gerard, Nat hat Zeit und kommt, bei Gerard nimmt niemand ab, was nichts heißen muss, wahrscheinlich läuft nur Ornette Coleman oder anderer Freejazz auf voller Lautstärke. Die Treppe runter, das Ufer entlang, über die Brücke, in den Innenhof, eine andere Treppe rauf. Und was durch die Holztür dringt, in voller Lautstärke, in all seiner Schönheit, Glattheit, Sanftheit, Wärme, Ausgelutschtheit, Belanglosigkeit, ist Norah Jones. Ich klingle. Dann noch mal. Noch mal. Gerard macht auf.

»Hey Mark.«

»Norah Jones, Gerard? Wirklich?«

»Ich hab nur …« Er bricht ab, seine Miene verfestigt sich. »Ja, Norah Jones. Das ist zwar nicht großartig verstiegen, aber gut gemacht, und die Stimme …«

»Norah Jones.« Ich schüttele den Kopf.

»Was denn? Das ist simpler, guter Jazz.«

»Jazz, bist du verrückt? Das ist simpler, schlechter Pop. Norah Jones.«

»Überhaupt, was willst du denn?«, sagt Gerard defensiv. Er fühlt sich ertappt.

»Du musst mitkommen. Mit dem Saxofon. Ich will ein Foto von dir machen, als GI in 'nem Jazzclub. Mit dem hat Hubsi ein Lied aufgenommen, mit Ziehharmonika und Sax, das machen wir später. Nat kommt auch, gibt dann die Sängerin.«

»Nat kann doch überhaupt nicht singen. Kein Stück.«

»Oh ja, das wird man natürlich sofort hören. Auf dem Foto.«

»Ich finde schon, eine Sängerin auf einem Foto sollte auch singen können.«

»Also was ist jetzt, kommst du?«

Seine Bebop-Eskapaden haben uns das ja überhaupt erst eingebrockt.

»Na gut.«

Da steht er also, ein Franzose mit senegalesischem Vater und schwedischer Mutter, der einen schwarzen amerikanischen GI spielt, mit dem Hubsi persönlich befreundet war. Steht da und flucht, während er sein Hemd zuknöpft.

»Lass doch a Stückal auf«, sagt der Inder.

»Ganz bestimmt nicht. Ist schon genug Klischee, so als GI, amerikanischer auch noch.«

Er knöpft das Hemd bis ganz oben hin zu. Nat lacht sich schlapp, obwohl sie selbst in einem unförmigen Kleid steckt. Der Inder setzt sich daneben.

»Dreh den Kopf ein bisschen weg. Sonst sieht man, dass du nicht der Typ vom Foto bist. Das Alter kommt auch nicht hin.«

»Schaug i zu jung aus, ha? Hehe.«

»Ja, wenn dir das so am liebsten ist, meinetwegen. Also, los bitte.«

Gerard legt los und spielt abgefahrene, wirre Tonleitern, ein flirrendes Gerüst, es würde richtig gut klingen, wenn nicht Nat dazu singen würde, das heißt, nicht richtig singen, eher heulende Laute von sich geben. »Wuuuhuuuuuuuu.« Der Inder bearbeitet die Ziehharmonika, es klingt ziemlich asthmatisch, und ich versuche, möglichst wenig von seinen Fingern am Instrument auf den Bildausschnitt zu bekommen, denn seine Haltung kann so nicht richtig sein.

»Ja, Freejazz.«

»War ja klar, dass du wieder so was sagst«, meint Gerard natürlich, »das war überhaupt nicht frei, das war harmonisch und melodisch …«

»Aber von uns war es frei«, zieht ihn Nat auf, »wenn du einmal auf jemand anderes als dich selbst hören würdest …«

»Ha, als Sängerin taugst du gar nichts. Zieh dich besser aus. Brauchen wir nicht noch eine nackte Frau?«

»Wieso?«

»Wir sind doch in einer Stripbar?«

»Hier.«

Ich zeige ihnen das Buch über das sündige München.

»Unmöglich«, sagt Nat, »das«, sie zeigt auf eine Dame in dem Buch, »kann ich mir so schnell nicht wachsen lassen.«

24

Es ist Freitagabend, das letze Ferienwochenende und die Regionalliga-Mannschaft der Löwen spielt gegen Illertissen. Im Stadion herrscht Ausflugsstimmung, die Erwartungen der Leute sind nicht wirklich hoch. Mit einer Ausnahme vielleicht, nämlich Jochen, der nervös im Stadionheft herumblättert und irgendwas von den Stärken und Schwächen verschiedener Nachwuchsspieler daherredet.

»Passt's auf«, sagt er, »gleich.« Und jetzt, wo die Mannschaften auf das Feld laufen, spielen sie tatsächlich »Auf Giesings Höhen«, und während ich die bizarre Situation genieße, dass die von Magenturbulenzen geschwächte Stimme des Inders aus den Boxen dröhnt, schaut mich Maja vorwurfsvoll an, geschürzte Lippe, Grenzverletzung. Jochen kennt Leute von einem Fanclub, über die er der Stadionregie das Lied zugespielt hat. Aber es ist nicht zu befürchten, dass es eine Kulthymne wird, die Leute beachten es nicht besonders, nur auf den Stehplätzen klatschen ein paar im Takt mit.

»Die anderen Lieder waren besser«, sagt Maja, der jegliche Änderung ihres Stadionrituals missfällt. Sie hat aber schon wieder den Blick auf Wichtigeres gerichtet, gerade wurde angepfiffen.

Ein neuer Morgen. Ich will der Volkshochschule einen Vortrag anbieten: »Nasreddin Hubsi. Über den Einfluss mündlicher orientalischer Tradition auf den Giesinger

Künstler Hubert Dax.« Die Türklingel geht, und einen Moment lang habe ich die irrationale Angst, Hubsi selbst stünde vor der Tür. Aber es ist nur der Professor, ganz allein, mit einem Karton.

»Ach, guten Tag, Herr Seibert.«

»Hallo.« Er stellt die Kiste auf dem Küchentisch ab.

»Hallo Maja. Was malst du denn da?«

»Das ist ein Haus. So ein ähnliches wie unseres. Und das sind die Leute, die da drin wohnen.«

»Sind wir da auch dabei?«

»Nein. Das ist ein anderes Haus.«

»Was ist denn das für ein großer Mann?«

»Das da ist ein Pappenheimer. Er ist aus Pappe. Deshalb hat er nur zwei Seiten und ist draufgeklebt. Aber er hat es noch besser als die anderen. Die haben nur eine Seite, weil sie auf das Papier gemalt sind.«

»Aha.«

»Ich wollte Ihnen nur mal die handschriftlichen Dinge zeigen. Bevor ich sie der Gerda, äh, der Frau … also Gerda gebe, damit sie sie zum Rest tun kann, wissen Sie, zu den Texten aus der Schreibmaschine. Ich habe versucht, eine Art unsaubere altdeutsche Handschrift zu verwenden.«

»Sind das alles Postkarten?«

»Nein, das wäre wegen der Stempel kompliziert geworden. Das sind einfach alte Fotos. Ich habe hinten nur Ortsnamen und Jahreszahlen vermerkt.«

»Wie er dann unterwegs war, darüber können sich ja dann andere den Kopf zerbrechen.«

»So hatte ich mir das auch gedacht. Und hier, sehen Sie, auf die Jazzclub-Fotos habe ich kurze private Notizen geschrieben. Jake und Linda, '53.«

»Einfach private Erinnerungsfotos.«

»Genau. Ansonsten sind hier noch ein paar szenische Dialoge. Ich war mir allerdings nicht immer sicher, ob Dialekt oder Hochdeutsch besser wäre, für die Notizen.«

»Was steht hier, ›Du bist ma zvui …‹«

»›Aber deswegen noch lang net gnua‹, das hatten Sie doch selbst so geschrieben?« Wie der Professor das »gnuaaa« spricht, überpräzis, als erkläre er einem Kind etwas.

»Stimmt, stimmt. Und hier: ›Es dämmert schon, aber nicht mir, das liegt am Bier, das liegt am Bier.‹«

»Vielleicht nicht gerade eine Sternstunde der Lyrik.«

»Schuldig. Aber vielen Dank, das sieht alles wirklich gut aus.«

»Ach, ich danke. Es hat ja Spaß gemacht. Auf Wiedersehen.«

»Wiedersehen.«

»Ein Pappenheimer …«, murmelt er, während ich die Tür hinter ihm schließe.

Maja schaut skeptisch von ihrem Bild auf. Sie mag es nicht, wie Hubsi von den Leuten adoptiert wird. Dass ein falsches Lied in ihrem Stadion gespielt wird. Dass die Leute Quatsch reden und diskutieren. Ich hatte gehofft, dass sie sich mit seiner subversiven Seite identifizieren können, aber viele sind einfach nur dagegen, dass irgendetwas abgerissen werden soll, was schon lange da ist und wo jemand gewohnt hat, der ein Stadtteiloriginal war und die Identität des Viertels mitgetragen hat. Armer Hubsi, gegen seinen Willen geliebt von den Kulturkonservativen. Wenn ich wenigstens hehre Motive hätte, wenn es ein Hoax wäre, den ich geplant hätte, um das Verhältnis von Journalismus und Wahrheit oder Mythen und Tradition infrage zu stellen. Aber es wäre doch hart, mit so einer Medienkritik ausgerechnet bei Idas Stadtteilzeitung anzufangen.

Ich sollte in die Gänge kommen und etwas tun, aus dem Haus gehen, und sei es nur, um einzukaufen oder bei Kevin vorbeizuschauen, was ich im weitesten Sinne als geschäftlich verbuchen könnte. Aber unten vor der Tür stehen ein paar Leute vom Kulturverein Untergiesing und auch ein paar verstreute Punks, schwer zu sagen, ob ihr Rumlungern mit sporadischer politischer Äußerung eine Demo ist, aber wahrscheinlich schon. Es ist nur nicht so, dass große Eintracht herrscht, die einen sind für Tradition und Stadtteilidentität, die anderen für einen Querdenker und gegen ein kapitalistisches Wohnbauprojekt.

Und wegen dieser Leute habe ich keine Lust, rauszugehen und Satzfetzen darüber aufzuschnappen, wie sie Hubsi interpretieren und deuten und sich aneignen und mir wegnehmen. Aber es hilft nichts, essen muss der Mensch im Allgemeinen, und deshalb muss ich im Speziellen einkaufen gehen. Im Treppenhaus höre ich einen Punk eine Melodie aus »Cats« pfeifen, seltsam, vielleicht hat er einen Ohrwurm. Dagegen kann man nichts machen. Aber es gibt für alles eine Zeit und einen Ort. Und die Zeit für »Cats« ist später, und der Ort ist woanders.

»Hey«, sagt er und pfeift weiter.

»Hey.«

Draußen steht Ruppert von der Stadtteilzeitung in seiner ganzen deprimierenden Erscheinung und spricht mit einer Frau, die wohl so etwas wie die Initiatorin einer Aktion für den Schutz des Giesinger Kulturguts ist. Daneben der Opportunist Feininger mit selbstsicherer Miene, bestimmt denkt er, dass grobe Kenntnisse der aktuellen Bundesligatabelle ihn zum Unterschichtsinsider machen. Obwohl eine ganze Traube von Leuten dasteht, sieht man ihn, er sticht einfach raus, so wie wenn zehn Leute »Servus« sagen und einer sagt »Tschüssikowski«. Er steht für den nächsten O-Ton bereit, ja, sagt Feininger, er werde sich natürlich dafür einsetzen, dass die Geschichte des Hauses, so weit das möglich sei, in die Neugestaltung eingegliedert werden solle.

25

Mein Schüler kommt rein. Schon wegen der Art, in der er mich gut gelaunt grüßt, hoffe ich, dass er geübt hat. Erstes Stück, keine Noten? Er kann es auswendig, sagt er. Wollen wir mal sehen. Es spielt es wirklich gut, führt die melodischen Bögen aus, spielt die Motive ähnlich, zwar noch holprig an den Übergängen, aber wirklich gut. Und so was passiert eben auch manchmal, dass es aufbricht und ein Schüler anfängt, eine eigene musikalische Idee zu verfolgen, eine eigene Ausdrucksweise zu entwickeln. Ich weiß nicht, ob ich damit etwas zu tun hatte, vielleicht ist er auch wirklich einer von den ganz wenigen Autodidakten, die sich das ziehen, was sie brauchen, die Aufnahmen hören und die Töne nachfriemeln, die sich in zwei Takte reinbeißen können, bis sie sitzen. Auf jeden Fall macht er mir Freude.

»Respekt«, sage ich, und er lächelt verlegen. »Bist du mal zum Üben gekommen, endlich?«

»Ja, in der Schule war nicht so viel los.«

»Gibt's 'nen besonderen Grund, außerdem? Hast du angefangen, Hendrix zu hören?«

»Nee. Das hört meine Mum immer. Ich wollte das einfach nur endlich können.«

»Na, Grund genug.«

Ja, Grund genug, aber jetzt ist er über die Schwelle und das wird er noch verfluchen. Ab jetzt wird die Arbeit richtig hart, jetzt geht es ins Detail, bald muss er seine Technik noch mal neu aufstellen. Aber er wird es machen. Bald wird sein Gehör aufgehen, es wird toll, es wird ihn faszinieren, und er wird hören können, was seine Idole so gut machen. Er wird auch hören, was er selbst schlecht macht, er wird hören, wenn er aus dem Takt ist, wenn er unsauber greift, wenn eine Phrase ins Leere läuft, wenn die Dynamik verloren geht, er wird daran verzweifeln, es wird fürchterlich. Aber die Chancen stehen gut, dass er es durchzieht, und erst mal, heute, kann er sich einfach freuen, vorangekommen zu sein. Er geht, und ich sitze auf dem Sofa, höre »Friday Night in San Francisco« und bade in den Tönen, wahrscheinlich mehr noch im flüchtigen Gefühl, ein guter Lehrer zu sein. Und in diesem Zustand reinster Zufriedenheit sieht mich Ida, als sie die Tür aufsperrt.

»Na, dir geht's ja gut anscheinend.«

»Ja, Unterricht war cool heute. Den hat glaub ich der Ehrgeiz gepackt, richtig was zu reißen an der Gitarre.«

»Der Arme.«

»Du sagst es. Und bei dir?«

»Ich komme grad von der Stadtratssitzung.«

»Und, ist was rausgekommen?«

»Na ja, noch nicht. Sie entscheiden das nächste Woche.« Sie fährt mir durch die Haare.

»Aber?«

»Aber es sieht nicht gut aus. Ich mein, das mit Hubsi haben sie mitgekriegt, aber da heißt es, sie tun eventuell eine Plakette an die Wand, oder so. Feininger hat auch gesagt, es gebe Fortschritte bei den Verhandlungen mit den Bewohnern.«

»Und?«

»Es hat zwar einer beantragt zu warten, bis die Bedeutung des Beitrags des Künstlers zum kulturellen und gesellschaftlichen Leben des Stadtteils geklärt ist, aber das wurde schnell weggewischt. Und ein Status als Kulturdenkmal kommt auch auf lange Sicht nicht infrage. Dann müsste man ja alles schützen, hat es geheißen, und dass der Eigentümer dadurch in seinen Rechten eingeschränkt wird.«

»Oh Mann.«

»Tut mir leid.«

»Ist schon in Ordnung.«

Es sieht nicht gut aus für Hubsi. Auch Hubsi wird Opfer der ewigen Verdrängung in die mediale Marginalität werden, wird neben dem Berliner Eckensteher Nante und dem Giesinger »narrischen Maxl« einfach ein weiteres Stück Folklore sein, das wie ein vager und schlecht dokumentierter Zitatraum für alles Mögliche benutzt werden kann, aber letztendlich konsequenzlos bleibt.

26

Biergläser, golden durchleuchtet, auf dem Tisch. Ein spontanes Fest in der Severinstuben für Hubsi, für uns alle.

»Jetzt hab di net so, Spatzerl«, sagt Gerda gerade und zwängt dem Professor einen Schnaps auf und runter.

»Der Hamburger nennt's a Seemannsgarn …«, klingt die Stimme des Inders aus den Lautsprechern, »… für mi is des a Schmarrn.« Und unter dem gerahmten Bild von Hubsi sitzt der Interpret selbst, stolz lächelnd. »In hohen Kreisen sagen sie, dass sie net ganz ernsthaft warn … doch für mi is des a Schmarrn.«

Nat, Gerard und Kevin diskutieren verbissen darüber, ob es eine allgemeine Evolution der Musik gibt oder ob Pop immer simpler wird, während Jazz in seiner Nische immer komplexere Formen annimmt.

»Was hat denn das eine mit dem anderen zu tun?«, fragt Gerard gerade. »Und wie zur Hölle soll ich das wissen? Also ohne statistische Erhebungen, oder so.«

»Diskursanalyse und Epistemologie. Das ist unser Gerard«, meint Nat spöttisch.

»Eine Evolution gibt es vielleicht in der Theorie. Aber das ist erst mal nur ein Modell. Hört mal zu«, sagt Kevin, »wenn ich euch beweise, dass Schwerkraft nicht existiert …«

»Ja?«

»… fliegen wir dann alle sofort an die Decke?«

Entnervtes Stöhnen, gefolgt von neuen Argumenten, »… aber Kevin, sieh mal …«

Die letzten Zeilen von Hubsis Lied erklingen. »Mei Frau sagt, dass mir glücklich warn, doch für mi is des a sch…ene Übertreibung.«

»Finde ich gar nicht«, sage ich zu Ida und ziehe sie zu mir. Sie küsst mich und nickt amüsiert zu Jochen rüber, der sich gerade zu dem Inder gesetzt hat und ihm erklärt, wie er sein Geschäft optimieren müsse. »Eine Ladenpräsenz in der Stadt, die brauchst du, und dann natürlich die richtigen Bezeichnungen: nicht Antik oder Second Hand, sondern Vintage, so was zieht.« Der Inder hört dem Redeschwall leicht belustigt zu und nippt an seinem Bier. Ingrid hat Maja nach ihren Lieblingsspielern von Sechzig gefragt und erhält nun Einblick in die Stärken und Schwächen der Mannschaft auf all ihren Schlüsselpositionen. »Vielleicht sollte ich mir das einfach anschauen«, meint Ingid. »Du kannst ja mit uns mitkommen!«, ruft Maja und wendet sich zu mir, ihre Stimme voller Begeisterung über die Aussicht, einen neuen Fan für ihren Verein zu rekrutieren. Arme Ingrid, wenn sie wüsste, was für ein steiniger Weg da vor ihr liegt.

»Jetzt ist's aber gut mit am Hubsi«, sagt Gerda, nimmt die gebrannte CD mit Hubsi-Dax-Liedern aus der Anlage und legt irgendeinen Hitmix aus den späten Neunzigern ein. Nicht mal Gerard protestiert, er ist zu tief in die Diskussion verstrickt.

Schwankend laufe ich zur Toilette, kalte weiße Fliesen, offenes Fenster, Kühle. Angestrengt sieht mein Spiegelbild aus, ausgelaugt. Wieder zurück an den Tisch, wir stoßen an, mit Bier, mit Schnaps, hopp, ex, abstellen, wie Step, Step, Side, Step in der Gymnastik.

»Bittschön, bittschön nimmer, ich muss …«, sagt der Professor und wird von Gerda in einer Weise unterbrochen, die die Beschreibung »resolut« verdient.

»Mir tanzen jetzt.« Sie zieht ihn ruckartig hoch, einen Moment lang befürchte ich, dass das Schultergelenk des armen Mannes aus seiner Pfanne springt. Gerda stellt den Professor in die Mitte des Raumes, rennt hinter den Tresen, um die Musik aufzudrehen, Britney Spears. »I must confess …«, singt Gerda mit und drückt den Professor an sich. Ich sehe die Panik in seinen Augen, doch auf einmal löst sich seine Anspannung, er legt das Kinn auf ihre Schulter und lässt es einfach mit sich geschehen.

Ich lasse den Blick durch den Raum schweifen. Vielleicht ist es der Alkohol, vielleicht ist es die ganze nostalgische Wehmut, die Hubsi in mir aufsteigen lässt: Einen flüchtigen Moment lang, von der Empfindung überrumpelt und aus der Balance gebracht, bin ich davon ergriffen, wie gern ich alle habe, die Hubsi hier zusammengebracht hat: das abstruse Tanzpaar, das sich ungelenk durch das gleißende Licht bewegt, die völlig verblüffte Ingrid. Gerard, Kevin und Nat in ihrer hitzigen Diskussion, den Inder mit seiner fast schon aggressiven Gemütlichkeit und sogar, ein kleines bisschen, Jochen in all seiner Verblendung. Dann sehe ich, mit einem Gefühl von innerer Wärme, alles übertönend, Ziel all meiner Akkordfolgen, Ida und Maja.

27

Ich liege hier auf der Couch, der faule Hund zu meinen Füßen, vielleicht gehören wir ja beide zur Familie der Hundeartigen. Es wäre ein seltenes Ereignis, wenn sich der Lauf der Dinge durch mich ändert.

Ich bringe Maja zur Schule und spiele Ella Fitzgerald im Tapedeck des Autoradios, Musik, auf die wir uns beide einigen können. Ich habe das Gefühl, sie hat gute Laune.

Wieder zurück, die Treppe rauf, die Stufen quietschen vergnügt und ich nehme mal zwei Stufen, mal eine, dann pausiere ich, hüpfe weiter, treibe als Schlägel einen treibenden Rhythmus das Treppenxylophon hinauf. Mit dem letzten Satz springe ich hoch und lande vor den Füßen des Opportunisten Feininger, der vor meiner Tür steht.

»Guten Tag«, sagt er.

»Hallo.«

»Ich wollte Sie nur informieren, also, sozusagen inoffiziell. Der Umbau wird nächste Woche beschlossen werden.«

»Und was ist mit dem Künstler da, wie heißt er noch, von wegen Denkmalschutz?«

»Denkmalschutz?« Er lacht. »Ich bin ja selbst für Traditionserhaltung. Stadtteilidentität, Arbeiterviertel, das sind für mich ja keine reinen Schlagworte. Aber Denkmalschutz, nur weil da einer mal gewohnt hat, der eventuell irgendwie eine Randbedeutung im Zeitgeschehen hatte, also das ist wirklich nicht vorstellbar.«

Ganz trocken frühstückt er das Thema ab. Es klingt überzeugend, so wie er das sagt und betont. Die Hoffnung, durch das Erfinden eines Trinkerkünstlers oder Künstlertrinkers etwas ändern zu können, wirkt auf einmal ziemlich kindisch.

»So etwas ist natürlich immer eine pikante Angelegenheit«, sagt er, und das stimmt nicht. Pikant, das sind saure Gurken oder mexikanische Suppe oder was auch immer. Ich hab genug Etiketten gelesen in meinem Leben.

Ich bin mir nicht sicher, ob er lächelt oder grinst. Grinsen hätte etwas Aggressiveres.

»Wissen Sie, ich hab ja selbst Familie«, fährt er fort.

»Und?«

»Na ja, wenn Sie wollen, können Sie beim Eigentümer ja vielleicht noch eine Abfindung erzielen. Ich weiß, es ist kein Vermögen, aber Ihr Nachbar hat ja auch schon eingelenkt, und da …«

»Was?«

»Ihr Nachbar, der Herr Schönherr. Der hat sich ja auch schon mit Herrn Brennsteiner geeinigt.«

Das kenne ich. Verhörtaktik. Wie bei der Polizei. Ihr Kollege hat es ja auch schon zugegeben, seien Sie doch nicht derjenige, an dem das alles hängen bleibt.

»Ach ja?«

Er hebt beschwichtigend die Hände.

»Wissen Sie, mir ist das auch egal, ob Sie mir glauben. Ich wollte Ihnen ja nur einen Gefallen tun. Ich weiß zumindest, dass Brennsteiner Ihnen wegen unerlaubter gewerblicher Nutzung der Mietsache kündigen wird, wenn es keinen anderen Weg gibt. Na dann, schönen Tag noch. Und ich hoffe, Sie finden eine schöne neue Wohnung. Alles Gute.«

»Verdammte Scheiße.«

Kündigen wegen gewerblicher Nutzung. Wegen Gitarrenunterricht. Eine Kündigung, weil ich der bin, der ich bin. Ich sperre die Wohnungstür auf, aber keine Spur von Jochen. Sein ganzes Büro ist vom Küchentisch verschwunden, samt Festnetztelefon. Also rüber, klingeln. Das getöpferte Namensschild direkt vor meiner Nase macht mich noch viel wütender.

»Hallo Sabine.«

»Hey Mark.« Irgendwie mitleidig schaut sie mich an.

»Hast du 'ne Ahnung, wo Jochen ist?«

»Der ist hinten, in seinem Büro.«

»Aha«, sage ich und würde unter ihrem bedauernden Blick, sogar jetzt, vor Wut kochend, gerne eine Ausweichgeste machen, mich am Kopf kratzen oder eine Zigarette anzünden. Ich kratze mich am Nacken.

»Meinst du, ich kann ...«

»Ja, klar«, sagt sie. Ich gehe an ihr vorbei und klopfe an der Bürotür.

»Herein.«

»Hallo Mark.« Jochen steht auf und streckt mir die Hand entgegen.

»Jochen, lass den Scheiß. Ich bin doch nicht einer von deinen Kundenfuzzis.«

»Klienten nennt man das.«

»Wie auch immer. Sag mal, Jochen, was ist eigentlich los mit dir?«

»Was meinst du?«

»Was glaubst du denn, was ich meine? Ich treff gerade diesen Schleimer-Arsch, und er erzählt mir, du hättest die Abfindung schon angenommen?«

»Ja, Mark, sieh mal ...«

»Wolltest du mir das auch noch erzählen?«

»Ich hab ja selber erst vor Kurzem …«

»Das pack ich jetzt nicht. Die ganze Zeit mach ich deinen hirnrissigen Scheiß mit, und du laberst was von unter Druck setzen und Tricks und was weiß ich …«

»Mark, jetzt komm mir nicht so. Hirnrissig. Ich meine, dein Plan war ja auch nicht gerade …«

»Ja, aber er hat wenigstens ein bisschen funktioniert. Und ich hab mir dabei nicht wehgetan. Immerhin hab ich das Ei hier, das hier an der Stirn, dir zu verdanken, weil du einem, der doppelt so viel wiegt wie du, unbedingt eine reinhauen musst. Super Idee.«

»Na ja, aber der …«

»Was dachtest du denn, was passiert? Was dachtest du denn?«

»Mark, ich kann dich ja verstehen, aber realistisch gesehen mussten wir das annehmen.«

»Ja, natürlich ist das realistisch. Darum geht es mir gar nicht. Mir geht es darum, dass du die ganze Zeit einen auf Verbündete machst und dich dann aus der Hintertür verpisst. Darum geht es mir. Das ist eine Frage der Kommunikation, Jochen. Realistisch gesehen. Klar, realistisch gesehen. Aber das von jemandem, der in den letzten Wochen nackt aus dem Fenster von 'nem Puff gesprungen ist …«

»Erotischer Club. Ein erotischer Club. Das ist was vollkommen anderes.«

»Scheißegal. Jemand, der Buchstaben aus der Zeitung ausschneidet, um 'nen verdammten Brief zu basteln, einer, der 'nen Hundert-Kilo-Muskeltypen ohrfeigt. Mich würde schon einfach mal interessieren, seit wann du angefangen hast, irgendwas realistisch zu betrachten.«

»Mark, schau. Ich hab da einfach die Chance gesehen, das alles wieder ins Lot zu bringen. Sabine war ja auch dafür. Eigentlich war das auch die Voraussetzung dafür, dass ich zurückkomme. Außerdem hab ich dir gesagt, wir sollten das annehmen.«

»Du hast gesagt, ich soll das Angebot anschauen und wir reden.«

»Ja und? Hast du es angeschaut? Bist du zu mir gekommen? Meinst du, ich kann mir leisten, ewig auf dich zu warten?«

»Jochen, ich mein einfach, du hättest was sagen können.«

Ich merke, wie ich selbst müde werde. Natürlich hat er recht. Meine Argumente bröckeln. Er musste die Sachen wieder einrenken, seine kleine Familie zusammenhalten.

»Mark, der Punkt ist … ach, vergiss es. Was will ich versuchen, dir was von privaten Finanzen zu erklären.«

»Dann lass es eben.«

»Ja, lass ich auch. Aber komm nicht an in ein paar Jahren und sag: ›Jochen, kannst du mir Geld leihen, meine Tochter brauch was zum Anziehen und ich hab seit drei Tagen nichts gegessen.‹«

»Keine Sorge.«

»›Keine Sorge‹, sagt er. ›Keine Sorge.‹ Du solltest dir vielleicht mal ein paar Sorgen machen. Wäre gar nicht so schlecht.«

»Mach's gut, Jochen.«

Ich gehe den Flur hinunter, schnell am Wohnzimmer vorbei, bevor Sabine mich noch mal mitleidig anschauen kann, rüber in meine Wohnung. So ist das also. Der Stadtteil wird aufgewertet, wir ziehen aus. Eine einfache logische Konsequenz, wie eine pensionierte Gogotänzerin bei der Wirbelsäulengymnastik.

»Das war's also«, sage ich und nehme ein Glas Essiggurken aus dem Kühlschrank. »Nächste Woche wird besser«, sagt die Karte unbeirrt. Aber sie wird nicht besser, Woche um Woche bringe ich nichts zu Ende, aber fange zehn neue Sachen an. Und so vergehen die Jahre. Selbst wenn ich mich anstrenge, macht es einfach keinen echten Unterschied. Verraten und leer. Halb fertig, unausgegoren, ewiges Talent über dem Zenit, zu alt um noch was zu starten, zu alt für Ambition, auf dem besten Weg, mein eigenes Abziehbild zu werden. Du verkörperst nichts, ein Hängengebliebener, wie der Dad deines Kumpels mit den Koteletten und den Rockabilly-Platten, oder war der gar nicht so peinlich? Wusste er was, das wir alle nicht wussten? Ich nehme die Karte und zerreisse sie in winzige Fetzen.

»Komm her«, sagt Ida, meine absteigende Basslinie, meine Blue Note. Ich lasse mich auf die Couch fallen. Sie legt die Zeitung beiseite, in der sie bis gerade eben Wohnungsangebote eingekringelt hat, und schmiegt sich an mich.

»Das war's also«, wiederhole ich, der Einzige im Raum, der nicht gewusst hat, dass aus der Sache nichts werden kann. »Nichts schaff ich.«

»Ach, das stimmt nicht«, sagt Ida, gibt mir die Bestätigung, um die ich so schwach gebettelt habe, und Maja schaut auf, während sie Freddie Futter in den Napf löffelt.

»Du hast die Lieder gemacht.«

Sogar sie steht jetzt auf und kuschelt sich von der anderen Seite an mich und sagt »Das sind aber echt schöne Lieder«, und die Ermutigung, der Rückhalt, die Nachsicht umfangen mich.

»Ja.«

»Na also.«

Na also. Das war's dann wohl. Ich greife nach der Zeitung und schaue die eingeringelten Annoncen an.

Epilog

Das ist es also. Ein Schild, »Hubsi Dax«, schlanke, serifenlose Buchstaben, schwarz auf weiß, elegant. Beim Hineingehen fällt mir gleich das erste Luxusdetail auf: eine Tür, sauber in die Scharniere gesetzt, ein tiefer Braunton, ein Gewicht, das Qualität verrät, öffnet sich widerstandslos und ohne Knarzen und Quietschen. Warme Elektrobeats in unaufdringlicher Lautstärke. Da wo bei Gerda früher der Spielautomat stand, steht jetzt die Touchscreen-Konsole für die Bestellungen. Das ganze helle Holz wurde durch dunkles ersetzt. Ich setze mich an einen Tisch in der Ecke, vor eine Ziegelwand, die da vorher nicht war, extra hingebaut wurde, um sie aussehen zu lassen wie freigelegt – wie Hubsi selbst, den ich erfunden habe, um seine Wiederentdeckung vorzutäuschen.

Es ist noch früh am Abend, außer mir sind nur zwei junge Frauen da, die ihre Laptops aufgeklappt haben, und ein Pärchen im Partnerlook, das gelangweilt an der Bar steht. Beide mit weißen T-Shirts und Hosenträgern darüber, sie mit bunt tätowierten Armen, er mit einer Jeans, in die er wahrscheinlich jeden Morgen eingenäht wird. Moment, es ist kein Pärchen, es sind die Bedienungen, denn der Typ steht schon neben mir, hat mir eine Karte gegeben, hat mich gefragt, was ich trinken will. Einen Tee will ich trinken. Grüntee, Matcha, Darjeeling, Earl Grey? Weiß nicht. Vielleicht doch ein Bier. Red Ale, Stout, Porter, Pale Ale, Dunkles, Weißbier, Helles? Ich habe nichts gegen eine gute Bierauswahl, aber die Art und Weise, in der er die Biere in der Reihenfolge ihrer Ausgefallenheit nennt, kratzt kurz an meiner Beherrschung. Ein Weißbier, das wäre gut. Alles klar, sagt er und geht zurück an die Bar und macht erst mal fünf Minuten lang gar nichts, außer gelangweilter Konversation mit seinem Servicezwilling. Das Licht ist nun perfekt, sanft und indirekt und gemütlich, ein krasser Gegensatz zu Gerdas greller Ausleuchtung, diesem Anti-Date-Licht, diesen schonungslos gleißenden Lampen, die von oben runterleuchteten und das Gesicht jeden Gastes ungnädig mit all seinen Schwächen entblößten, es in einen fahlen, grünlichen Ton tauchten. Das Licht, das das Doppelkinn akzentuiert, Falten nachfährt, Äderchen zum Vorschein bringt, Augen rötet. Gerdas vernichtendes, demokratisches Licht, vor dem jeder gleich ist, in dem jeder versteht, hier kannst du gar nicht cool aussehen, hier helfen dir deine Sneakers nicht und dein T-Shirt, deine neue Frisur, dein Make-up, das Licht, das jeden gleich hässlich und verletzlich und uncool macht, das Licht, in dem du wirklich entspannen kannst, weil das alles einfach egal ist.

Hier aber ist Fassade halten angesagt, ich bedanke mich für das Weißbier, das mir Gastroboy hingestellt hat, sehr zum Wohl, und klappe die Karte auf. Die Karte ist stylish und reduziert, aber mit apostrophiertem Bayerisch überschrieben, »Aus'm Gart'n«, »Aus'm Supp'ntopf« und interpretiert klassische Gerichte modern, es liest sich nicht schlecht, es ist vollkommen klar, dass das Viertel jetzt einen weiteren Laden hat, »wo man auch hingehen kann«. So sehr ich auch gerne etwas Substanzielles einzuwenden hätte, ich finde nichts, außer, dass es nicht meinen Geschmack trifft. Vegane Optionen find ich gut, gegen kostenloses WiFi kann man ja auch nichts haben, Fairtrade, organisch, wahrscheinlich nicht verkehrt, aber warum will ich dann den ganzen Laden niederbrennen, warum empfinde ich die seitenlange Erklärung, wo die Kaffeebohnen herkommen, als so eine Zumutung, warum will ich dem schlaffen Kellner die Hosenträger langziehen und ihn aus seiner eigenen schweren Tür rausschnalzen?

Er versaut mir mein Viertel, ich hatte etwas Echtes gefunden und es zuerst ausgebeutet, hatte die Dialekte aufgesaugt, die Anekdoten in den Eckkneipen belauscht und zitiert, mich an ihren Namen berauscht, Giesinger Schlümpfe, Downtown, Auerspitzstüberl, Paulaner Krug, hatte meinen Freunden von den altmodischen Gardinen in den kleinen, grauen Häusern erzählt, von den Löwenaufklebern im ganzen Viertel, habe Amateurderbys im Grünwalder Stadion angeschaut, war in die wahre Fußballatmosphäre eingetaucht, hatte mich über jeden verrümpelten, schmutzigen Hinterhof gefreut, über jeden vollgerauchten Getränkemarkt. Ich nehme das Besteck in die Hand, das auf dem Tisch in einem Steinkrug bereitsteht. Es ist schwer und edel geschwungen. Wo soll das hinführen, wenn die ganze Stadt so wird, so glatt, stilsicher, fein, alles abgegrenzt und ausdefiniert und austauschbar.

Ich blättere um. Hinter der Auswahl von Tequilas steht ein Absatz »Zum Namenspatron« – eine Kurzbiografie von Hubsi, aus unseren erfundenen Fakten zusammenkompiliert. Das Restaurant befindet sich im Geburtshaus der Giesinger Legende, des Schelms, des immer authentischen subversiven Künstlers, eines echten Originals. Eine kontrastreiche Überhöhung der Hubsi-Fotografie ist darüber als Stencil-Grafik platziert. Hubsi ist nicht mehr in meiner Hand. Ich trinke mein Weißbier zu schnell aus, gebe zu viel Trinkgeld und gehe.

Draußen ist die Nachtluft leicht feucht, eine angenehme Frische. Ich laufe zum Kolumbusplatz. Die U-Bahn fährt gerade ein, als ich die Treppen runterlaufe. Vier Haltestellen sind es bis zum Karl-Preis-Platz, ein kurzer Weg von der U-Bahn zur Wohnung. Freddie begrüßt mich an der Tür, streckt sich dann gähnend und trollt sich wieder auf seinen Platz. Ich ziehe die Jeans aus und taste mich den Gang entlang, gehe ins Schlafzimmer, ohne das Licht anzumachen, Idas gleichmäßiger und tiefer Atem der einzige Zielpunkt, den ich in meinem Koordinatensystem brauche. Ich schlüpfe unter die Decke, und Ida schmiegt sich an mich.

Der Wecker klingelt, ein neuer Tag, ich muss früher raus als Ida, sie lächelt im Halbschlaf und berührt meinen Arm mit den Fingerspitzen, als ich sie küsse und mich aus dem Bett winde. Der Unterricht an der Musikschule wartet nicht. Stunden am Vormittag sind beliebt bei pensionierten Schülern, und das sind auch die strebsamsten, da darf ich nicht nachlässig sein.

»Hey Maja, aufwachen.«

»Noch fünf Minuten«, murmelt sie, gähnt und streckt sich dann aber doch, wankt mit ungelenken Schritten in Richtung Badezimmer. Majas Pausenbrot geschmiert, Apfel und Karotten mit dazu, so gesund wie mein Kind sollte ich auch leben. Während sie ihr Müsli isst, packe ich die Unterlagen zusammen, Stücke für Anfänger und Fortgeschrittene, Etüden. »Wir müssen los.« Widerwillig steht Maja auf und schultert ihren Rucksack. Ich nehme meine Gitarre und wir gehen die Treppe runter, geräuschlos. Kein Knarzen oder Ächzen, das mir sagt, wie der Tag sein wird – sie ist aus Beton. Auf dem Bürgersteig geht ein Pärchen, der Mann berührt die Frau leicht an der Hüfte, als ob er sie mit vorgehaltener Waffe vor sich herschieben würde. »Guck mal«, flüstere ich zu Maja, »ein Geiselnehmer. Ein Mucks, und ich schieße!« Sie kichert. An der Ecke winkt sie zum Abschied und wünscht mir viel Spaß, in dem Kiez hier können wir beide zu Fuß gehen, sie zur Schule, ich zur Musikschule.

Ein fettiges Frühstück brauche ich jetzt, eine Grundlage, Energie. An den Burgerstand, aber nein danke, kein Fleisch, mach mir einen Gemüseburger. Ich bin im Einklang mit der Schöpfung. Du musst ihn extra machen? Wie lang dauert das, zehn Minuten? Gib mir 'nen Cheeseburger. Öliger Geschmack, Fettfilm auf den Lippen, so geht es sich schon angenehmer.

Ein Tag an der Musikschule, vormittags die Senioren, dann die Schulkinder, ab dem späten Nachmittag die Berufstätigen, eine Zeitreise durch Lebensstationen, organisiert und unterteilt in Einheiten von halben Stunden, Dreiviertelstunden und Stunden. Manche schwungvoll, manche gestresst, manche wissbegierig, manche lethargisch, Stücke von Bach bis Beatles, man weiß wirklich, was man getan hat nach so einem Unterrichtstag. Ich schließe das Zimmer hinter mir ab, und wenn ich mich beeile, schaffe ich es noch in den Skateshop um die Ecke, neue Schuhe kaufen.

Ein Verkäufer in meinem Alter, Jeans und T-Shirt, sieht kompetent aus, er zeigt mir ein Paar, und ich schlüpfe rein.

»Die sind grad ziemlich beliebt. Dürfte ich ja eigentlich so nich sagen«, sagt der Typ, »aber ganz persönlich, meine Adidas Gazelle, davon komm ich nicht weg. Fahr ich schon seit Ewigkeiten, und …«

Fühlt sich gut an, aber gut genug? Es muss mit Bedacht gehandelt werden, der Schuh muss mich mindestens für das nächste Jahr herumtragen. Mein schiefes Abrollen ausgleichen, in der Wohnung stehen und sich ansonsten möglichst unauffällig verhalten.

»Ich weiß nicht, wie es dir geht, aber diesen direkten Kontakt mit dem Brett bei dünneren Sohlen ...«

Verdammt, den Zeitpunkt verpasst, ihn wissen zu lassen, dass ich nicht skate und nie geskatet habe, dass ich nur bequeme Schuhe brauche, aber zu spät. Wenn ich das jetzt sage, dann fragt er mich, warum lässt du mich dann labern, für die letzten zehn Minuten, oder was weiß ich wie lang.

»Die sind auch vegan, das gibt's immer mehr, seit so viele Skater Veganer sind.«

»Vegane Schuhe?«

»Kein Leder, keine tierischen Fette und so weiter.«

»Ah, okay.«

Mit meinen Käsefüßen sind sie nur noch vegetarisch. Den Typen in bar bezahlen, seine Abschiedsfloskel, dass man sich ja vielleicht mal beim Skaten sieht, höflich bejahen. Ich auf einem Skateboard, bei der Vorstellung kann man wirklich schon mal vorsorglich die Eins-Eins wählen und den Finger auf die Zwei legen.

»Ja, cool. Ich nehm die hier, lass sie gleich an.«

Ich gehe auf weichen Sohlen durch die Straßen meines Viertels, ein perfekter Flow der erledigten Vorhaben, jetzt noch kurz in den Gemüseladen direkt bei uns nebenan, fürs Abendessen einkaufen. Aber was ist das, das Schild nicht mehr über der Tür, die Kühlregale stehen draußen auf dem Gehsteig, die ganze Theke ist rausgerissen. »Tschuldigung, darf ich mal?« Ein junger Kerl schiebt sich an mir vorbei und trägt ein Schild vor sich her, auf dem »Frau Holle« steht. »Was wird denn das?«, frage ich ihn und zeige auf den verschnörkelten Schriftzug vor einem altmodischen Tapetenmuster.

»Das wird so halb Café, halb Bar. Holle steht für Holunder: Limonade, Sirup, Drinks, Marmelade«, sagt er, »alles hausgemacht.«

»Echt, und das verkauft sich?«

»Klar Mann, alles regional angebaut, wir haben schon Vertrieb bis nach Hamburg und Berlin«, ein leicht gelangweilter Tonfall, als hätte ich ihn angebettelt, das zu erzählen, »aber das mit dem Holunder is nur unser spezielles Ding, wir verkaufen dann auch Bier und ham 'nen kleinen Mittagstisch. Schau doch mal rein. Sorry, muss weitermachen.«

Er lässt mich da stehen, perplex, eine kurze Welle von Panik steigt in mir auf, aber das ist bestimmt nur ein kleiner Zufall. Ich wende mich zum Gehen und schaue die Straße entlang: Ehemalige Kasernenhäuser der Ami-Siedlung ziehen sich in grauen Reihen. Das, was eine Art Ortskern sein könnte, ist durch die Straßenführung vollkommen zerrissen. Ramersdorf ist ungentrifizierbar, da bin ich mir so gut wie sicher.